AF368253

DARK FAÏZ

DARK FAÏZ

TOME 2

SANDRA KISS

Ce livre est une fiction. Toute référence à des événements historiques, des personnages ou des lieux réels serait utilisée de façon fictive. Les autres noms, personnages, lieux et événements sont issus de l'imagination de l'auteure, et toute ressemblance avec des personnages vivants ou ayant existé serait totalement fortuite.

Sandra Leclerc - France- Tous droits réservés - Copyright © 2022

Dépôt légal : Janvier 2022

ISBN : 9782956963646

Prix : 14,99 euros

Pour ma petite sœur, Johana, qui a fait que chaque jour de mon enfance ressemble à une immense cour de récréation.

FAÏZ

À l'aube de ce mardi matin, le moteur du fourgon ronronnait au feu rouge du carrefour de Arroz, non loin de Sacramento. À l'avant de cette ambulance se trouvaient Faïz et l'inspecteur Barthey, tous deux bien silencieux.

— Tu ne devrais pas être là, finit par lâcher doucement Karl à son interlocuteur.

Faïz fit mine de ne pas relever. En effet, il ne voulait pas rentrer dans le sujet. C'était encore trop présent pour lui comme si tout était arrivé la veille. La plaie dans sa poitrine saignait chaque fois que son prénom était cité tout haut.

— Ta présence à l'enterrement…, c'est… Tu sais bien…, c'est important pour tes proches, osa timidement l'inspecteur.

Le soupir de Faïz suffit à faire comprendre à l'homme de ne rien ajouter de plus. Karl s'inquiétait désormais pour le jeune homme. En une semaine, Faïz n'était plus ce qu'il était. Sa façon de parler, le ton de sa voix, jusqu'à son regard, reflétait un puits sans fond de souffrances et de colères, incomparable à ce que Barthey avait pu voir jusqu'ici durant toute sa carrière.

— Pourrait-on s'arrêter une minute ? J'ai une envie qui ne peut plus attendre.

Le poing de Faïz, posé sur ses genoux, se serra instinctivement en entendant le son cette voix. Sa mâchoire se contracta sous l'effet de la rage qu'il ressentit à cet instant précis.

— Toi, la ferme ! explosa Barthey à l'attention de Remy Ogres, assis dans la cabine, derrière eux.

Ce dernier, immobile, était menotté des pieds à la tête, dans une camisole de force. Son physique de bûcheron, de taille moyenne, ne lui donnait guère un aspect dangereux. Pourtant, sous cette allure brute de décoffrage, cet homme approchant la trentaine, se délectait et se nourrissait de l'atmosphère qui se dégageait à l'intérieur du fourgon. L'inspecteur devait conduire le complice du meurtrier de Victoria Mattew dans les locaux du FBI, à Los Angeles. Faïz avait insisté quelques jours plus tôt pour l'accompagner afin de s'assurer qu'Ogres arriverait sans encombre à destination pour son interrogatoire. L'inspecteur avait longuement hésité, le fait que Faïz manque l'enterrement de sa sœur ne lui disait rien de bon. Il avait finalement cédé sous la pression du jeune homme, faisant taire ses inquiétudes en espérant que tout se passe au mieux durant cette journée. La route continuait de défiler à toute allure quand soudain, un appel du central vint interrompre les pensées de Karl.

— Barthey, j'écoute.

— Les deux fourgons blindés sont bien arrivés chez nous ainsi que les cinq voitures de police qui étaient parties juste avant vous de la prison de Pélican Bay, indiqua une voix féminine.

— Parfait, ici tout est calme. Il n'y a rien à déclarer.

— Très bien, appelez si jamais vous rencontrez un souci, nous enverrons aussitôt une patrouille.

Tout se déroulait sans problème. Les véhicules qui servaient de leurre n'avaient pas subi d'assauts. Personne n'était venu aider Ogres à s'évader dans la nature. Le gros dispositif mis en place par les autorités avait suffi à dissuader ceux qui y auraient pensé. La route qu'empruntait Karl dans les terres était vide, le trafic quasi inexistant. Le soleil se levait sur la Californie encore endormie.

— Foutue voiture, s'agaça Barthey quand il vit une silhouette au bord de la route en train d'essayer de changer un pneu apparemment crevé d'un 4X4 mal garé.

— Arrêtez-vous ! ordonna Faïz d'une voix grave.

— Hors de question ! Nous suivons les instructions.

— J'ai dit, ARRÊTEZ-VOUS !

Le sang de l'inspecteur se glaça à cet instant. Il ralentit en jetant un regard inquiet à son interlocuteur. Les yeux noirs de celui-ci lui firent comprendre que ce qu'il redoutait le plus était en train de se dérouler. Karl aurait pu soupçonner tout le monde, mais jamais il n'aurait pensé qu'Ogres lui filerait des mains à cause de Faïz.

— Qu'es-tu en train de faire ? s'insurgea l'inspecteur.

— La justice ! Mettez-vous sur le côté.

Barthey s'arrêta juste derrière la voiture qui les attendait. Sa main se porta aussitôt sur le bouton d'alerte pour prévenir le central.

— Laisse-nous rendre la justice, je t'en supplie. Que comptes-tu faire de lui ?

— Celle des hommes serait bien trop clémente. Je préfère le remettre à d'autres juges.

— Je ne peux pas te laisser faire. Je dois avertir les autorités.

La main de l'inspecteur, toujours suspendue dans le vide, prête à donner l'alerte, semblait vouloir gagner du temps.

— Vous ne le ferez pas. Je suis un des seuls à pouvoir affronter le Maestro, un des seuls à sauver le monde. Vous expliquerez qu'Ogres s'est évadé et que vous n'avez rien pu faire, je suis parti à sa recherche. Tenez-vous à cette version !

— Faïz, non. Je…

Avant que l'inspecteur n'ait pu finir sa phrase, Faïz lui asséna un coup violent derrière la nuque qui lui fit perdre conscience instantanément, puis le jeune homme fit un signe de tête à son complice pour lui indiquer que tout était sous contrôle. Ray, au bord de la route, commença alors à ranger les outils qui lui avaient servi de mise en scène et partit s'installer au volant de sa Porsche Cayenne.

— Ça y est, nous ne sommes plus que tous les deux, murmura la voix calme et rauque de Remy Ogres du fond de la cabine.

— Oui, juste toi et moi, répondit Faïz sur un ton empli de haine, sans prendre la peine de se retourner.

Puis, il ouvrit la portière du fourgon pour descendre du véhicule.

1

Assise dans un coin du séjour de la villa, j'observai, absente, le monde venir présenter leurs condoléances après les obsèques de Victoria, qui s'étaient déroulées en cette triste matinée. Je me remémorai l'entrée du cercueil blanc, dans la cathédrale Notre-Dame des Anges. J'imaginai Victoria, allongée dans celui-ci, qui reposait désormais en paix. À cet instant, c'était comme si une lame chaude me brûlait la gorge. La chanson « Cry me a river », de Justine Timberlake, accompagnait sa descente vers l'autel avec un chœur de Gospel qui avait été demandé pour l'événement. Elle avait tellement aimé cette chanson de son vivant que nous avions décidé, mes amis, sa famille et moi, de lui rendre hommage avec ce titre pour l'escorter dans ce dernier voyage.

— Mange un peu, Zoé, me supplia Asarys qui venait m'apporter une assiette contenant de la quiche ainsi que d'autres parts de tartes.

— Je n'ai pas faim, répondis-je dans un murmure à peine audible en fixant le vide.

— Tu dois te ressaisir, fais-le pour Vicy.

Un violent coup de poing venait de me frapper en pleine poitrine. Je pris d'une main tremblante l'assiette d'Asarys en souhaitant au fond de moi qu'elle s'en aille après ça. Malheureusement, ce ne fut pas le cas.

— Ce soir, tu pourras t'écrouler si tu veux, Zoé. Mais pas ici, pas maintenant. Cette semaine a été dure en émotions pour tout le monde. La préparation des obsèques a pris beaucoup de temps pour chacun de nous, mais tout va s'arrêter après cette journée.

La voix de mon amie disparut dans un écho lointain. Mes pensées me faisaient revivre la mise en terre. J'avais l'impression que le cercueil descendait dans un puits sans fond, réalisant à cet instant que le corps de Victoria ne serait plus jamais sur terre. Quand je revins à l'instant présent, mes yeux s'arrêtèrent sur Lily. Je ne pouvais m'empêcher de la trouver si humble, même si ses yeux s'étaient vidés de toute trace d'émotion et de gaieté. Comment pourrais-je continuer à vivre ici alors que chaque recoin de cette maison me rappelait son souvenir ?

— Zoé ? s'approcha timidement David. Bois un peu.

J'observai le verre d'eau tendu par la main de mon ami. Ils étaient tous les trois présents, bien sûr. Comment aurait-il pu en être autrement ? Asarys et Lexy s'affairaient dans la cuisine avec Madame Arlette. Avec tous ces invités, un peu d'aide n'était pas de trop. À cet instant, j'entendis David se racler la gorge, puis, il ajouta :

— As-tu une idée d'où sont passés les garçons ? Leur absence, ce matin, a étonné tout le monde…, surtout celle de Faïz.

Mes yeux se fermèrent de nouveau. C'était comme si David parlait de quelqu'un disparut depuis si longtemps et que nous ne reverrions jamais plus. À l'annonce du décès de sa sœur, une part de lui s'en était allée avec elle. Celle qui restait n'était que colère et noirceur. Bon sang ! Où pouvait-il bien se trouver actuellement ? Plus personne ne pouvait lui adresser la parole, ni même sa mère. Il transpirait la vengeance, reclus la plupart du temps dans son loft, à broyer ses idées noires.

— Je ne sais pas David, soupirai-je.

— Fais-en sorte que lui et le groupe se réunissent au plus vite, prononça ce dernier juste assez fort pour que je l'entende.

Mon regard croisa enfin celui de mon ami pour l'interroger, il ajouta :

— J'ai commencé à travailler sur les photos prises du Callis et il y a peut-être un début de réponse. Ne nous emballons pas, ce n'est qu'un début.

— Très bien, je le contacterai dans la journée.

David allait repartir pour s'occuper des hôtes, mais il s'arrêta net :

— Pourquoi m'as-tu demandé s'il restait des places de libres sur le campus, avant hier ?

— Je ne pense pas rester ici. Lily a besoin de faire son deuil. Les Mattew doivent prendre du temps pour eux.

— Hum, je comprends.

Il hésita une seconde à me laisser seule, puis finit par tourner les talons.

Je poussai la porte de la chambre de Victoria et m'y engouffrai. Son absence était trop présente dans cette pièce. Son odeur était encore incrustée dans les draps qui n'avaient pas été changés depuis ce tragique événement. Rien n'avait été déplacé dans ce sanctuaire hors du temps.

Soudain, le bruit de la porte me tira de ma profonde mélancolie.

— Il faudrait enlever les tableaux du mur.

Lily parut soulagée de me trouver ici. Tout le monde était parti à la tombée de la nuit et nous n'étions plus que tous les trois à la villa. La première fois depuis la disparition de sa fille.

— Pourquoi ? demandai-je. Victoria les aimait tellement.

— Justement…, nous les installerons dans une pièce où nous pourrons les admirer comme elle le faisait.

— Lily, je… Il faut que je vous parle.

Les traits fatigués de son visage se crispèrent. Je devais faire en sorte de ne pas rajouter plus de peine à son cœur.

— Je pense qu'il serait mieux pour vous que je parte m'installer sur le campus de l'université. Vous devez trouver un peu de paix.

— Non Zoé, il n'en est pas question, me coupa cette dernière sur un ton catégorique.

— Mais je ne peux pas !

Je m'écroulai en sanglots devant cette femme qui venait de perdre l'être qui lui était le plus cher. Je m'écroulai de faiblesse, de fatigue, devant cette mère qui préférait me prendre dans ses bras pour me consoler et qui paraissait oublier que j'étais celle qui avait vu les dernières secondes de vie de sa fille. J'étais celle qui ne l'avait pas sauvée, celle qui était restée. Je me détestai.

— Tu restes ici, me souffla-t-elle en continuant de me serrer le plus fort possible. C'est ce qu'aurait voulu Victoria. Arrête de t'en vouloir. Il n'y a qu'un seul responsable.

Dans un effort, je relevai ma tête pour la regarder.

— Vous êtes si forte. Comment faites-vous ?

— Je respire juste assez pour ne pas tomber à terre, alors je dois continuer jusqu'au jour où je ne pourrais plus. Je ne rirai plus de bonheur, je ne trouverai plus jamais un coucher de soleil magnifique. On ne peut tuer quelqu'un qui est déjà mort.

Je reculai de quelques pas pour partir m'asseoir sur le bord du lit. Lily, elle, resta debout.

— Pourquoi Faïz, Ray et William n'étaient pas présents aujourd'hui ? demandai-je sans grand espoir d'avoir une réponse.

Lily secoua rigoureusement sa tête en levant les bras, visiblement agacée par leur agissement.

— Je ne sais pas. Quelle que soit la raison, ils n'ont aucune excuse ! J'espère qu'ils ne font rien qui pourrait les mettre en danger.

À cet instant, la phrase de David me revint en mémoire. Nous devions nous réunir pour échanger des informations. L'idée de ressortir mon téléphone, rangé dans ma commode depuis des jours, ne me ravisait pas. Cela faisait une semaine que je vivais déconnectée du monde, de mes amis, de ma famille. J'avais laissé un long mail à mon père, expliquant la tragédie survenue au sein de la famille Mattew. Je lui avais demandé de ne pas me contacter pendant quelque temps, que je reviendrais vers lui de moi-même. Je savais que dès que j'allumerais ce petit appareil, si insignifiant lorsqu'il était hors tension, le monde entier viendrait à moi pour me tirer vers le haut, pour me tirer vers la vie, me rappelant que j'existais.

<u>FAÏZ</u>

Dans un entrepôt lugubre et humide près de Cobb Estate, le corps de Virgin, allongé sur le sol, agonisait depuis plusieurs minutes. Faïz, à quelques mètres de lui, ne lui accordait pas la moindre importance. Silencieux, il essuyait à l'aide de son tee-shirt, son torse qui ruisselait de sueur après un combat acharné contre cet ennemi qui fût autrefois un de ses plus proches collaborateurs contre le mal.

— Je… F… Faïz, supplia Virgin en cherchant son souffle, à bout de force.

Le jeune homme suffoquait, il savait qu'il ne serait bientôt plus de ce monde et il ne souhaitait pas partir sans avoir demandé pardon.

— Si j'avais…, si j'avais su que Victoria perdrait la vie, je te jure que jamais je n'aurais coopéré.

— Laisse-moi achever cet enfoiré !

La voix furibonde de Ray venait de résonner dans ce sinistre endroit désert, habité par l'obscurité. La faible lumière faisait danser les ombres des personnes qui étaient présentes dans l'entrepôt.

— Faïz, intervint William, remettons-les aux autorités. Ce que tu fais ne te servira à rien. Ils ont peut-être des informations qui peuvent nous être utiles.

— On s'en fout de ce qu'ils ont ! s'agaça Ray. Ils nous ont pris notre sœur !

Faïz, faisant abstraction de la dispute entre Ray et William, ramassa sans un mot le calibre posé sur la table devant lui. Cette même arme qui avait servi à tuer Victoria. Il s'approcha doucement de l'homme qui, dans la nébulosité de l'endroit, était attaché sur une chaise un peu plus loin, dans une camisole de force. La haine qu'éprouvait le jeune homme à l'encontre de cet être malfaisant, l'imprégnait chaque seconde un peu plus en réduisant tout ce qui restait de bon en lui.

— Tu vas au-delà de toutes ses espérances, déclara Ogres d'un ton victorieux.

— Arrête ! Tu ne vois pas que c'est ce qu'il veut ? hurla William à l'autre bout du bâtiment.

Ray ne disait plus un mot. La douleur dans sa poitrine était bien trop forte pour éprouver la moindre pitié. Si Faïz décidait de tout arrêter et d'épargner ces hommes, lui, ne comptait pas en rester là.

— Tu aurais pu servir le mal comme aucun autre, quel gâchis ! Regarde-toi, tu es fait pour ça, continua Ogres, admiratif devant la noirceur de l'âme de son bourreau posté debout devant lui.

La main de William agrippa le bras de Faïz qui se retourna aussitôt vers lui. Le jeune homme revint alors parmi les vivants.

— Ce n'est pas toi ça, mon frère ! insista William. Toi, tu es la justice, tu es pour la liberté, tu es l'élu. Pense à ta mère, elle a besoin de son fils.

Ces paroles ébranlèrent Faïz. Pour la première fois, il sembla hésiter et le souvenir du regard doux de Victoria lui apparut à cet instant. Ray observait la scène au loin, dubitatif, prêt à capituler aussi, si c'était ce que souhaitait son ami qu'il considérait comme sa famille.

— Finalement, je vivrai peut-être assez longtemps pour voir la femme aux yeux verts se noyer dans la marre de son propre sang, déclara Ogres à voix basse en baissant la tête.

Le fusil, toujours dans les mains de Faïz, se mit à lui brûler les paumes. William comprit à cette seconde qu'il venait de le perdre dans les abîmes les plus profonds où seules les ténèbres pouvaient survivre. Ce dernier détourna le regard puis ferma les yeux. Le bruit du coup de feu ne le surprit pas.

2

Je me dirigeai vers ma chambre, épuisée par cette dernière semaine, épuisée d'avoir autant pleuré. Il avait été convenu avec la famille Mattew, ainsi qu'avec le corps enseignant, que je reprendrais les cours dès la semaine suivante. Je ne pouvais m'empêcher d'afficher une moue morose rien qu'à l'idée de retrouver le monde des vivants et d'affronter par ailleurs, les regards curieux auxquels j'aurais droit dans les couloirs de l'université. Dans un soupir, je poussai la porte de ma chambre et me solidifiai brusquement.

— Bonjour Zoé.

William se tenait debout, près des grandes fenêtres de la pièce, les mains dans les poches.

— Que fais-tu ici ? L'enterrement était ce matin ! lâchai-je d'un ton plein de reproches.

Son regard se tourna vers le sol. C'était la première fois que je le vis si désemparé, si fragile.

— Je sais, murmura-t-il, je suis désolé.

— Je présume que tu étais avec Ray et… Faïz ?

Il hocha la tête pour seule réponse, le regard toujours dans le vide.

— Que faisiez-vous donc ?

À cet instant, il daigna enfin me jeter un regard et un silence s'installa entre nous. Je remarquai alors sa blessure au niveau de l'arcade sourcilière. Sa chemise grise, elle, était tachée par de multitudes traces foncées.

— Will, c'est… Que s'est-il passé ? bégayai-je.

— Juste un impératif un peu compliqué.

Il s'approcha doucement de moi et je sentis à cet instant mes jambes me lâcher. Ce dernier me rattrapa juste à temps, avant que je ne m'écroule.

— Zoé, je suis là. Je suis désolé pour aujourd'hui, me souffla William inquiet.

Ses bras me serrèrent tout contre lui. Son odeur, que je connaissais si bien, me ramena doucement à l'instant présent. J'écartai alors mon visage pour observer son regard torturé, presque anéanti et décidai d'en rester là pour aujourd'hui. William avait l'air d'être abattu par sa journée.

— Je vais dormir. J'ai vraiment besoin de sommeil, déclarai-je en me dirigeant vers le bord de mon lit.

— Oui, je te laisse. Je dois parler à Charles et Lily. Ils attendent eux aussi des explications.

Je le regardai s'en aller, mais juste avant qu'il ne franchisse la porte, je décidai de l'interpeller :

— Will, David a du nouveau. Nous devons nous retrouver tous ensemble pour en parler. Tu peux organiser la rencontre ?

Je savais que les choses iraient plus vite si je laissais William s'en occuper. Il était un des seuls à pouvoir encore s'approcher de Faïz. Depuis le décès de sa sœur, personne de sa famille n'avait pu rentrer en contact avec lui. Moi, encore moins. Sans nul doute, à ses yeux, j'étais responsable de sa mort. Au fond de moi, je ne lui en voulais pas de me détester.

— Tu peux compter sur moi, je m'en occupe, déclara William sincère, appelle-moi si tu as besoin de quoi que ce soit, de jour comme de nuit.

Je le remerciai de sa bienveillance avec un léger sourire, le premier depuis ce qui me semblait une éternité. Il me scruta quelques secondes avec un regard qui en disait long, comme si je venais de mettre un petit éclat de lumière dans sa misérable journée, puis il finit par tourner les talons.

Un souffle chaud caressa mon visage, ce qui m'obligea à ouvrir les yeux. La stupéfaction me gagna en découvrant que je me trouvais assise au cœur d'un paysage de rêve, de quoi combler l'inquiétude de n'importe quel être humain sur Terre. Je me relevai sans difficultés. Les grains de sable, piégés dans mes cheveux épais, s'envolèrent à la première brise de vent. Devant moi s'élevaient des dunes à perte de vue que le soleil rendait couleur or et ocre. Ce paysage tout en altitude me donna, durant les premières secondes, un léger vertige. Le sable fin, sous mes pieds nus, ne me brûlait pas, malgré un soleil au zénith. Je ne ressentais pas non plus la chaleur désertique sur ma peau. C'est en faisant le tour sur moi-même que j'aperçus un peu plus loin, une silhouette qui se tenait de dos. Sûrement une hallucination, pansai-je aussitôt. Je décidai de m'en approcher, souhaitant secrètement au plus profond de moi, retrouver pendant ces quelques minutes d'illusions, les bras de ma mère. Le sable craquait sous mes pas, brisant avec le vent, le silence lourd du moment. La silhouette ne bougeait toujours pas. Elle était là, immobile, attendant que je me rapproche. Mon cœur s'accéléra ainsi que ma marche. Finalement, je parcourus les derniers mètres en courant, manquant de m'étaler de peu dans le sable chaud. Lorsque la silhouette se retourna, je me figeai et portai aussitôt une main à mon cœur pour l'empêcher de s'arracher de ma poitrine.

— Victoria, murmurai-je avec difficultés.

— Ça va ? s'inquiéta instantanément cette dernière en voyant mon visage se décomposer, on dirait que tu viens de voir un fantôme.

Son sourire, si rayonnant de son vivant, me fit immédiatement monter les larmes aux yeux. Il n'y avait qu'elle pour arriver à se moquer d'une situation si solennelle avec tant de recul.

— Victoria, balbutiai-je une fois de plus la voix tremblante. Vicy, je ne t'ai pas sauvée.

La fin de ma phrase se brisa, tant elle était douloureuse.

— Personne n'aurait pu le faire, Zoé. Personne, chuchota Victoria en me prenant dans ses bras.

J'aurais voulu transformer cet instant si précieux en une éternité sans réveil.

— Ton enterrement était si triste, confiai-je à voix basse.

— J'avoue que ce n'était pas trop ce à quoi je m'attendais.

— Qu'est-ce que tu aurais voulu ?

— Une cérémonie un peu plus... rock'n'roll, avoua Victoria.

Je secouai ma tête, non surprise par la remarque de cette dernière.

— Je veux rester ici, avec toi, affirmai-je.

Victoria se recula :

— Mais Zoé, ne dis pas de bêtises. Tu vas vivre pour tes proches, pour mon souvenir, pour... Faïz.

— Il me déteste Vicy, et ça se comprend, répondis-je la gorge serrée par les sanglots qui menaçaient de se déverser de nouveau.

— Tu sais que c'est faux. C'est lui-même qu'il haï plus que tout en ce moment. Vous avez besoin l'un de l'autre pour...

Victoria se ferma brusquement. L'expression de son visage devint alors indescriptible. La peur ? L'inquiétude ? Non ! C'était de la détresse qui régnait dans son regard.

— Que se passe-t-il ? demandai-je d'un ton insistant.

— Oh non, souffla-t-elle, paniquée, en regardant tout autour d'elle.

— Vicy ? Parle-moi !

— Il nous a trouvées.

Je la fixai, complètement interloquée, ne comprenant pas à quel désastre elle faisait allusion. C'est alors que le vent chaud du désert se leva et le ciel, lui, se couvrit avec de gros nuages sombres qui annonçaient les prémices d'une tempête chaotique.

— Réveille-toi Zoé ! m'ordonna Victoria. Maintenant !

— Non attend, nous n'avons pas fini.

— Le Maestro arrive ! Il a trouvé une brèche. Tu dois te réveiller.

— Mais je n'y arrive pas. Es-tu en danger ? insistai-je.

— Non c'est toi, c'est vous tous. Les Bunshees doivent être libérées…

Les paroles de Victoria s'envolèrent avec les violentes bourrasques. L'orage arrivait au loin. Je n'entendis plus le moindre mot qu'elle me hurlait.

— Les Bunshees ? Quoi ? Tu veux dire quoi par-là ? criai-je à mon tour.

— La pierre Zoé !

— Pourquoi me parles-tu de l'émeraude ?

— Non, non. Pas celle-là, l'autre !

Victoria regarda derrière elle puis se retourna de nouveau vers moi. C'est alors qu'elle me poussa de toutes ses forces du haut de cette immense dune, recouverte désormais de cendres. Mon corps tomba à cet instant, dans un néant sans fin.

Des éclats de voix provenant d'en bas me réveillèrent. Le visage en sueur, incapable de me sortir ce rêve de la tête, je mis plusieurs minutes à comprendre que le matin était déjà là. Devais-je en parler au groupe ou juste à William ? Il risquerait de me prendre pour une folle et mettrait sûrement ma terrible vision sur le compte du contrecoup de l'enterrement. Dans mon lit, je fixai toujours le plafond, au niveau des moulures, qui formaient au centre une rosace. *Victoria*, prononçai-je dans un murmure avant de me décider à me lever, le cœur toujours pas guérit.

Le doigt menaçant de Lily pointait en direction de Ray lorsque j'apparus dans le salon. Ne sachant pas ce qu'il se passait, je préférai rester à l'entrée pour analyser et comprendre la situation.

— Vous n'aviez pas le droit ! prononça Lily, la mâchoire serrée, le visage déformé par la colère.

— Je ne regretterai jamais ce que nous avons fait, répondit Ray le plus calmement possible.

Assis aux côtés de Charles, William semblait observer la scène, mais en y regardant de plus près, son regard était vide, sans expression. Ce dernier était abattu. Ce n'était pas difficile de deviner qu'il n'avait pas dormi depuis des jours. Faïz devait être dans le même état. À cette pensée, ma respiration manqua un souffle et la douleur dans ma poitrine revint aussi violemment qu'un boomerang.

— Ce n'est pas ça la justice, Ray…, fils.

La voix de Lily se faisait suppliante à l'égard de celui-ci. Elle posa une main délicate au niveau de son torse. Ray parut aussitôt touché par ce geste et sa carapace se fissura.

— Ogres est mort. Aucun tribunal sur Terre n'aurait pu rendre justice à Victoria. Il sera jugé Lily, comme nous tous ici. C'est le principal.

Je compris pourquoi Ray, William et Faïz étaient absents à l'enterrement. Cette révélation ma glaça le sang. Je sentis alors les yeux de William se poser sur moi, mais il m'était impossible de le regarder, désabusée par ce qu'ils avaient fait.

— Zoé, m'interpella Charles surpris de me voir, viens donc manger quelque chose avant de partir.

Il essayait d'employer un ton le plus détaché que possible.

— Merci, mais je n'ai pas vraiment faim. Où devons-nous aller ? réussis-je à demander malgré une boule grandissante dans la gorge.

Lily s'approcha de moi tandis que William se levait pour venir à ma rencontre.

— Faïz vous attend, déclara Lily pleine de rancœur à l'encontre de son fils. Apparemment, vous avez tous à vous parler.

— David, Asarys et Alexia nous rejoindront, ajouta William.

— Très bien, acquiesçai-je, je vais chercher ma veste dans ma chambre.

— Nous t'attendons dans la voiture, déclara Ray en passant devant moi pour atteindre la porte d'entrée.

Nous descendîmes tous les trois du 4X4 de Ray. Les deux amis n'avaient échangé aucun mot durant tout le trajet, à peine un regard. Chacun paraissait plongé dans ses propres pensées et celles-ci prenaient sûrement de mauvaises directions d'après ce que j'avais entendu ce matin, dans le salon de la villa. Lorsque nous nous engouffrâmes à l'intérieur de l'immeuble, mon pouls s'accéléra et l'inquiétude me gagna. En effet, je n'avais pas revu Faïz depuis le drame ni échangé le moindre mot avec ce dernier. Seule sa mère avait été autorisée à le contacter pour la préparation des funérailles. Je redoutai le moment où je franchirais le seuil d'entrée de son loft. Blottie dans le coin de l'ascenseur, ma respiration résonnait à mes oreilles jusqu'à ce que les portes s'ouvrent sur un vaste séjour. Mes yeux trouvèrent aussitôt mes trois amis, assis dans l'immense canapé de la pièce à vivre. L'endroit était éclairé malgré un temps toujours maussade, mais sans pluie. Lexy et Asarys se levèrent immédiatement en me voyant et vinrent sans attendre à ma rencontre.

— Ça va ? s'empressa de me demander Lexy en me prenant délicatement dans ses bras.

— Qui…, mais qui vous a contacté ? demandai-je surprise.

J'étais soulagée de retrouver les filles et David. Ils étaient mes piliers dans cette épreuve.

— C'est Will, hier soir, répondit David derrière elles, j'ai des informations urgentes à vous communiquer.

— Très bien, nous t'écoutons !

Le son de cette voix me figea sur place. Mes trois amis s'écartèrent pour laisser passer Faïz. Ce dernier vint se planter à même pas un mètre devant moi. Ses mains se rangèrent dans ses poches, attendant que nous lui annoncions la suite. Quand son regard croisa le mien, ses prunelles, noir ancre, m'assénèrent toute la colère qu'il portait en lui. Rien n'aurait pu me préparer à ça. Je baissai mes yeux, que pouvais-je faire d'autre ? À part accepter de vivre avec ce lourd fardeau jusqu'à la fin de mes jours.

— Ok, venez par ici, déclara David en claquant des mains afin de mettre fin à cet instant de mise à mort.

Mon ami rejoignit la grande table rectangulaire où était posé son ordinateur. Nous nous postâmes tous autour de lui, à l'exception de Faïz qui préférait rester en retrait, adossé à un des murs non loin de nous, le regard tourné vers les grandes fenêtres. Lui aussi était épuisé. Il était là, mais sans y être. Son esprit venait de s'évader à travers la grande baie vitrée et je ne savais que trop bien où il s'en était allé.

— Zoé ? Tu es avec nous ?

La voix de William m'obligea à tourner ma tête vers David, qui paraissait m'attendre pour commencer sa présentation à l'aide de son ordinateur.

— Oui, nous pouvons commencer, affirmai-je en lançant un regard mal à l'aise à l'encontre de William.

Ce dernier ne cacha pas son agacement sur l'intérêt que je portais à Faïz. *Bon sang, mais c'est quoi son problème ? Je m'inquiète pour lui, c'est tout !* Je fis mine de ne pas relever sa moue contrariée.

— La partie codée, étudiée et traduite par l'algorithme que j'ai instauré nous indique que ce que nous recherchons ne se trouve pas sur le territoire américain, mais bien sur un autre continent.

— Attend, interrompit Faïz en levant sa main dans le vide, le tombeau du Maestro n'est pas ici ? Nous avons tout faux depuis le début ?

— En fait, continua David, le Callis ne parlait pas d'un lieu exact. Ce qu'il expliquait par contre, c'était comment affaiblir le Maestro afin de le pousser dans ses derniers retranchements avant de le renvoyer dans sa sépulture.

— Donc nous recherchons quoi au juste ? Et où ? s'impatienta Asarys.

— Eros ! lâcha David de but en blanc.

— Seigneur, non. Dites-moi que je rêve, prononça doucement Faïz tout en se pinçant l'arête du nez, les yeux clos.

— Ok, Ok, deux minutes s'il vous plaît, releva Lexy en secouant sa tête. Eros ? C'est quoi encore que ce truc ?

— Eros est une île au large du Japon, inexistante sur

les cartes terrestres, expliqua William.

— Lexy ? On vient de te dire inexistante ! s'écria Asarys à l'encontre de cette dernière qui consultait déjà internet sur son téléphone.

— Pour Google Map, inexistant ça n'existe pas ! se défendit Lexy en rangeant son portable dans sa poche.

— Que devons-nous trouver là-bas ? demanda William.

— Une pierre, répondit David, plus précisément un rubis.

— C'est quoi ce délire ? s'emporta Lexy. Un rubis ? Une pierre que nous pouvons trouver ici, chez nous, dans n'importe quelle villa huppée de Californie ?

— *LE* rubis, reprit David, celui qui a appartenu à Kushisake-Onna.

— Kushicake, merde, c'est qui encore celle-là ? protesta Asarys décontenancée.

— Kushisake, la reprit David, une autre légende. Laissez-moi poursuivre. On dit que cette femme détenait et détient toujours, un rubis qui peut libérer les Banshees de leur sortilège. Si nous retrouvons cette pierre, les Sylphides retrouveront alors leurs pouvoirs célestes et mèneront le combat à nos côtés.

David décida de marquer une pause et croisa ses bras, l'air tracassé. La suite ne disait rien de bon.

— Ok, reprit Asarys, donc nous allons à Eros, nous retrouvons Kushisake et nous lui demandons le rubis ? Non ? C'est aussi simple que ça.

— Oui, Asarys a raison. Elle doit forcément nous attendre, acquiesça Lexy.

Le léger ricanement de Faïz nous fit immédiatement nous retourner vers lui.

— En fait non ! déclara-t-il d'une voix neutre en allant s'asseoir à l'autre bout de la table, Kushisake sera difficile à convaincre, car il se trouve qu'elle est morte. Cependant, on raconte que son être surnaturel continue de hanter l'île. Cette femme est maléfique et aime les ténèbres. Tout comme le Maestro, elle est un vecteur du mal. Si les âmes des Banshees sont prisonnières du rubis, c'est parce qu'elle s'en nourrit.

Une vague inquiétude envahit Faïz. Sa tête se tourna vers David.

— Que devrons-nous faire de cette pierre ensuite ? lui demanda celui-ci.

— Le rubis doit être mis dans le tombeau où repose la dépouille du voyageur. C'est son talon d'Achille. En effet, cette pierre est dangereuse pour lui, elle a comme propriété d'affaiblir les pouvoirs d'Athanase qui cherche toujours un corps dans lequel s'incarner.

— Attendez, on peut juste ralentir ? s'exclama Asarys en levant les mains au ciel. Donc du coup…, c'est quoi le plan B ?

— Il n'y en a pas ! répondit sèchement Faïz. Le Callis a raison, il n'y a qu'une légende malfaisante pour en vaincre une autre et Kushisake est l'alliée qu'il nous faudrait pour mener à bien cette guerre contre Athanase. Elle vient d'un autre temps, il y a un peu plus d'un siècle environ où les samouraïs dansaient encore avec leur concubine. Kushi était une perle rare, capable de mettre n'importe quel homme à genoux. Un samouraï finit par lui convenir et elle en tomba follement amoureuse.

Seulement, son amant jaloux ne supportait pas sa beauté vaniteuse. Lors d'une énième violente dispute entre eux, l'homme s'empara de son sabre et la défigura en lui fendant la bouche de chaque côté jusqu'aux oreilles.

Nous étions tous les trois pendus aux lèvres de Faïz quand ce dernier marqua une pause. Cette histoire était effroyable et aucun d'entre nous n'osa briser le silence durant quelques secondes. Soudain, les paroles de Victoria me revinrent en mémoire. C'était donc ça qu'elle essayait de me dire. J'aurais aimé me confier à mes amis, mais c'était impossible. Je ne pouvais faire part de cette étrange rencontre survenue dans mon rêve, et encore moins à Faïz.

— Sa légende commence juste après sa mort, continua celui-ci. Les habitants peuvent la croiser dans les recoins de l'île, qui est, la plupart du temps, plongée dans un épais brouillard. Elle déambule avec un masque, posé sur le bas de son visage et demande à une personne au hasard, à l'ombre des regards, si elle est jolie. Avant que la personne ne réponde, Kushi enlève son masque et le sort de l'inconnu dépend de sa réponse.

— La vie ou la mort ? demanda Lexy tout en craignant de découvrir la réponse.

— Oui, répondit Faïz. Malheureusement, il est impossible de l'affaiblir dans sa quête vengeresse. Ses adorateurs la vénèrent et nourrissent cet esprit en lui offrant l'âme de Sylphide qui devient alors une Banshee. Dans un rubis, aussi rouge que le sang qu'elle a tant versé, ils capturent depuis des décennies, ces nymphes en parcourant le globe. Pour pouvoir se débarrasser de ce démon, les autorités de Eros essayent tant bien que mal d'éradiquer cette confrérie au service du mal, mais le gourou est un homme puissant et malfaisant, protégé par les membres de sa communauté et aussi par les forces occultes qu'ils invoquent auprès de Kushisake lors de sombres cérémonies.

Je comprenais mieux toute la complexité du problème. Tant de questions me venaient en tête et je ne savais pas par laquelle commencer.

— Bon ! Peut-être que la mission n'est pas si compliquée, dit Lexy tout en haussant les épaules. Ces illuminés ont forcément une faille.

Cette dernière se heurta face à un mur de silence. Nous étions tous perplexes sur le sujet.

— Avec une bonne organisation, ajouta Lexy, nous pouvons arriver à convaincre Kushisake de nous remettre la pierre. Nous libérons les Banshees et la planète est saine et sauve.

— Nous ? s'étonna Faïz en posant pour la première fois son regard sur chacun d'entre nous.

— Oui, hésita David. Je pense que nous avons tous un rôle à jouer et ce serait trop risqué d'y envoyer seulement une ou deux personnes. Nous pouvons tous aider. Pas vrai ?

Mon ami questionna du regard notre petit groupe pour y trouver du soutien, c'est alors que Faïz ne pût s'empêcher d'émettre un petit ricanement insolent.

— Je crois que vous en avez déjà assez fait comme ça ! Gardez votre aide, je n'en veux pas, trancha ce dernier tout en me foudroyant du regard.

Mon cœur se serra, cette attaque me coupa le souffle. Son ton et ses mots me blessèrent cruellement. Une douleur immuable dans ma poitrine réapparut aussitôt.

— Faïz ! intervint William dans une bouffée de

colère. Nous ne sommes pas là pour ça ! David a raison, nous devons tous nous rendre sur Eros.

— Je n'irai nulle part avec la bande de Dingo ! s'écria Faïz en désignant mes trois compères.

— Dingo, murmura Lexy en pianotant sa bouche du bout des doigts tout en fixant le vide d'un air sévère. Dingo…, répéta-t-elle. Ça ne serait pas le chien de Mickey ?

Elle se tourna vers Asarys pour une éventuelle confirmation de sa part, mais celle-ci paraissait hésiter devant cette énigme.

— Non, tu confonds, rétorqua David. Le chien de Mickey c'est Pluto. Il est jaune avec les oreilles…

— Merde ! Vous êtes sérieux là ? s'exclama Faïz désormais dans une rage noire. Mais c'est une blague ? Ils vont tous nous faire tuer !

Je fermai les yeux et me pinçai les lèvres. Certes, j'étais habituée à la mauvaise humeur de Faïz, mais je ne voulais pas que mes trois amis soient effrayés par ce dernier, sachant que nous devrions passer plus de temps tous ensemble à l'avenir.

— Ne t'en prends pas à eux ! intervins-je, ils essayent juste d'aider. David a passé énormément de temps sur les écrits du Callis.

— Zoé a raison, acquiesça William en s'avançant vers Faïz. Chacun de nous peut être utile comme l'a souligné David.

Faïz secoua la tête pour désavouer et finit par se tourner vers Ray qui se tenait en retrait du groupe.

— Je suis de l'avis de Zoé et Will, trancha Ray les bras croisés. Nous partirons tous ensemble à Eros.

Désormais, nous devrons faire avec.

— Très bien, capitula Faïz dans un soupir. Nous partirons demain !

Des éclats de voix fusèrent à travers le séjour à la suite de cette annonce. Un brouhaha de contestations s'échappa de part et d'autre de la pièce. Ray et William se rapprochèrent de Faïz tandis qu'Asarys et Lexy me prirent chacune par le bras, m'empêchant ainsi d'entendre la conversation entre ces trois-là.

— Le lycée, nos familles… Enfin Zoé, ce ne serait pas raisonnable ! s'exclama Asarys.

— Nous ne pouvons pas tout quitter comme ça du jour au lendemain, ajouta Lexy en fronçant les sourcils.

Mes amies n'avaient pas tort. Je restai silencieuse, attendant que Faïz ou William nous annonce leur décision. Après plusieurs minutes interminables, les trois hommes se dirigèrent vers nous et ce fut finalement Ray qui prit la parole tout en fixant Asarys.

— Quatre semaines. Ça nous laisse le temps de peaufiner le départ pour mener à bien cette mission. David ?

Ray interrogea mon ami du regard.

— Pourrais-tu continuer d'approfondir les recherches d'ici là ? Il faut que nous en sachions le plus possible sur Eros et Kushisake.

— Bien sûr, vous pouvez compter sur moi, assura David visiblement impliqué dans sa mission.

— Parfait. Je crois que nous pouvons tous rentrer chez nous. Nous ferons le point chaque fin de semaine jusqu'au départ, déclara Ray avant de remettre les mains dans ses poches.

Il nous salua d'un signe de tête puis se dirigea vers la sortie du loft avec Asarys sur les talons. Avant de s'engouffrer dans l'ascenseur, elle se retourna vers nous.

— On s'appelle, marmonna celle-ci en mimant le téléphone avec sa main.

Puis les portes se refermèrent sur elle. Lexy commença à ouvrir la bouche, mais William la coupa aussitôt :

— Je la ramènerai. Merci Lexy.

— Très bien. David, il est temps pour nous de partir, déclara mon amie en lui prenant le bras.

— Nous passons te voir demain ? me demanda David.

— Oui, faisons comme ça. Merci pour tout.

Mon ami se retourna vers moi, manifestement touché par la sincérité de mes paroles. Une partie de moi voulait partir avec eux à ce moment-là, mais l'autre voulait se confronter à la dure réalité du moment.

— On y va ? demanda William.

Mon regard s'attarda sur les portes de l'ascenseur, puis je me tournai vers celui-ci, hésitante.

— Attends-moi en bas s'il te plaît, déclarai-je à voix basse, je dois parler à Faïz. Nous ne nous sommes pas vus depuis…

Les mots me manquèrent pour finir ma phrase. La douleur de mes paroles ravivait une souffrance trop présente dans ma chair. William, compatissant, me caressa délicatement la joue. Je luttai pour ne pas craquer ici, maintenant.

Quand tout le monde eut quitté le loft, je pris une grande inspiration et me tournai vers Faïz. Ce dernier, debout au milieu de la pièce, me fixait avec une amère désespérance dans le regard. Il semblait avoir attendu ce moment, celui que je redoutais depuis des jours. Je m'avançai au plus près de lui et à ma grande surprise, il ne recula pas. À cet instant, mon cœur explosa dans ma poitrine et mon pouls résonna dans mes tempes. Son odeur si familière me ramena à une époque où j'avais caressé le bonheur du bout des doigts.

— Je ne peux pas Zoé, murmura douloureusement ce dernier en plongeant son regard dans le mien.

Je le scrutai inquiète.

— Tu ne peux pas ?

— Tu voudrais que je te dise que ce n'est pas ta faute ? Que personne n'aurait pu empêcher l'assassinat de Victoria ? Ou encore, que tu as fait ce que tu pouvais ?

Je secouai vigoureusement la tête en essayant de trouver mes mots :

— Je… Non…, je n'attends rien.

J'étais décontenancée, prise de court par ces paroles qui me poignardaient, telle une lame chauffée au fer blanc. Dans un effort, je chassai mes larmes qui menaçaient de s'échapper.

— Je vais devoir vivre ou survivre avec ça jusqu'à la fin de mes jours, réussis-je à articuler péniblement. Je m'éteins chaque minute un peu plus, mais ce n'est pas ça qui me fait peur. Je me fous de ce qui peut m'arriver, Faïz. Je crains que le temps se soit arrêté pour toi et je ne veux pas, non, je refuse que tu portes ce que je suis seule à devoir porter.

C'est avec difficultés que j'arrivais à contenir l'émotion dans ma voix. Les prunelles étincelantes de Faïz paraissaient hurler tout son désespoir.

— J'aurais voulu que les choses en soient autrement Zoé, mais il m'est impossible de remplir le vide que je ressens. Une partie de moi s'en est allée avec elle.

— Si seulement j'avais pu prendre sa place. Je lui aurais donné ma vie. Je sais que rien de ce que je peux dire ou faire ne pourra la ramener.

Une larme roula sur ma joue. Faïz prit mon visage entre ses mains, ce qui suffit à calmer mes peurs et ma tristesse infinie. Sans que je ne m'y attende, ses lèvres vinrent s'écraser avec violence sur mon front. Je fermai alors mes yeux, accablée devant sa si grande fragilité, consciente que j'avais cruellement besoin de lui.

— Si tu savais comment je me hais de te détester autant, chuchota ce dernier, la mâchoire serrée.

Je me dégageai de son emprise et reculai précipitamment, paniquée par cet aveu. Il n'essaya pas de me retenir.

— Oui Zoé, je t'en voudrai jusqu'à la fin de ma vie. Qu'est-ce que tu croyais ?

Je restai là, figée, effrayée devant sa froideur. Il me fallut plusieurs secondes pour retrouver la parole.

— Rien, je ne croyais rien, balbutiai-je encore sous le choc. Je me rends compte que j'ai également perdu quelqu'un d'autre aujourd'hui.

Ma voix se brisa et je fermai mes yeux pour rassembler mes idées.

— Tu ferais mieux d'y aller, pesta Faïz. Il serait peut-être temps d'arrêter de faire attendre William.

Encore sonnée, je ne pris pas la peine de relever sa phrase lourde de sens. Je fis aussitôt demi-tour et rejoignis au pas de course les portes de l'ascenseur, le cœur en miettes, sans même adresser un au revoir.

<u>FAÏZ</u>

Serrant les paupières de toutes ses forces, Faïz était incapable de faire le moindre mouvement, paralysé par la dernière image qu'il avait de Zoé. Il savait qu'il venait de détruire le peu d'humanité qu'il restait en lui. Tout ce qui lui était cher l'avait enfin quitté. Soudain, un violent choc résonna au sein du loft, ce qui obligea Faïz à rouvrir les yeux. Il aperçut alors William qui le fixait avec une telle rage dans le regard. Son poing encore serré ne semblait pas souffrir du violent coup qu'il venait de donner dans le mur près de l'entrée.

— Que lui as-tu dit ? rugit William furieux.

— La vérité, rien que la vérité ! répondit Faïz d'une voix glaçante.

— Je t'interdis de la torturer plus qu'elle ne l'est déjà.

Le doigt menaçant de William en direction de Faïz ne parut pas déstabiliser ce dernier, bien au contraire. Les deux hommes s'affrontèrent durant quelques secondes du regard avant que Faïz ne s'avance finalement vers ce convive qu'il jugeait un peu trop envahissant.

— Va la rejoindre ! Elle est à toi ! aboya le jeune homme en fusillant William du regard.

Ce dernier ne put supporter plus de mépris et asséna à son rival un violent crochet de la droite qui suffit à faire voler Faïz à l'autre bout de la pièce. Celui-ci s'écrasa contre un meuble qui explosa littéralement en mille morceaux. En se relevant, le jeune homme essuya avec le revers de sa main, un petit filet de sang au coin de sa bouche avant d'ajouter fou de rage :

— Fais attention, je pourrais te réduire en pièce en moins d'une seconde, Will.

— Comme Virgin ? Ou Ogres ?

— Ils ont eu ce qu'ils méritaient ! articula Faïz en s'avançant d'un pas rapide vers William.

— Personne ne peut cautionner ce que tu as fait ! Et la personne d'accord avec ça, n'est rien d'autre qu'un monstre lui aussi.

— Sors de chez moi immédiatement ! ordonna Faïz menaçant, le visage à quelques centimètres de celui de William. Ou j'ai bien peur de déclencher une guerre avec les Sylphes.

<u>3</u>

— Tu veux bien faire ça ?

Mon esprit revint au moment présent et je m'aperçus que je n'avais rien suivi de la conversation qui se tenait en ce moment avec mes amis. Asarys me regardait sans cacher son agacement. Dehors, sur le campus, la foule d'étudiants autour de nous se préparait, pour la plupart, à quitter le campus.

— Tu veux que je fasse quoi ? m'empressai-je de demander.

Les longs soupirs de Lexy et de David à mes côtés ne manquèrent pas de me mettre mal à l'aise.

— Je suis désolée, confiai-je à voix basse tout en regardant en direction de la cafétéria.

Cette fin d'après-midi marquait le début du week-end pour certains, quant à moi, il me faudrait d'abord finir mon service qui devait commencer d'une minute à l'autre.

— Zoé, tu as été toute cette semaine complètement absente psychiquement. Je sais que la reprise a été dure, mais nous nous inquiétons, m'avoua Asarys d'une voix plus douce.

En effet, cette première semaine à l'université depuis la disparition de Victoria m'avait fait revivre chaque jour

45

cette journée d'horreur où la culpabilité ne me lâchait pas, même une seconde. Au sein de l'établissement, je sentais tous les regards curieux et inquisiteurs peser sur mon dos. Cette situation ne faisait qu'empirer mon mal-être.

— Alors ? Tu voulais que je fasse quoi ? insistai-je pour paraître crédible.

— Ce soir, quand tu verras William au manoir, donne-lui bien ces documents. C'est important.

Mon amie me tendit alors une grosse enveloppe et ajouta :

— C'est ce dont il avait besoin pour nos visas.

— Mes documents y sont aussi, déclara Lexy.

Je me tournai vers David qui parut gêné.

— Pour ma part, c'est préférable que je reste ici, déclara ce dernier ennuyé.

— Comment ça ? m'empressai-je de lui demander, alarmée.

— William et Ray pensent que je serais plus utile à L.A, comme guide. Là-bas, vous ne disposerez pas de tous les moyens technologiques pour mener à bien la mission. C'est donc moi qui aurais cette responsabilité.

— J'aurais préféré que tu viennes avec nous, mais je sais bien que tu seras aussi indispensable ici qu'à Eros.

David essaya de cacher son inquiétude avec un sourire puis il consulta l'heure sur sa montre. Ce dernier me fit comprendre, avec un regard, qu'il était temps pour nous deux d'aller travailler. Asarys posa une main sur mon épaule.

— À plus tard. Essaye de m'appeler ce soir quand tu rentreras du manoir.

Je répondis à mon amie avec un petit signe de tête. Je savais qu'avec Lexy, toutes deux mourraient d'envie de me poser mille et une questions, mais elles se retenaient à cause de la difficile épreuve que je vivais actuellement.

Le travail à la cafétéria était une véritable échappatoire et me procurait une certaine paix d'esprit. Le rythme soutenu ici me laissait peu de temps de réfléchir sur ce qu'était devenue ma vie. Convaincre Lily et Charles n'avait pas été une mince affaire. Pour eux, c'était une surcharge de travail inutile que je m'imposais. De plus, ils s'inquiétaient énormément pour ma sécurité. Chaque déplacement que j'entreprenais était sujet à de longues discussions où je devais avancer méthodiquement chaque argument afin de les convaincre de ne pas me coller un chaperon sur le dos.

— Eh merde, jura David entre ses dents.

Prenant à ce moment une commande au comptoir, je ne pus m'empêcher de regarder l'espace d'un instant, l'entrée du réfectoire. C'est alors que j'aperçus Rachelle franchir le pas de la porte avec sa bande de vipères.

— Laisse, je m'en occupe, déclara mon ami en laissant tomber le travail d'inventaire qu'il été en train de réaliser derrière moi.

— Non !

Il me regarda comme si j'étais devenue folle.

— Mais elles vont te massacrer ! Tu n'es pas en mesure de leur faire face, Zoé. Ne déconne pas, insista mon ami à voix basse.

— Ça va aller, je t'assure.

David baissa la tête en serrant son poing devant lui. Il hésita à ajouter quelque chose, mais se ravisa aussitôt. Puis, celui-ci pointa son doigt en ma direction avant d'ajouter :

— Très bien, mais je suis juste à côté si les choses se gâtent. OK ?

Rachelle se présenta comme à son habitude avec un air des plus hautains. Son visage, un tant soit peu joli à ce moment, m'exaspérait terriblement. Elle semblait jubiler intérieurement de me voir n'être plus que l'ombre de moi-même. Son serre-tête en velours violet me fit presque lever les yeux au ciel.

— Du lait d'amande avec une touche de chocolat, commanda cette harpie avec un regard méprisant.

Les autres pestes passèrent leur commande sur un ton tout aussi désagréable. Pendant que je m'empressais de leur préparer leurs boissons, afin qu'elles déguerpissent au plus vite d'ici, la petite rousse positionnée à côté de Rachelle s'adressa à cette dernière à haute voix :

— Alors ? Tu nous avais promis de nous raconter ta soirée et ta nuit avec Faïz !

À entendant ces paroles, ce ne fut pas sans mal que je réussis à rattraper le gobelet qui faillit m'échapper des mains. De petits ricanements fusèrent dans tous les sens devant ma maladresse. Ce groupe de bohèmes à la con parut satisfait de la bombe que leur amie venait de jeter. À ce moment, je sentis le sol se dérober sous mes pieds et une brûlure envahit petit à petit chaque artère de mon corps. C'était hors de question que je laisse apparaître ne serait-ce qu'une once de fragilité à l'écoute de cette réflexion, ce n'était ni le lieu et encore moins le moment de me donner en spectacle avec ces pies-grièches. Si elle et Faïz s'étaient retrouvés et avaient décidé de continuer leur romance, ce ne serait sûrement pas moi qui viendrais faire un esclandre. Rachelle pouvait le garder, peu m'importait de connaître la nature de leur relation.

— Suivant ! criai-je une fois leur commande servie.

Rachelle marqua un temps d'arrêt avant de récupérer sa boisson. Cette dernière s'adressa à moi avec un sourire sinistre :

— Tu sais bien, Zoé, que ça n'aurait jamais marché entre vous. Il aura fallu qu'un malheur s'abatte sur sa famille pour que Faïz prenne conscience des personnes qui lui étaient chères.

— Nous allons manquer de tasses pour le service en salle, intervint précipitamment David en me tenant par les épaules.

Son intrusion arriva au bon moment, car la rage intérieure qui m'animait menaçait d'exploser. Rachelle pouvait parler de Faïz aussi longtemps qu'il lui plairait, mais pas de Victoria. Je refusai qu'elle se serve d'elle comme prétexte pour m'atteindre. Sans un mot, je filai dans la réserve d'un pas rapide en jetant mon tablier au sol. À l'intérieur de la pièce exiguë, j'appuyai ma tête contre des cartons de briques de lait posés sur une étagère et laissai couler en silence un océan de larmes.

J'avais l'impression d'avoir quitté le manoir de la Septième Terre il y avait bien longtemps, comme si me retrouver là, me ramenait à un autre temps. La nuit noire avec une lune quasi inexistante plongeait l'endroit dans un décor irréel et pesant. J'observai de loin le haut de la bâtisse sortant de terre et hésitai un instant à marcher jusqu'à celle-ci. Soudain, mon téléphone sonna, c'était encore un appel d'Asarys. Je savais qu'elle s'inquiétait pour moi, connaissant David, mon accrochage avec Rachelle lui avait déjà été rapporté. Je raccrochai et rangeai l'appareil dans mon blouson sans prendre la peine de répondre à mon amie, puis je finis par me décider à parcourir la clairière pour pénétrer dans la demeure.

— Tu m'as manqué, prononça William, sincère, en me prenant dans ses bras.

Je regrettai notre dernier échange en bas du loft de Faïz. William avait essayé de me retenir pour me convaincre de monter dans sa voiture, mais j'avais refusé de façon presque hystérique qu'il me ramène à Elora. C'était avec dépit qu'il m'avait finalement laissée partir. Le long trajet en bus m'avait aidée à me calmer.

— Ça va ? me demanda-t-il doucement, son visage enfoui dans mes cheveux.

Je secouai ma tête de droite à gauche pour seule réponse. Son étreinte se resserra comme si elle avait le pouvoir de me guérir. Même si ce n'était pas possible, une paix s'immisça malgré tout en moi, un sentiment que je pensais disparu. À mon tour, je pris William dans mes bras, autorisant mon corps à se détendre afin de lâcher prise quelques instants.

— Ne reste pas dans l'entrée, déclara ce dernier en se dégageant.

C'est alors que j'ouvris mon blouson afin de lui donner l'enveloppe contenant les documents que Lexy et Asarys m'avaient confié. William les consulta rapidement tout en marchant en direction de la salle blanche. Des flash-back de la soirée d'anniversaire de Victoria me revinrent au fur et à mesure que nous approchions de l'entrée du séjour. Le vertige me prit et une boule grandissante apparut soudainement au creux de mon ventre. Au moment de franchir le pas de la porte, j'aperçus, assise dans un des fauteuils de la pièce, une jeune femme qui paraissait nous attendre.

— Zoé, je te présente ma sœur, Kayla. Elle arrive tout juste de Detroit.

— Enchantée, balbutiai-je, surprise par cette rencontre inopinée tout en m'avançant vers cette dernière.

— Fascinant, murmura Kayla en me dévisageant intensément. Une non-égrégore sur Terre, une âme créée par la source divine elle-même. Enchantée de vous rencontrer, Déesse.

— Non…, déclarai-je aussitôt, gênée, en remuant les mains devant moi. Zoé tout simplement. Tu… tu es un Sylphe aussi ?

— Une Sylphide, mais je n'aime pas cette dénomination. Les contes pour enfants y sont pour beaucoup.

Kayla esquissa un sourire sur ses lèvres qui illumina son visage d'une beauté captivante. Elle me dépassait d'une bonne dizaine de centimètres. Ses longs cheveux, d'un blond vénitien et coiffés en une demi-queue, dégageaient son faciès, faisant ressortir son nez aquilin. Ses yeux bleus en amande me rappelaient ceux des lynx, soulignés d'une ligne parfaite d'eye-liner. Elle était vêtue d'un top moulant en vinyle noir qui révélait sa taille de guêpe. Sa stature et ses gestes raffinés occupaient à eux seuls l'espace de cette pièce. Je fus surprise de constater qu'elle continuait de me fixer, comme captivée par ce que j'étais. Pourtant, elle n'avait rien à m'envier, bien au contraire. Soudain, son regard fit des va-et-vient entre William et moi.

— Je comprends mieux pourquoi mon frère me casse les pieds au sujet de tes yeux, finit-elle par ajouter. J'avoue n'avoir encore jamais vu cette couleur auparavant.

— Kayla ! la coupa William en claquant des mains afin de ramener sa sœur à la raison, nous devons régler des choses urgentes ce soir.

— Je t'en prie, déclara cette dernière d'un ton suppliant. Ce n'est pas tous les jours que l'on fait la connaissance de la femme bénie par les premiers chants des hommes. La plus céleste et précieuse création de notre Déesse mère et de surcroît, dotée d'une capacité exceptionnelle.

— Zoé est une mortelle dans cette vie et tu vas finir par la mettre mal à l'aise plus qu'autre chose si tu continues à lui parler ainsi.

— William a raison, je n'ai absolument rien d'exceptionnel, déclarai-je embarrassée. À mes yeux vous l'êtes bien plus que moi.

— Dois-je comprendre que mon frère t'a déjà montré un de ces quelques petits tours de passe-passe ? me demanda Kayla d'un air moqueur.

William se racla la gorge pour essayer de clore ce sujet de conversation, puis il se pencha vers moi :

— Tu dois sûrement être affamée. Veux-tu manger ici ou que l'on sorte dîner dehors ?

— Pour tout te dire, ni l'un ni l'autre, déclarai-je hésitante. Je n'ai pas mal grignoté pendant mon service et je ne comptais pas m'attarder ici.

— Ah, je vois, répondit William, déçu.

Il baissa son regard et l'expression de son visage me toucha plus que je ne l'aurais voulu.

— Par contre, je ne dirais pas non pour un café et pourquoi ne pas rester finalement, afin que je fasse un peu plus connaissance avec ta sœur, me rattrapai-je.

Le soulagement et la gaieté que je lus à ce moment dans ses yeux suffirent à déteindre sur moi. Je lui adressai en retour un sourire sincère. Le premier depuis une éternité. Quant à Kayla, elle parut me remercier avec une œillade complice.

Je ne savais pas quelle heure il devait être. Nous avions tous les trois parlé une bonne partie de la soirée. Kayla m'avait raconté sa vie à Detroit, difficile à combiner avec son emploi du temps surchargé à cause de son boulot dans le monde boursier. Contrairement à ses deux frères, elle avait refusé de travailler pour le gouvernement.

— J'ai lu ton article dans le magazine So Home News, c'est vraiment du bon boulot. Tu devrais continuer dans cette voie, m'encouragea cette dernière.

À cet instant, des lambeaux de souvenirs vinrent envahir ma mémoire. Ma suite au Plaza, la soirée de gala… et Faïz.

— Zoé, ça va ? s'inquiéta William.

Rapidement, mon esprit revint au moment présent. Je fermai les yeux en me pinçant l'arête du nez, puis ajoutai :

— Oui, c'est juste que je suis fatiguée. Pour revenir à l'article, j'ai réussi à décrocher tous mes prochains stages au sein de la maison.

— Mais c'est génial ! s'exclama Kayla en regardant

William, assis à côté d'elle.

— Je suis heureux pour toi, me confia ce dernier en m'adressant un large sourire avant de se lever.

— Tu nous quittes ? s'empressa de lui demander sa sœur.

— Je dois m'occuper de ces papiers, déclara William en agitant l'enveloppe que je lui avais confiée en arrivant.

À peine celui-ci fut sorti de la pièce que Kayla se rapprocha de moi en s'installant sur un autre fauteuil.

— Alors ? Comment ça marche ? m'interrogea cette dernière, tout excitée, en prenant soin de surveiller d'un œil l'entrée du séjour.

— Que… quoi ?

— Tu vois l'avenir quand tu touches une personne ? Tu lis dans les pensées ? Tu ranimes les morts ?

Décontenancée par ses questions, je fixai Kayla avec de grands yeux. Celle-ci attendait une réponse qui, je le craignais, ne la satisferait pas.

— Rien, je n'ai rien, finis-je par lâcher à demi-mot.

Kayla, choquée, secoua la tête comme pour rassembler ses idées.

— Je ne comprends pas. Pourquoi ton âme est si convoitée dans ce cas-là ? La prendre reviendrait à voler le pouvoir de la source divine.

Je soulevai mes épaules avant d'ajouter :

— J'aimerais que l'univers trouve quelqu'un d'autre. Quelqu'un comme toi ou comme tes deux frères. Une personne sur qui l'on est sûr de compter.

— Tu es la seule à avoir été façonnée par les prières des hommes et celles des Dieux égrégores. Si tu venais à disparaître, c'est l'humanité tout entière qui disparaîtrait avec toi. Les ténèbres régneraient alors en maîtres.

— Je ne possède aucun pouvoir, aucun don et aucune foi. Les hommes sabotent eux-mêmes leur planète. Ils ont créé à eux seuls, les armes, la haine et l'enfer. Je suis heureuse de n'être qu'une simple mortelle et j'espère ne plus être là quand arrivera la fin du monde. Si ce n'est pas le Maestro qui le détruit, de toute façon, ce sera l'humain.

Je détournai mon regard de celui de Kayla et m'enfonçai le plus possible dans mon fauteuil. Mes yeux fixèrent le feu qui consumait le bois dans l'âtre transparent, suspendu dans le vide. Les flammes paraissaient y danser au rythme des crépitements. Ce son, presque mélodieux, pouvait hypnotiser n'importe quelle âme tourmentée.

— Comment as-tu fait pour échapper à la malédiction ? demandai-je en m'arrachant à la contemplation de ce spectacle, les Fées ont été déchues et sont surnommées des Banshees désormais, condamnées à errer et à annoncer le malheur ici-bas.

— Je suis une des rares rescapées, je te l'avoue. Heureusement, il en reste encore sur Terre, mais plus pour très longtemps si nous n'arrivons pas à arrêter Athanase.

Kayla baissa sa tête pour fixer ses mains. Son visage d'un teint déjà si clair venait de pâlir un peu plus. Le chagrin se lisait dans chacun de ses gestes à présent. Je venais de toucher un point sensible sans le vouloir. *Quelle imbécile tu fais, Zoé. Rendre les gens malheureux c'est tout ce que tu sais faire.*

— Je… je suis désolée, balbutiai-je en remettant nerveusement une mèche derrière mon oreille. Encore une fois j'ai été maladroite.

— Non, ta question est tout à fait légitime. Je ne dois

le salut de mon halo qu'au Callis. Le fait de l'avoir eu auprès de moi et d'avoir récité, plusieurs fois par jour, de vieux cantiques, a éloigné le mal. Il a ensuite été prêté à d'autres Sylphides, échangé discrètement dans des lieux saints. Malheureusement, trop peu d'entre nous ont eu la chance d'être épargnées. Nous avons manqué de temps et nous en manquons toujours.

— Pour les Banshees, ce n'est pas ta faute, articulai-je en détachant chaque mot, tu as fait ce que tu pouvais. Même avec la meilleure des volontés, nous ne pouvons sauver ce qui n'est pas destiné à l'être.

Mes paroles me surprirent moi-même, comme si ma raison me hurlait à ce moment, d'abandonner ce sentiment de colère qui prenait racine chaque jour un peu plus en moi. Soudain, William réapparut, accompagné de son frère. Ce dernier s'empressa de serrer sa sœur dans ses bras, visiblement heureux de la retrouver.

— Je suis content que vous ayez enfin fait connaissance toutes les deux, déclara Julio, enjoué.

— Je pense que nous sommes faites pour nous entendre, rétorqua Kayla en m'adressant un coup d'œil complice.

— Zoé, tu restes pour la nuit ? me demanda Julio.

— Non, je dois rentrer. Lily et Charles doivent sûrement m'attendre.

FAÏZ

David, Faïz, l'inspecteur Karl Barthey ainsi qu'un agent du FBI se tenaient debout, dans un des bureaux fédéraux de la ville. Malgré des traits fatigués à cette heure tardive de la nuit qui se discernaient sur leur visage, chacun essayait tant bien que mal de contenir sa crainte face au discours de David. En effet, ce dernier venait leur rapporter une bien triste découverte sur un passage du Callis.

— Cette révélation doit rester ici, entre ces quatre murs, insista Robert Martin en s'adressant à Faïz et Barthey.

L'inspecteur ne put se retenir de jurer en donnant un coup maladroit sur le bureau de son collègue et ajouta :

— Jusqu'à quand pourrons-nous protéger la population avant qu'elle ne découvre l'horreur de la situation ?

— Ne vous en faites pas pour ça, répondit Martin calmement. Le gouvernement lui cache des choses depuis des décennies, des choses dont elle ne pourrait même pas rêver. Tout ceci est au-delà de leur imagination, pourtant bien débordante, je vous l'accorde, mais nous donnerons le change, comme d'habitude.

Silencieux, Faïz fixait cet agent de ses yeux perçants. Celui-ci, de taille moyenne, à l'allure frêle, ne rassurait pas le jeune homme qui se demandait ce qu'un type comme lui ferait s'il se retrouvait face au Maestro. Garderait-il son air arrogant sur le visage ? Soudain, son portable se mit à vibrer, ce qui l'arracha à ses pensées et ses questions. Le jeune homme jeta alors un rapide coup d'œil sur son mobile et vit s'afficher sur son écran le prénom de Rachelle. Il se pinça la lèvre, regrettant ce qu'il s'était passé la veille, lorsque cette dernière était venue lui rendre une énième visite, dans la soirée, chez lui. Il savait pertinemment qu'il aurait dû refuser ses avances. Désormais, rongé de remords, il ressentait une souffrance vive cogner dans la poitrine. Faïz devrait un jour ou l'autre affronter le regard de Zoé. Un regard triste et trahi dont lui seul serait à l'origine.

— Tu ne réponds pas ? demanda David avec une pointe de reproche dans la voix.

Faïz revint au moment présent et remit le téléphone dans sa poche avant de partir s'asseoir sur le canapé usé, installé au fond la pièce mal éclairée.

— Je pense tout de même que Zoé devrait être au courant de ce passage, lâcha David en direction du jeune homme.

— Hors de question ! répliqua Faïz d'un ton furibond en menaçant son interlocuteur de son regard le plus noir.

— C'est mon amie ! s'écria David en haussant la voix. Je ne peux pas lui cacher quelque chose qui la concerne directement.

Faïz se leva d'un bond en pointant son doigt en direction de ce dernier. Barthey s'empressa de se mettre devant David, de peur que la situation ne dégénère.

— Je te le répète, NE LUI DIS RIEN. Si c'est ton amie David, si tu es capable de donner ta vie pour elle, comme moi ici, alors tu la fermes !

Il s'adressa ensuite aux deux autres hommes présents dans la pièce :

— Cette information ne sortira pas d'ici ! Il est hors de question qu'elle découvre la vérité. Ça la détruirait.

<u>4</u>

Lorsque le 4X4 s'arrêta sur le bitume de l'aérodrome, je mis un certain temps avant de me décider à enlever ma ceinture de sécurité pour m'extirper du véhicule. Le jet, sur le tarmac, nous attendait. Lexy finit par ouvrir ma portière, visiblement impatiente de me voir sortir de là. Le soleil tapait fort en cet après-midi du mois de mars. Mes deux amies avaient enfin réussi à obtenir leur visa pour Eros, ce qui n'avait pas été une mince chose à faire. D'ailleurs, William avait failli abandonner l'idée de les embarquer dans cette aventure, mais d'après ses dires, Faïz avait lourdement insisté pour qu'elles soient du voyage. Je ne savais pas dire ce qui était le mieux pour moi. En effet, j'avais besoin d'elles, car elles me rattachaient à un monde avec sa part de réalité, mais savoir que nous les mettions en danger m'était tout bonnement insupportable.

— Waouh, je suis dans un rêve, murmura Lexy, ébahie, en bas des marches du jet.

— Un rêve ? la reprit Asarys, choquée par ses paroles. Je te signale que nous avons un rubis à voler à Draculette. Nous avons bien mérité cette petite parenthèse de luxe !

61

Je levai les yeux au ciel, exaspérée, mais à la fois heureuse de constater qu'elles restaient elles-mêmes. À cet instant, William passa devant nous.

— Bon, on y va ? Nous avons juste deux mois de retard sur la mission, s'empressa de nous rappeler ce dernier.

— Où est Faïz ? me risquai-je à demander timidement à William.

— À l'intérieur, répondit celui-ci en montant rapidement les marches, irrité par ma question.

— Tu es prête pour les retrouvailles ? chuchota Lexy qui me suivait de près.

— Bien sûr qu'elle l'est ! murmura Asarys. Ils ne se sont pas vus depuis…

Asarys se tut subitement, consciente d'aller trop loin dans ses propos. Mon amie ne souhaitait pas me faire revivre le souvenir douloureux de ces dernières semaines. À cet instant, un silence gênant s'installa entre nous. Même si je m'étais forgé une solide carapace, j'étais toujours aussi malheureuse de l'absence de Victoria dans nos vies. Faïz avait complètement disparu du paysage, la plupart du temps à New York pour échapper à la lourde pression familiale et son atmosphère pesante. Ce dernier finissait son ultime année d'université par correspondance et les bruits couraient que Rachelle faisait de nouveau partie de sa vie. Je ne lui en voulais pas, après tout si ça pouvait lui apporter ne serait-ce qu'une infime part de bonheur, alors c'était tant mieux pour lui, il le méritait. Pour ma part, j'avais passé pas mal de temps avec William et Kayla, avec qui je m'étais rapprochée ces derniers temps. Elle aimait venir à Elora après mes cours ou le week-end. Finalement, celle-ci avait décidé de rester à Los Angeles, au manoir de la Septième Terre, le temps de notre absence. Julio et David veilleraient sur elle. Je m'arrêtai net après avoir fait trois pas dans la vaste cabine du jet, Faïz était assis sur un des sièges en cuir noir devant son ordinateur, téléphone à l'oreille.

— Oui Oscar. Attention, les outils utilisés doivent être non concurrentiels… Je comprends… Nous en reparlerons après mon voyage… Oui. À bientôt.

Il raccrocha aussitôt puis passa ses paumes sur son visage avant de se lever pour nous accueillir. Faïz tendit sa main à William, que ce dernier serra manifestement à contrecœur aux vues des regards échangés par ces deux protagonistes. Il salua ensuite mes deux amies d'un signe de tête courtois puis son regard s'arrêta sur moi. Bien qu'il me fixait de ses prunelles pleines d'amertume, ses yeux enflammèrent les miens. Je détournai mon regard pour ne pas trahir tous les sentiments que j'avais refoulés pour lui, ces deux derniers mois.

— La moquette est assortie aux sièges, fit remarquer Asarys en s'adressant à Lexy, déjà installée bien confortablement.

Tandis que je cherchais du regard une place disponible, Faïz s'avança vers moi.

— Tu vas bien ? demanda-t-il d'un ton grave.

Troublée par son humeur changeante, je restai sceptique sur la nature de ses intentions. S'en voulait-il pour la dernière fois ou souhaitait-il simplement calmer les choses pour éviter trop de tensions au sein du groupe pendant le séjour sur Eros ?

— Je vais bien, répondis-je à voix basse.

Concentrons-nous sur notre mission.

Je ne pris pas la peine de lui laisser le temps de répondre et partis m'asseoir en prenant soin de le contourner sans le toucher. Les filles sur ma gauche me fixaient d'un air ahuri. Soudain, William se mit debout, devant nous tous pour prendre la parole :

— Avant de décoller, j'aimerais voir avec vous deux ou trois choses importantes.

Il marqua une pause afin d'évaluer notre niveau de concentration. Après quelques secondes de silence, il reprit :

— Eros est une île située entre le Japon et la Chine, très peu connue à travers le monde. Les touristes ne sont pas habilités à y séjourner ni à la visiter. Cette île a son propre gouvernement et ses propres lois.

William balaya du regard la cabine pour être sûr d'avoir toujours toute notre attention. Il se frotta les mains tout en cherchant ses mots tandis que l'atmosphère devenait de plus en plus pesante au fil des minutes.

— Sur Eros, continua William, la gravité est moins importante que partout ailleurs. Pour vous donner un ordre d'idée, elle varie généralement entre 9,77 au mètre carré par seconde et 9,84. Sur l'île, nous sommes à 5 !

— OK, là je suis déjà larguée, décréta Asarys en croisant les bras avec une moue dépitée.

— Si ça veut dire qu'on pèsera le double, ça risque de poser un problème pour moi ! bougonna Lexy.

— Tu n'es pas grosse ! la rassura aussitôt sa voisine.

— J'ai pris au moins deux kilos ces trois dernières semaines, je n'ai pas…

— Non, c'est le contraire, intervint Faïz, agacé par

cette conversation entre mes deux amies. La perte de poids sera impressionnante. Il faudra aussi prendre en compte les paramètres météorologiques. Sur Eros, la couche de brouillard épaisse est constante et basse. Le soleil ne pénètre que trop peu cette brume. Tout ceci est dû à l'imperfection sphérique de la planète.

— En effet, notre Terre est plus camuse aux pôles et plus arrondie vers l'équateur, renchérit William.

— Vous avez compris ? demanda Faïz après un petit moment de silence.

Nous secouâmes toutes les trois nos têtes à l'unisson pour acquiescer, mais les deux jeunes hommes se regardèrent perplexes, peu convaincus de notre réponse. Faïz laissa alors échapper un long soupir et se gratta l'arrière de la tête avant d'ajouter :

— Très bien ! Nous vous expliquerons tout ça sur Eros. William ? Où en sont Barthey et Ray ?

— Ils ont décollé il y a déjà une heure. Ils nous attendront avant de partir à l'auberge.

— Quoi ? Une auberge ? s'exclama Asarys surprise. Je pensais que nous serions logés à l'hôtel.

— Ce serait trop risqué, répondit William, le gouvernement de Eros est au courant de notre mission et accepte de collaborer avec les États-Unis, mais pour les Kobolds, les habitants de ce pays, nous serons juste de simples écolos qui étudient le comportement et le fonctionnement des résidents de cette île afin d'apprendre à sensibiliser par la suite, le reste du monde, sur la protection de l'environnement.

Je découvris ces informations en même temps que mes amies. La tâche parut se compliquer avec un pays à l'écosystème distinct du nôtre et une étrange population aux coutumes complètement différentes. Je tournai ma tête pour regarder à travers le hublot, constatant que l'appareil n'avait pas bougé d'un pouce.

— Vous avez d'autres questions ? demanda Faïz, toujours debout devant nous.

— Pour ma part, non, répondis-je sans détourner mon regard de la petite ouverture.

— Alors nous pouvons y aller, déclara-t-il, soulagé d'en rester là.

Il se tourna ensuite vers William :

— Préviens Ray que nous partons. Je vais avertir le pilote que nous pouvons décoller.

À cet instant, mon esprit s'échappa à travers la fenêtre ovoïdale. Je pressentis que le soleil de Los Angeles allait me manquer sur Eros, à la vue de la météo annoncée par Faïz. J'étais loin d'imaginer la réalité de l'univers de ce pays.

Je me réveillai quelques heures plus tard en entendant de fortes exclamations autour de moi.

— Magnifique ! s'écria Asarys.

— Je n'y crois pas mes yeux, c'est incroyable, ajouta Lexy, le nez quasiment collé au hublot.

La main sur le côté de mon siège vint relever mon dossier afin de découvrir à mon tour ce qui pouvait bien émoustiller mes deux amies. Bien qu'il fît nuit, le spectacle que nous offrait la beauté de cette terre en dessous de nous était tout simplement à couper le souffle.

— Ça ne peut pas être vrai, murmurai-je à voix basse en contemplant l'île qui se présentait sous la forme d'un trèfle à quatre feuilles.

La première chose qui me sauta aux yeux était cette immensité d'espace vierge remplie de verdure. En effet, Eros semblait être une terre sauvage dépourvue de toute population humaine et entourée, de part et d'autre, d'une multitude de cascades, tel un rempart. Celles-ci paraissaient déverser une eau aux reflets bleus fluorescents dans un océan sombre. En perdant de l'altitude, des points lumineux commencèrent à apparaître dans le centre de l'îlot.

— Peu de choses arrivent encore à m'émerveiller dans ce monde, mais là, il faut bien avouer que personne ne peut rester indifférent devant ce décor presque irréel.

Concentrée sur la vue de Eros en dessous de nous, je n'avais pas entendu venir Faïz derrière moi. Celui-ci, installé juste sur le siège d'à côté, se pencha pour admirer le paysage à travers ma fenêtre. En dépit de son comportement inacceptable et de tout ce qu'il m'avait dit, je ne pouvais m'empêcher d'être troublée par cette proximité. Mon regard se porta au-dessus de son épaule et balaya alors la cabine. Asarys et Lexy étaient toujours en pleine admiration sur le spectacle d'en bas, tandis que William dormait à poings fermés sur le siège de devant. C'était la première fois que je le voyais ainsi et pour cause, il n'avait pas arrêté ces dernières semaines. Je revins ensuite sur Faïz, les regrets se lisaient dans ses yeux. Soudain, l'image de ce dernier pointant une arme sur Ogres bouscula mes pensées avec violence. Une partie de moi avait presque peur de ce brun ténébreux tandis que l'autre espérait encore le sauver.

— Le brouillard ? Euh… il n'y a pas de brouillard à l'horizon, éludai-je, le souffle court.

Faïz se recula et se cala au fond de son siège tout en continuant à me fixer douloureusement.

— Eros se réchauffe la nuit, m'expliqua celui-ci. Tu vois les montagnes qui encerclent la ville au loin ? Ce sont des volcans. Les scientifiques ne l'expliquent pas, ils se mettent en activité chaque nuit, ce qui réchauffe la terre de ce pays. Le sol est jonché d'une multitude de capteurs thermiques destinés à convertir cette chaleur en énergie et électricité. Au petit matin, ces volcans rentrent en éruption un peu partout sur l'île.

Mon visage se décomposa en entendant cette révélation.

— Non, ne t'en fais pas, me rassura aussitôt Faïz. Ils n'émettent pas de lave. Il s'agit d'éruptions phréatiques. Ce sont, pour faire court, de grandes quantités de vapeur d'eau qui s'échappent des cratères. Cela crée au contact de l'air frais, cet épais brouillard constant durant la journée.

Le commandant de bord sortit à ce moment du cockpit en adressant un petit signe de tête en direction de Faïz. Ce dernier se leva sans attendre et partit immédiatement à sa rencontre. Ils échangèrent de brèves informations à voix basse puis Faïz se tourna vers nous pour prendre la parole :

— Nous allons atterrir d'ici peu après treize heures de vol. Merci de boucler vos ceintures. Pour votre information, je vous signale qu'il y a seize heures de décalage horaire en plus, entre Eros et Los Angeles.

William se redressa subitement, réveillé par la voix de son ami puis me chercha aussitôt du regard.

— Afin que vous puissiez vous déplacer sans ressentir le problème de gravité sur l'île, un petit boîtier vous sera donné, celui-ci sera à accrocher à votre poignet.

Comme nous vous l'avons expliqué, ici l'attraction gravitationnelle est beaucoup moins importante que partout ailleurs.

— Foutu bracelet, se plaignit Asarys en triturant la petite chose blanche et rouge. J'ai l'impression que je vais partir chasser le Yokaï avec ça !

— Ce truc-là n'est même pas capable de nous donner l'heure, renchérit Lexy tout aussi agacée.

Pendant que mes deux acolytes s'apitoyaient sur le boîtier appelé « Gravity », peu esthétique, il fallait bien l'avouer, le personnel d'équipage ainsi que Faïz et William s'affairaient à rassembler nos bagages sur le tarmac avec pour seul éclairage des lampes torches. L'endroit était désert, aucun aéroport n'y était construit. Seule une piste, destinée au décollage et à l'atterrissage des appareils, contrastait avec ce paysage sauvage, un lieu enchanteur, préservé de la main de l'homme. Soudain, Asarys s'éloigna de nous à petit pas de course. Au loin, Ray et l'inspecteur Barthey venaient à notre rencontre. Je ne pus m'empêcher d'afficher un léger sourire au coin des lèvres lorsque mon amie sauta dans les bras de celui qui semblait lui avoir tant manqué.

— Penses-tu qu'il faudrait leur rappeler que nous ne sommes pas venus ici pour faire du tourisme ? bougonna Lexy.

— Je pense que le bracelet Yokaï va s'en charger, me moquai-je.

— Zoé ? m'interpella Lexy, l'air abasourdi.

Je me ressaisis immédiatement, inquiète devant l'expression interloquée de mon amie.

— Tu viens de rire, affirma Lexy toujours sous le choc. Enfin je veux dire : tu viens sincèrement de rire !

Elle avait raison. Sans m'y attendre, j'avais oublié l'espace d'un instant la tristesse qui m'habitait. Était-il vraiment possible de guérir de tout ? Si c'était le cas, quelque chose au fond de moi ne le voulait pas. Mes pensées furent soudainement noyées dans un bruit sourd qui provenait du ciel. En levant les yeux, je vis plusieurs engins comparables à des bulles volantes, flotter un instant au-dessus de nos têtes puis se poser sans difficulté devant nous.

— C'est quoi encore ces machins ? déclara Lexy abasourdie.

— Je n'en ai aucune idée. La quatrième dimension ? murmurai-je tout aussi ahurie.

— C'est un des modèles de voiture que l'on trouve sur Eros, nous expliqua William qui était venu nous rejoindre, bagages sous le bras.

Je m'attendais à voir sortir de ces trois véhicules des hommes en costume et lunettes noires comme dans les films, mais à ma plus grande surprise apparurent un homme, habillé d'un survêtement clair et une femme, vêtue d'un simple tee-shirt rentré dans son jean.

— Bonsoir, bienvenue sur Eros, nous salua l'homme en nous gratifiant d'un large sourire.

Il s'empressa de venir à notre rencontre avec une démarche claudicante, suivi de la femme de taille bien plus petite.

— Je suis Robert Price, le Premier ministre de ce pays, se présenta-t-il d'une voix douce en laissant ensuite la parole à sa collègue.

— Ayame Min, ministre des Armées. Je serai vos oreilles et vos yeux sur l'île durant la mission.

La forte poignée de main de celle-ci me surprit et m'arracha presque un petit cri. Je me tournai vers Lexy qui secouait ses phalanges endolories en me regardant avec de gros yeux, les pommettes rosies. Malgré la pénombre et aidée par la lumière des phares de ces grandes bulles métallisées, j'arrivai à distinguer les traits gracieux de la jeune ministre qui paraissait avoir une trentaine d'années. Ses petits yeux noirs sur son teint froid semblaient nous transpercer. Heureusement, son nez fin, retroussé, cassait l'allure stricte que lui donnaient ses sombres cheveux courts, coiffés au carré.

— Le voyage a dû vous paraître long, déclara le Premier ministre en claquant des mains, nous allons vous escorter jusqu'à votre auberge. Un dîner vous y attend.

L'endroit était manifestement soumis à un nettoyage minutieux et quotidien. Jusqu'ici, l'idée d'associer le terme auberge et luxe était impensable pour moi. Pourtant, il fallait bien l'avouer, ce complexe charmant et moderne était une bâtisse à l'architecture entièrement écologique. Ce fut Howard, un des employés de l'auberge qui était chargé de nous faire visiter les lieux. Cet homme, au physique massif et doté d'un large cou, semblait fier de montrer pour la première fois à des touristes, ce complexe rutilant avec de nombreux équipements au standard moderne et innovant, bien évidemment. Je ne saurais dire ce qui m'impressionna le plus lors de notre visite, ces couloirs de marbre avec un sol en mosaïque authentique ou bien la vue avec un panorama splendide depuis le toit. Les étoiles paraissaient pleuvoir sur la ville au loin ainsi que sur l'île tout entière. C'était la première fois que je voyais une nuit aussi claire et que je respirais un air aussi pur. Sur ce toit à ciel ouvert, je fermai les yeux et aspirai une grande bouffée d'oxygène.

— Zoé ? m'interpella doucement Asarys, on nous attend pour dîner.

Je remarquai alors qu'il ne restait plus que mes deux amies, Howard et moi sur l'immense terrasse.

— Où sont les autres ? demandai-je en balayant l'endroit du regard.

Lexy s'approcha doucement de moi avant de me chuchoter à l'oreille :

— Ils sont partis s'entretenir en vidéoconférence avec les dirigeants des deux gouvernements.

— Ah, oui…, euh…, bafouillai-je, l'espace d'un court instant. J'ai oublié le tournage de notre documentaire.

Nous partîmes sans attendre en direction du réfectoire. Malgré l'air serein affiché sur mon visage, je bouillonnais intérieurement d'être une fois de plus mise à l'écart de la mission.

Assise sur le balcon de notre dortoir, réservé aux femmes, je fixais depuis un moment l'imposante montagne au loin. Pendant ce temps, Lexy s'amusait à bondir et à se déplacer dans toute la pièce. Asarys, installée dans un des fauteuils à côté de moi, s'efforçait de l'ignorer comme si ce que faisait son amie ne méritait pas son attention.

— Nous n'allons quand même pas manger végétarien pendant tout notre séjour ici ! se plaignit Asarys, furieuse.

— J'ai trouvé le dîner excellent, répondis-je.

— Moi aussi, renchérit Lexy tout en continuant ses bonds. Il ne faut pas oublier que tout est pensé pour préserver la biodiversité de l'île ainsi que son écosystème.

— Ça va bien l'écologie au bout d'un moment ! lâcha Asarys, agacée. Une tranche de steak de temps en temps ne va pas décimer Eros, et puis, remets ton fichu bracelet, Lexy ! Tes sauts de cabris vont finir par me rendre dingue.

— Heureusement, tous les êtres humains ne pensent pas comme toi, rétorqua Lexy, irritée par les commentaires de cette dernière. Respecte au moins le mode de vie et la culture de chacun. Moi je trouve que nous avons beaucoup à apprendre de ce pays. Tout est sain ici.

Asarys leva les mains au ciel avec un ricanement narquois.

— Sain ? Bon sang, Lexy, tu t'entends ? Je te signale qu'une satanée de macchabée court les rues pour buter au hasard les passants qu'elle croise ! Nous ne sommes pas au paradis, mais bel et bien en enfer.

Au même moment, deux petits coups frappèrent à la porte. Asarys se leva d'un bond et se précipita pour aller ouvrir, espérant sûrement voir Ray une dernière fois de la journée. La déception se lisait sur son visage lorsqu'elle revint sur la terrasse quelques instants plus tard.

— C'est pour toi, déclara-t-elle d'une voix maussade.

Curieuse et impatiente de poser mes nombreuses questions à William, je parcourus la pièce à grands pas.

— Faïz ? prononçai-je, surprise, après avoir entrouvert la porte.

— Il est encore dans la salle de conférence. La réunion risque de se terminer tard, prononça lentement ce dernier, le regard de plus en plus dur.

Bien que son ton fût calme et sa posture impeccable, son faciès trahissait un certain agacement quand il comprit que ce n'était pas lui que j'attendais.

— Que se passe-t-il ? finis-je par demander pour mettre fin à ce froid entre nous.

Son regard fermé se radoucit enfin.

— Demain et les autres jours qui suivront, nous devrons nous lever tôt pour trouver le rubis. Mais avant ça, nous allons devoir explorer chaque centimètre carré de cette île pour la connaître par cœur.

— Très bien. Je préviens les filles.

— Rendez-vous à l'entrée de l'auberge demain, dès l'aurore.

Au moment où j'allais refermer la porte, Faïz la bloqua avec son pied. Son humeur changea brusquement. Désormais, je pouvais lire sur son visage une certaine crainte.

— Je suis à côté si… il y a le moindre problème, le moindre danger. Appelle-moi. OK ?

— Non ! déclarai-je d'une voix presque inaudible, à la fois teintée de tristesse et hantée de colère. Je préfère encore mourir.

Faïz blêmit en entendant ces mots, une douleur désespérée se lisait dans ses yeux. Avant de succomber et de revenir sur mes paroles, je refermai brusquement la porte.

FAÏZ

Le regard dans le vide, Faïz se remémorait les paroles douloureuses qu'il avait adressées à Zoé, l'autre fois, dans son loft et regrettait chacun de ses mots. Il lui en avait fallu du temps pour tisser cette fragile complicité et s'avouer les sentiments qu'il ressentait pour elle. Désormais, cette époque était révolue.

— Hé, tout va bien ? lui demanda Ray, assis dans la salle de conférence à côté de lui.

— Oui, mentit Faïz, en se redressant sur son siège, je suis épuisé. Ça fait des heures que nous sommes ici. Le jour ne va pas tarder à se lever.

La pièce, dorénavant transformée en véritable quartier général, grouillait de monde. Un groupe de commando américain, composé d'une dizaine d'hommes avec à sa tête, Malika, capitaine de ce corps d'armée, venait de rejoindre l'équipe de Barthey. Beaucoup d'informations s'échangeaient à cet instant entre le gouvernement actuel de Eros et celui des États-Unis. Faïz, silencieux, tourna la tête en direction de William qui s'entretenait avec David, bien plus loin, par webcam interposée. Son besoin de le détester était plus fort que tout. En effet, la jalousie que le jeune homme entretenait à son égard remplissait cet immense vide dans sa poitrine.

— Voici une carte de l'île.

Noyé dans son mal-être et occupé à broyer des idées noires, Faïz n'avait pas vu l'inspecteur Barthey venir à lui. Il prit la carte tendue par Karl et commença à l'analyser.

— Le mieux serait de faire des groupes pour les expéditions. Je pense que ça serait plus efficace, suggéra l'inspecteur.

Soudain, une étrange lueur traversa l'œil de Faïz. Il pianota ses doigts sur la table en réfléchissant quelques secondes puis, satisfait par l'idée qui venait de germer dans sa tête, tourna de nouveau son regard vers William.

— Des groupes ? répéta son interlocuteur tout en fixant le jeune homme au loin. C'est une bonne idée. Je m'en occupe… si vous me donnez carte blanche.

— Vous l'avez ! Dans une heure, il me faut cette liste entre les mains.

Il fut à cet instant impossible pour Faïz de cacher un sourire naissant au coin de ses lèvres.

<u>5</u>

Chaque jour qui passait sur l'île me faisait oublier la routine à laquelle j'étais habituée. En fin de journée, après nos excursions, nous suivions un entraînement intensif en arts martiaux comme sport de combat pour nous apprendre à nous défendre. Les cours drastiques de Malika étaient usants pour tout le monde. Seuls Faïz, Barthey et William étaient dispensés de cette activité qui mettait, pour nous autres, notre patience et notre habilité à l'épreuve. Les randonnées en journée étaient presque un moment de détente, comparé à ce qui nous attendait chaque soir. Les excursions sur cette île étaient une véritable leçon de vie.

En effet, ici, le monde de la consommation n'avait pas sa place dans la société. Les Kobolds se nourrissaient de leurs récoltes ou de la pêche. L'importation était minime et se faisait uniquement en collaboration avec le Japon et la Chine. La chasse y était formellement interdite sous peine d'être emprisonné, ce qui voulait dire, être déporté sur une île au large de l'océan Indien. La richesse du pays venait de l'exportation de ses produits à travers le monde ainsi que des conseils donnés aux plus grandes multinationales.

La population était en grande partie ingénieure dans l'aéronautique, architecte dans la construction de bâtiments écologiques ou bien agente dans les développements renouvelables. Forts de son économie, les habitants vivaient pourtant simplement, mettant tout le monde dans une seule et même case avec un salaire unique universel. Les produits de première nécessité ainsi que les soins médicaux étaient gratuits. Impossible qu'un Kobold puisse mourir de faim ou de soif, l'égalité entre les hommes était au cœur de ce système.

Bien que ce pays demeurât en totale autarcie, les gens paraissaient ravis de nous voir et de nous parler. Nous étions, sans nul doute, leur attraction locale du moment. La population, descendante directe des Taira et des Minamoto, deux familles en guerre dans le dernier quart du 11e siècle au Japon, était venue s'exiler sur cette île, suivie de quelques centaines de samouraïs, afin d'y vivre en paix et de trouver du répit dans cette guerre qu'ils avaient fuie pour coexister tous ensemble, paisiblement. Les frontières de Éros depuis tout ce temps étaient devenues infranchissables pour n'importe quel être humain voulant venir s'y installer, le tourisme complètement défendu. Préserver ce lieu faisait partie d'une de leurs priorités.

J'étais surprise de constater qu'il n'y avait pas de villages isolés sur cette île d'environ trente mille mètres carrés pour une moyenne de vingt-deux mille habitants. Une seule grande ville était concentrée au centre du pays faisant office de capitale. Aux alentours, une flore étonnante dont plus de quatre-vingts pour cent des espèces de plantes étaient endémiques. Cette nature sauvage, luxuriante, était maîtresse sur Eros et parcourait chaque centimètre de cette terre. L'exploitation de sous-sol ou encore l'abattage massif d'arbres n'y étaient pas tolérés, l'île conservait ainsi un patrimoine intact.

— Vous n'êtes pas américaine, vous ? me lança notre guide Zerkô sur un ton courroucé sans même prendre la peine de se retourner.

Sa faux à la main, l'homme déblayait le passage afin de nous créer un chemin dans cette jungle que nous parcourions depuis déjà un bon moment.

— Française, répondis-je en espérant que notre accompagnateur ne me pose pas plus de questions, mais en vain.

— Votre truc, là ? Ce reportage que vous devez tourner… Est-il vraiment nécessaire d'explorer ces endroits aussi reculés de l'île ? Très peu de personnes osent s'aventurer par ici, vous savez ! De plus, le brouillard rend les choses compliquées. Vous risquez de ne pas y voir grand-chose avec votre petite boîte.

Ce dernier marqua un temps d'arrêt puis se retourna vers Faïz qui le suivait juste derrière. L'homme désigna alors la caméra que celui-ci tenait dans sa main. Agacé, Faïz examina silencieusement son petit carnet dans son autre main en ignorant notre guide, mais Zerkô brûlait d'envie d'en savoir plus. Je ne pouvais dire si notre accompagnateur croyait véritablement à cette histoire de documentaire sur l'écologie. Cet homme sans âge n'était pas très grand, mais sa carrure robuste donnait l'impression qu'il pouvait casser quelqu'un en deux juste en le touchant. Ses longs cheveux gris tombaient jusqu'à ses bottes et touchaient presque le sol.

— Monsieur ? reprit Zerkô. Peut-être il y aurait-il un sujet que vous souhaiteriez plus particulièrement aborder ?

— Ah bon ! Et lequel ? répondit sèchement Faïz.

— Je sais… je ne sais pas, balbutia l'homme en détournant aussitôt son regard.

— Alors on continue !

Avant que Zerkô ne s'exécute, Faïz examina de nouveau son carnet puis y marqua dessus quelques annotations. Je ressentis à cet instant un petit pincement au cœur pour notre cicérone. Brusquement, mes pensées allèrent vers William et Lexy qui avaient dû, eux aussi, changer de guide, comme nous, à la suite d'un désistement soudain. C'était William qui avait eu la tâche délicate de trouver et de recruter les remplaçants pour le reste de notre séjour. Notre première guide, Hanoura, avait été à nos côtés durant les deux premières semaines. Son caractère affirmé et passionné allait me manquer face à ce nouvel éclaireur que je trouvais trop rustre à mon goût.

— Je suis fatiguée ! m'exclamai-je en m'asseyant sur un des gros rochers qui longeait la rivière.

Faïz, en face de moi, ne prit pas la peine de relever la tête de son calepin. Dans un soupir, je détournai mon regard vers Zerkô, situé un peu plus loin. Celui-ci avait retroussé son pantalon jusqu'à ses genoux et essayait de pêcher maladroitement, des poissons pour notre déjeuner, avec ses larges mains comme seul outil. Bien que l'eau lui arrivât seulement au mollet, le courant n'était pas moins tranquille. *Il n'y arrivera pas !* confiai-je à moi-même. La maladresse dont faisait preuve ce brave homme lui donnait un côté presque fragile sous sa carrure imposante. En me tournant de nouveau vers Faïz, j'aperçus au coin de ses lèvres un rictus insolent, comme s'il se moquait ouvertement de mes pensées.

— Notre guide manque cruellement d'entraînement, lança ce dernier sur un ton ironique.

— Pourquoi le détestes-tu ? Tu n'as même pas pris la peine d'essayer de dialoguer avec lui depuis qu'on nous l'a présenté.

— William a bien choisi ce type ! déclara Faïz la voix remplie de reproches. Même un unijambiste ferait mieux que lui, à croire qu'il l'a fait exprès.

— C'est vrai qu'avec Hanoura, tu n'as eu aucun mal à te sociabiliser. Tu dois certainement être déçu que notre ancienne accompagnatrice nous ait lâchés comme ça ! Vous aviez l'air de si bien vous entendre.

Mes paroles, teintées d'une pointe de jalousie, firent immédiatement disparaître le sourire de Faïz. Nous nous défiâmes ainsi quelques instants du regard.

— Zoé, reprit calmement ce dernier, tu serais capable d'avoir de la peine pour ce cher Anibal Lecter si je venais à lui demander d'arrêter ses conneries de cannibalismes.

— Non ! répliquai-je en essayant d'adopter un air offusqué.

Faïz pencha légèrement sa tête sur le côté tout en m'adressant un sourire des plus éblouissants, ce qui me fit perdre aussitôt pied. Ce moment de tendresse entre nous ne dura pas longtemps, car celui-ci reprit l'instant d'après un air grave. Brutalement, il se courba pour récupérer un bâton qui dérivait sur le cours d'eau.

— Pour tout te dire, je n'ai aucune confiance en lui, avoua Faïz.

— Pourquoi ? demandai-je, étonnée.

— Il suffit de le regarder !

— Oui, il est un peu mou je te l'accorde, mais nous avons rencontré des personnes beaucoup plus malfaisantes que cet homme. De toute façon, tu te méfies de tout et de tout le monde.

Faïz, concentré, serra sa mâchoire en regardant au loin. Il se leva subitement sans que je ne m'y attende et porta le bâton au-dessus de lui pour le lancer avec force. Celui-ci, telle une flèche, vint traverser le corps d'un long et gros poisson situé à plusieurs mètres de nous. Une traînée rouge colora à ce moment les eaux cristallines.

— Bon, il est temps de déjeuner ! s'exclama Faïz d'un ton sec.

Au loin, Zerkô, visiblement sous le choc, le félicita, les deux pouces en l'air pour cette belle prise.

Mes pas s'arrêtèrent net alors que nous marchions depuis déjà plus de deux heures dans cette forêt fascinante. Croiser quelqu'un sur ces sentiers était rare. En effet, les Kobolds s'aventuraient rarement aussi loin. Devant moi, un spectacle d'arbres de formes différentes et aux teintes uniques s'élevait dans une prairie fleurie. Une centaine de personnes était regroupée dans cette oasis de calme et de verdure. Elles transportaient dans de grands paniers une multitude de feuilles qui venaient d'être récoltées. À cet instant, je levai les yeux au-dessus de moi, attirée par le chant des oiseaux qui agitaient leurs ailes aux mille et une couleurs puis je m'avançai en même temps que Faïz, au milieu de ce havre de paix. Zerkô, en tête, ralentit puis se tourna vers nous :

— Les citoyens doivent participer aux ramassages

des feuilles d'ananas sur l'île, expliqua notre guide. Nous avons mis en place un système de rendement afin que chacun participe à cette tâche au moins une à deux fois dans l'année.

— La collecte a-t-elle pour but de nourrir la population ? demandai-je intriguée.

— Non, de ces feuilles sont extraites les fibres qui seront ensuite transformées en textile pour fabriquer nos vêtements. C'est un procédé ancestral comme les bandes d'algues séchées qui nous servent à réaliser du cuir végétal.

— Ces procédés sont de véritables innovations quand on sait à quel point le traitement du cuir est une des sources les plus polluantes au monde, déclara Faïz, visiblement très attentif aux explications de notre accompagnateur.

Ce dernier porta une main à son menton en regardant tout autour de lui, puis demanda à Zerkô :

— Pouvons-nous parler à quelques personnes présentes ici ? Le sujet est très intéressant et mérite d'être creusé.

Zerkô parut hésiter quelques secondes avant de finalement céder.

— Seulement si vous ne troublez pas le travail de la récolte. La nuit va bientôt tomber, il ne faudrait pas trop tarder.

Notre accompagnateur fit volte-face et s'éloigna sans rien ajouter de plus. Je levai de nouveau les yeux au ciel. Le brouillard épais empêchait les rayons du soleil de pénétrer cette lourde couche. *Bon sang, comment fait-il pour avoir une idée de l'heure qu'il peut être ?* Avec ce brouillard, je perdais tous mes repères dans le temps.

— Zoé ? murmura Faïz à côté de moi. Essaye d'interroger quelques Kobolds. Il y en a forcément un qui finira par nous mettre sur la piste du rubis.

J'acquiesçai d'un signe de tête, mais sans grande conviction. Les habitants de Eros aimaient parler de tout sauf des mystères de leur île. Dès que nous nous rapprochions du sujet de la pierre de Kushisake, les visages se fermaient brusquement et plus aucun son ne sortait de leur bouche. Cette légende était taboue et on nous le faisait bien comprendre.

Je déposai mon sac à dos à mes pieds puis ma main vint frôler lentement l'écorce de l'eucalyptus qui se dressait devant moi. Le diamètre et la hauteur de cet arbre étaient impressionnants. Les motifs colorés qui l'imprégnaient me faisaient penser à de la peinture.

— On les surnomme les eucalyptus arc-en-ciel, à cause de leurs écorces qui se régénèrent au fil des saisons et qui laissent ces étonnantes variantes de couleurs, m'expliqua une jeune femme aux yeux gris et glacés qui portait un bandana rouge autour de la tête.

Cette dernière posa sans mal son panier rempli de feuilles d'ananas au pied de l'arbre. Aussitôt, elle fut rejointe par une autre femme qui lui ressemblait comme deux gouttes d'eau.

— Moi c'est Xia, se présenta la jeune femme au bandana rouge. Et voici ma sœur jumelle, Xian.

— Enchantée, Zoé. Nous venons de la côte ouest des États-Unis, dis-je en montrant Faïz du doigt qui était alors en pleine conversation avec un Kobold plus loin.

— Oui, nous sommes au courant ! répondit Xian, en

jetant un coup d'œil rapide à sa sœur. Les nouvelles vont très vite sur l'île.

Malgré un sourire chaleureux qui lui fendait le visage, son regard, lui, resta froid.

— C'est la première fois que nous accueillons des touristes, ajouta sa sœur avec un réel enthousiaste, excitée de rencontrer de nouvelles personnes. Eros vous plaît ?

— Oh… oui, bien plus que ça. Toutes ces ressources, ces plantes ou encore cette profusion d'espèces insolites, ça paraît presque irréel.

Les deux sœurs se mirent à rire en entendant ces paroles. Ce fut à ce moment que l'enjeu de notre mission me rattrapa et mon sourire s'évanouit.

— Notre reportage nous prend pas mal de temps, leur confiai-je en essayant de prendre un ton le plus détaché possible pour expliquer mon brusque changement d'humeur.

— Eh bien, si vous avez des questions ou si vous avez besoin d'informations, nous serons ravies de vous aider, s'exclama Xia visiblement heureuse de se sentir utile.

Sans attendre, je décidai de saisir cette opportunité et commençai à leur poser mes questions bien ciblées tout en dirigeant l'interview là où je voulais en venir, à savoir : la légende de Kushisake.

— En cas de danger ou si Eros venait un jour à être menacé, les Kobolds seraient-ils capables de se défendre ? demandai-je après plusieurs minutes d'entretien avec les deux jeunes femmes qui se prêtaient, jusqu'ici avec sérieux, à cet exercice.

Xia et Xian se regardèrent, visiblement surprises par ma question.

— Eros est un pays moderne. La paix et le respect de l'environnement sont au centre de vos valeurs, essayai-je de me rattraper.

— En effet, répondit Xian avec précaution, nous savons que les armes, la guerre ou encore les essais nucléaires sont des sujets diplomatiques tendus dans les autres pays du monde. Nous avons ici toute la technologie, mais pour certaines choses, comme la fabrication de nos tenues, la population reste attachée aux traditions.

Sa sœur réprima un petit rire avant d'ajouter :

— De plus, la faune et la flore sur notre île sont à elles seules des armes biologiques. Il faudrait être fou pour négliger ce détail.

L'intervention de cette dernière lui valut une œillade noire de la part de sa sœur jumelle. Xia parut regretter aussitôt ses paroles.

— Pourquoi vous intéressez-vous à notre sécurité ? Tout ceci semble hors sujet !

Le regard pénétrant de Xian me glaça instantanément sur place.

— C'est… c'était une question sur le plan personnel, bafouillai-je. Il y a des choses que nous ne pouvons pas toujours contrôler.

— Votre pistolet de détresse, de calibre 4, ne vous sera pas d'une grande aide sur Eros, déclara Xian en désignant du doigt mon sac à dos à demi ouvert au pied de l'eucalyptus.

— Nous prenons des précautions au cas où nous serions amenés à nous perdre sur l'île, expliquai-je, mal à l'aise, en refermant mon sac précipitamment.

— Et le téléphone satellite accroché à votre ceinture ? rétorqua Xian. C'est pour faire joli ou c'est encore une autre précaution ? Eros n'est quand même pas la forêt Amazonienne !

— Tout ce matériel ne vous sauvera pas ! Ce n'est pas vous qui chassez le danger, c'est le danger qui vous chasse, telle une proie qu'il guette. C'est eux qui décident quand la partie commence, ajouta Xia à voix basse, sortant ainsi de son mutisme, consciente de ses paroles.

Elle s'avança alors vers moi en esquivant la main de Xian qui essayait de la retenir.

— Les plantes sont gorgées de poison, chuchota cette dernière. Elles peuvent être aussi bien vos ennemies que vos amies. Ne l'oubliez pas !

Soudain, elle s'accroupit pour retirer de sa chaussure un petit étui avec à l'intérieur une flèche qu'elle me tendit.

— Une substance paralysante est extraite de certaines lianes. Nous faisons bouillir l'écorce de celle-ci avec d'autres feuilles afin d'obtenir une concentration pure de poison. Ensuite, nous en enduisons la pointe de nos flèches. Ce sont nos armes. Nous utilisons ces fléchettes en cas de danger contre les animaux sauvages de la forêt ou d'autres agressions qui pourraient survenir. Cette méthode, comme ça, peut vous paraître désuète, mais je vous assure qu'elle est très efficace.

Je pris la flèche, perplexe, en prenant bien soin d'éviter de toucher l'extrémité de la pointe, peu convaincue de l'utilité de ce bout de bois puis Xian ajouta sur un ton de moquerie presque méprisante :

— Ça complétera votre attirail de guerre !

— De survie, mon attirail de survie, rectifiai-je en essayant d'afficher un sourire serein.

Sur le bolide de mer qui filait à une allure vertigineuse, j'observais au large, la beauté de la côte. Malgré la vitesse à laquelle se déplaçait notre bateau, nous n'étions pas dérangés par les vibrations de celui-ci ni perturbés par le bruit du moteur, comme si finalement nous volions au-dessus de l'eau. Au loin, l'ensemble des nombreuses cascades semblait entourer l'île et renvoyait une lumière bleutée phosphorescente permettant à cette terre d'être vue à plus d'une dizaine de kilomètres à la ronde.

— Ces cascades sont appelées les chutes de Solis, m'indiqua notre guide qui se tenait à côté de moi, aux commandes de l'appareil.

— Et d'où leur vient cette couleur ?

— Les falaises sont composées de craie bleue. L'eau de ces cascades est une précieuse source d'énergie hydroélectrique.

Je jetai un coup d'œil à l'arrière du rapide. Faïz, perdu dans ses pensées, observait le ciel étoilé. L'air s'était réchauffé et le brouillard s'était enfin dissipé, comme si l'île nous autorisait, pendant quelques heures, à contempler sa vue aux merveilles naturelles. J'hésitai un instant à le rejoindre, mais je choisis finalement de rester aux côtés de Zerkô. Une part de moi refusait toujours de se réconcilier avec lui. Même si nous faisions équipe pendant cette mission, je ne voulais pas laisser ce dernier prendre le dessus sur mes émotions. En effet, il y avait beaucoup trop de choses en jeu pour que je laisse son humeur divergente déteindre sur mon moral et me détourner de l'objectif principal.

— Nous aurions dû rentrer par les terres !

La voix cassante de Faïz me surprit, ce dernier se trouvait à présent juste derrière moi.

— Je voulais terminer cette expédition de plusieurs jours sur la caverne des nymphes, se justifia notre accompagnateur, confus.

— Ce n'était pas au programme ! répondit Faïz abrupt. J'avais bien précisé dès le départ qu'il fallait suivre nos instructions à la lettre.

— Peut-être que cette visite pourra nous être utile, finis-je par intervenir afin d'apaiser la tension qui venait soudainement de s'installer entre les deux hommes.

— Nous pouvons encore faire demi-tour, proposa alors Zerkô, mais vous ne serez pas à l'heure à l'auberge pour le dîner. Nous avons perdu un temps précieux sur le lieu de la récolte des feuilles d'ananas. Le bateau était le meilleur moyen pour rattraper ce retard.

Faïz soupira puis se tourna vers moi. Il paraissait évaluer la situation. Je restai silencieuse face à cette expression sur son visage que je ne lui connaissais pas. Était-il en colère ou tout simplement anxieux ? Impossible à cet instant de le savoir. Nos yeux se fixèrent un long moment puis il fit volte-face, l'air toujours aussi grave, pour aller de nouveau se positionner à l'arrière du bateau.

Notre embarcation pénétra lentement entre deux chutes d'eau, dans une immense caverne qui renfermait une palette de couleurs incroyables. Devant nos yeux se dressait un tableau spectaculaire que nous offrait ce lieu d'exception.

— La grotte des nymphes a été modelée par la lave il y déjà des millions d'années. Elle est située à la base d'un volcan, nous expliqua Zerkô à voix basse comme pour ne pas troubler le repos de l'âme de cet endroit féerique.

Les parois de ces cavités brillaient comme si mille et un diamants y avaient été accrochés. L'eau, d'un bleu clair et pur, se reflétait sur ces murs, ce qui accentuait un peu plus les motifs de l'érosion. Faïz et moi regardions tout autour de nous, abasourdis une fois de plus, par ce décor unique.

— J'imagine que ce lieu a lui aussi une histoire, déclarai-je doucement en fixant le plafond de la grotte, semblable à celui d'une cathédrale.

— Pour certains, répondit Zerkô, cette caverne serait habitée par des sirènes et pour d'autres, par des démons. Tout dépend de comment vous voyez les choses.

Je ne relevai pas ces derniers mots. Les légendes étaient complexes et je le réalisais encore plus aujourd'hui. Le bateau finit par s'échouer sur le sable, c'est alors que notre guide coupa le moteur.

— Monsieur Mattew, si vous souhaitez prendre des photos et quelques notes, n'hésitez pas. Cet endroit est inaccessible depuis la terre. Vous n'aurez donc pas d'autre occasion.

Faïz hésita un instant puis se décida finalement, à contrecœur, à suivre Zerkô qui avait déjà les deux pieds à terre.

— Mademoiselle Reyes ? m'invita notre guide à descendre en me tendant la main.

— Non ! trancha Faïz dont la voix avait résonné dans toute la grotte. Elle reste dans le bateau.

Agacée par son attitude, je balançai violemment mon sac sur le sable

— Je veux en profiter aussi pour visiter cette caverne, insistai-je la mâchoire serrée.

La colère de Faïz semblait lui sortir des yeux, il secoua sa tête en signe de désapprobation puis toisa Zerkô d'un regard mauvais avant de commencer sa marche sans prendre la peine de nous attendre.

Durant notre exploration, je prenais soin de rester aux côtés de Faïz pour éviter tout esclandre de sa part. Seul le bruit des chutes d'eau à l'extérieur de la caverne brisait l'épais silence qui régnait ici. Une pierre attira soudain mon attention par sa forme étrange. Je me baissai aussitôt pour la ramasser et constatai avec surprise que c'était une petite flasque à alcool en acier.

— Qu'est-ce que ça veut dire ? murmurai-je perplexe devant cette trouvaille.

— Un pêcheur a dû la perdre lors d'une virée en mer, rétorqua Zerkô en se grattant l'arrière du crâne.

— Elle est encore tiède, fis-je remarquer à Faïz.

À cet instant, le visage de ce dernier se tordit de fureur et dans un élan de rage, il attrapa notre guide à la gorge en le collant contre le mur avec une telle brutalité que ses pieds décollèrent du sol.

— Zoé ! s'écria Faïz. Va au bateau et va-t'en !

Je restai bouche bée face à cette scène surréaliste qui m'échappait complètement, incapable d'effectuer le moindre mouvement.

— Pars d'ici ! C'est un piège. Sauve-toi, continuait de hurler Faïz, les yeux hors de leur orbite.

— Je… je ne… pas sans toi. Je refuse de te laisser ici, essayai-je d'articuler, paniquée.

Faïz retira son emprise autour du cou de Zerkô qui s'écroula de tout son long sur le sol et d'un pas pressé, se dirigea vers moi. Il m'attrapa par les épaules quand soudain, un cerceau argenté encercla le haut de son corps puis un second vint s'enrouler autour de ses jambes.

— Cours, Zoé ! m'ordonna-t-il avant de s'écrouler à terre, prisonnier de ces liens.

Sans attendre, je fis volte-face et me précipitai en direction de notre embarcation. Je stoppai net ma course au bout de seulement quelques mètres, les poumons en feu, réalisant que j'étais en train d'abandonner Faïz à son sort. En me retournant de nouveau, j'aperçus Zerkô au-dessus de lui qui essayait de le maintenir.

— Leni ? rugit celui-ci. Viens m'aider !

Sans réfléchir, je me jetai de toutes mes forces sur le dos de ce dernier et enfonçai mes doigts, le plus fort possible, dans ses yeux. Un cri de douleur sortit de sa bouche, retentissant dans toute la grotte. C'est alors qu'un lasso s'enroula autour de ma gorge et me coupa littéralement le souffle. Mon corps traîna sur plusieurs mètres avec cette chose qui me serrait le cou. Ma vision se brouilla peu à peu, la souffrance que je ressentais était insoutenable.

— Balance-la dans l'eau, ça ira plus vite ! s'écria Zerkô, essoufflé, à l'encontre de son ami.

À cet instant, je sentis mon corps se soulever dans les airs, toujours à l'aide du lasso, pour être jeté violemment dans les profondeurs des eaux de la caverne. L'impact douloureux parut me briser les os en mille morceaux. Toujours consciente et au bord de l'asphyxie, j'entrepris de rejoindre la surface afin de reprendre au plus vite l'oxygène qu'il me manquait. Au moment où j'allais retrouver ma respiration, quelque chose au fond de l'eau saisit ma cheville pour me tirer de nouveau vers le fond. J'essayai de me dégager de l'emprise des plantes aquatiques qui me retenaient dans ces abîmes, mais en vain… Peu à peu, épuisée par ce combat perdu d'avance, je sentis mes dernières forces m'abandonner avec comme seule pensée : Faïz. *Je vous en supplie, épargnez-le* puis l'obscurité me happa.

FAÏZ

Toujours prisonnier, Faïz restait allongé, inapte à briser ces liens qui lui ôtaient toutes ses forces.

— Zoé ! hurlait le jeune homme avec désespoir en fixant l'eau qui retrouvait peu à peu son calme.

Affaibli, il s'adressa directement à Zerkô.

— Pourquoi faites-vous ça ? Vous n'avez aucune idée de ce qui nous amène ici.

— Nous le savons très bien ! répondit un homme, debout au côté de Zerkô.

Ce dernier, bien plus mince que le guide, mais solidement bâti, se pencha au-dessus de Faïz.

— Ne le frappe pas Leni ! prévint Zerkô, tes membres risqueraient de se casser. Ses forces sont au-delà de ce que nous pouvons imaginer.

Les yeux révulsés de Faïz défiaient avec haine le regard de l'inconnu dont le visage se trouvait à seulement quelques centimètres du sien, un sourire démoniaque lui tordait le visage.

— La noyade n'est pas ce que nous réservons habituellement à nos victimes, ricana Leni.

Faïz sentit soudain une lame lui transpercer la peau, la douleur le figea instantanément et il se mit à hurler sous la torture. Son bourreau, excité par ce jeu macabre, se délectait de cette scène. Leni enfonça une nouvelle fois la lame dans le corps de sa victime. La douleur, insoutenable à ce moment-là, lui fit presque perdre connaissance. La seule chose qui le faisait tenir bon était les chances minimes qu'il avait de pouvoir sauver Zoé.

— As-tu déjà entendu parler de la confrérie du Crépuscule ? demanda son bourreau. Notre communauté est dévouée corps et âme au service de notre reine. Nous la vénérons avec les plus pures des offrandes.

Faïz essaya de repousser l'homme, toujours placé au-dessus de lui, sans y parvenir. Le sang coulait le long de son corps et il avait beaucoup de mal à maîtriser sa respiration de plus en plus saccadée.

— Que gagnez-vous à capturer les Sylphides ?

— C'est notre devoir, transmis par un statut héréditaire. Chaque membre de la confrérie doit jurer fidélité à notre chef et promettre d'honorer notre reine. Nous lui offrons les âmes de Sylphides, en échange, elle nous apporte sa protection pour que nous puissions, une fois notre mort arrivée, passer dans l'autre monde sans aucun obstacle sur notre route et devenir à notre tour des êtres vénérés.

— J'imagine que si nous sommes là, c'est que nos âmes l'intéressent, déclara Faïz à l'agonie.

— En effet, le sacrifice d'une vie humaine est une belle offrande même si elle apprécie plus particulièrement les créatures célestes, enfin jusqu'à ces derniers jours. Notre reine souhaite un sacrifice plus précieux et demande l'offrande ultime, c'est-à-dire : l'âme d'une Déesse.

En entendant ces paroles, Faïz rassembla ses dernières forces avant d'ajouter dans un murmure à peine audible :

— Il y a une chose que l'on ne vous enseigne pas dans votre confrérie.

Curieux de connaître ce secret, Leni tendit son oreille au plus près des lèvres du jeune homme afin de mieux entendre chaque mot. À cet instant, Faïz bascula sa tête et donna un grand coup dans celle de son adversaire. Le crâne de ce dernier se fendit dans un bruit sourd, son corps pivota quelques instants avant de tomber lourdement sur le sol. Sans attendre, le jeune homme essaya de se traîner avec le plus grand mal, jusqu'au bord de l'eau.

— Merde ! Leni ! Leni ! hurla Zerkô en se précipitant vers le corps inerte de son complice.

Fou de rage, celui-ci s'empara de la lame de son ami et sortit de sa poche un briquet afin de chauffer à blanc son arme.

— Espèce d'enflure, rugit Zerkô, je vais t'envoyer directement en enfer.

<u>6</u>

Je me réveillai, déboussolée, au milieu d'une chaleur suffocante avec, à perte de vue, un décor gris chaotique. Le sol brûlant et charbonneux craquelait sous mes pieds nus. Au loin, des arbres sombres, démunis de tout feuillage, semblaient avoir été ravagés par un récent incendie comme toute cette nature morte qui m'entourait. Des cendres volaient dans les airs en remplissant l'espace. Mes pas s'arrêtèrent au bord d'un gigantesque gouffre dont le fond paraissait atteindre les entrailles de la Terre.

— Tu n'es pas encore morte, m'affirma une forte voix de l'autre côté du brasier répondant ainsi à la question que je me posais.

Une femme, d'une pâleur fantomatique, dont la bouche était cachée par un masque blanc, se tenait en face de moi. Ses yeux rouge sang, terrifiants, me scrutaient froidement. Cette dernière était habillée tout en noir. Sa longue cape, posée sur ses épaules, se confondait avec sa longue chevelure, foncée et brillante.

— Kushisake, murmurai-je sans y croire.

La femme inclina sa tête comme si elle avait entendu mes paroles malgré la distance qui nous séparait. Soudain, elle disparut de mon champ de vision pour se retrouver la seconde d'après, juste à mes côtés. Interloquée, je me mis à regarder tout autour de moi. *Il faut absolument que je trouve le moyen de partir d'ici.* Mes yeux vinrent se poser de nouveau sur cette femme dont le regard ne cilla pas.

— Où sommes-nous ? demandai-je la voix tremblante.

— Là où tu voulais que l'on soit, aux portes de l'enfer.

— Donc ce triste paysage est le fruit de mon imagination, déclarai-je surprise.

Kushisake se rapprocha plus près de moi et prit délicatement dans sa main, une de mes mèches de cheveux avant d'ajouter :

— Détrompe-toi, ce lieu existe bel et bien sur cette Terre. Ce gouffre, situé au milieu du désert, renferme une poche de gaz brûlée par les flammes. Veux-tu que je t'accompagne de l'autre côté ?

La voix effrayante et démoniaque de Kushisake paraissait me transpercer.

— Après tout, danser avec le Diable pourrait être plaisant.

— Nous voulons la pierre, rétorquai-je en essayant de cacher tant bien que mal ma panique. Le rubis que vous détenez. Si vous nous la donnez, alors mes amis et moi partirons sans rien demander de plus.

À ce moment, je crus déceler dans le regard écarlate de cette dernière, une lueur amusée.

— Vous n'êtes pas en mesure d'exiger quoi que ce soit. Rien ne peut vous sauver, même pas la pierre.

Kushisake porta ses mains sur son thorax puis rapprocha son visage d'encore plus près. Le souffle gelé de sa respiration frôla, à cet instant, mes joues. Un frisson glacial me parcourut l'échine.

— Tu penses être bénie des Dieux, murmura-t-elle, mais je lis dans ton âme et ton âme est maudite. Tout comme moi, tu apportes la mort autour de toi.

Je sentis à cet instant les mains de celle-ci se serrer autour de ma gorge. J'essayai de me dégager, mais elle resserra un peu plus son emprise. Impossible de la repousser, elle était bien plus forte que moi. Comment vaincre la mort elle-même ? Elle était le poison de cette île. La phrase de Xian au sujet des plantes me revint alors en mémoire. Ma vision se brouillait petit à petit, il ne me restait pas beaucoup de temps avant que je ne trépasse. Mes mains se mirent à la recherche de l'étui, accroché à ma ceinture. Dans un dernier effort, j'attrapai fermement la flèche qui s'y trouvait pour ne pas la laisser tomber, et ce, malgré les tremblements incontrôlés de tous mes membres.

Je rassemblai mes dernières forces et enfonçai la flèche dans le cou de cette démone. Elle relâcha aussitôt son emprise sur moi dans un hurlement de rage et retira, sans attendre, la flèche plantée en elle. Ses yeux, emplis de fureur, me firent comprendre que cette dernière venait de rentrer dans un état de démence le plus total et s'apprêtait à se jeter sur moi. Croyant ma dernière heure arrivée, je reculai doucement, priant pour qu'un miracle survienne. Soudain, je sentis des mains m'agripper par derrière pour m'arracher à cet enfer et me ramener à la réalité telle que je l'avais quittée, c'est-à-dire, au fond de l'eau, la cheville toujours prisonnière.

Consciente de cette seconde chance qui m'était offerte, je me mis à nager vers le bas afin de trouver quelque chose qui pourrait m'aider à couper l'algue aquatique qui me retenait captive. Ma main tâtonnait rapidement le sol quand j'agrippai, au bout de quelques secondes, un gros galet. Sans attendre, je frappai de toutes mes forces à la racine de la plante qui ne résista pas et libéra instantanément ma cheville. Je me mis aussitôt à nager le plus vite possible vers le haut et remplis mes poumons d'air, une fois la surface atteinte.

Mes yeux se mirent immédiatement à la recherche de Faïz, une vision d'horreur m'apparut à cet instant. Son corps gisait sur le sol. Zerkô, près de lui, tenait quelque chose dans sa main que je ne distinguais pas. Avait-il perdu connaissance ? Je n'osai pas imaginer le pire, la seule chose dont j'étais certaine c'était qu'il fallait agir vite. Je me mis à nager rapidement vers le rivage. Zerkô, à quelques mètres de moi, remarqua ma présence au moment où je sortis de l'eau, vacillante, et la respiration haletante.

— NE LE TOUCHE PAS ! grognai-je d'une voix menaçante.

Zerkô, dont le regard faisait des va-et-vient entre l'eau et moi, semblait douter de la situation.

— Comment… comment est-ce possible ? Personne ne peut en réchapper ! s'écria-t-il en s'avançant vers moi.

— Je ne suis pas les autres !

J'arrachai le bracelet gravity de mon poignet avant que Zerkô ne se jette sur moi puis me mis à courir de toutes mes forces vers mon sac qui se trouvait toujours au pied du bateau. Mon corps ne pesait plus rien. La vitesse à laquelle je me déplaçai était impressionnante. Déséquilibrée par le manque d'entraînement, je réussis tout de même à prendre de l'avance sur l'homme qui me poursuivait, arme à la main. Je dérapai sur les genoux jusqu'à arriver à hauteur de mon sac. Sans regarder derrière moi, je saisis le pistolet de détresse qui se trouvait à l'intérieur puis me retournai pour affronter celui qui nous avait trahis. Déterminée, je déverrouillai l'arme puis pressai la détente, délivrant ainsi une fusée à la lumière rouge, éclairante, qui vint se loger dans le corps de Zerkô. Ce dernier s'embrasa instantanément, se transformant en torche humaine. Ses cris atroces résonnèrent partout dans la caverne.

Faïz ! Sans attendre, je me remis sur pied en prenant la lame, tombée des mains de Zerkô quelques instants plus tôt et commençai à marcher avec beaucoup de difficultés. Ma tête cognait fort et tandis que l'adrénaline s'estompait, mes émotions, elles, prenaient le dessus.

Les liens cédèrent sans mal. Je pris conscience de la gravité des choses en observant le corps meurtri et sans vie de Faïz dont la chemise et le sable sous lui étaient maculés de sang.

— Allez ! Réveille-toi, suppliai-je la voix pleine de sanglots.

Assise, je tenais sa tête contre moi.

— Je n'ai pas fait tout ça pour rien, réveille-toi ! MAINTENANT ! Il faut te soigner.

Le son de ma voix n'était que désespoir. Ma main vint se perdre dans ses cheveux. Ce geste que j'avais réprimé tant de fois me semblait, à cet instant, si naturel.

— Faïz, murmurai-je en laissant couler mes larmes, ne me laisse pas. Victoria, puis toi… je ne survivrai pas cette fois.

Mes lèvres vinrent se poser délicatement sur son front, puis je collai ma joue humide contre la sienne. Soudain, je sentis sa lourde main se poser sur ma tête.

— Il en faudrait plus que ça pour venir à bout d'un Léviathan, articula difficilement Faïz.

Je me redressai en essuyant mon visage avec mes mains, soulagée et inquiète à la fois.

— Je sais, répondis-je en reniflant. Je suis la seule capable de te mettre une bonne raclée.

Un petit rire s'échappa de lui, mais la douleur sur son visage reprit vite le dessus. Ses blessures devaient le faire atrocement souffrir.

— Je vais t'aider, déclarai-je en passant son bras par-dessus mon cou, appuie-toi sur moi.

Pendant que Faïz se relevait péniblement, une pensée terrifiante s'empara de moi.

— Qu'y a-t-il ? me demanda celui-ci l'air grave.

— Asarys et Ray ! leurs guides aussi ont été changés.

— Je sais, répondit Faïz à voix basse, espérons qu'ils s'en soient sortis eux aussi. Je n'ai pas envie d'imaginer le pire. Nos téléphones satellites sont hors service, nous devons rejoindre au plus vite l'auberge avant de faire l'objet d'une nouvelle attaque.

Le jour commençait à se lever lorsque nous franchîmes les portes de l'auberge.

—Attends-moi ici, dis-je à Faïz en lui indiquant un des fauteuils dans le hall, je vais prévenir le personnel pour les alerter de ton état.

— Non ! Allons au Q.G directement. Je veux savoir pour Ray et Asarys.

— Tu es en train de te vider de ton sang. Il faut…

— Zoé, je ne demande pas ton avis, répondit brusquement ce dernier en tournant les talons pour se diriger vers le long couloir qui menait à la salle de conférence.

Lexy me sauta au cou dès que nous eûmes dépassé le seuil d'entrée, suivie d'Asarys. Dieu merci, elles étaient en vie. Leurs visages se figèrent en constatant l'état alarmant de Faïz ainsi que le mien.

— Il faut vous emmener tout de suite à l'hôpital le plus proche, s'écria Lexy.

— Impossible, répondit l'inspecteur Barthey qui se rapprocha de nous, ce serait trop risqué. Notre couverture est tombée. Désormais, nos têtes sont mises à prix par un groupe de personnes qui ne veulent pas que nous récupérions la pierre.

— Il faut faire venir quelqu'un pour les soigner ! C'est hors de question de les laisser comme ça.

Ray, le visage tuméfié, surgit de derrière mes amies aux côtés de William. Nous pouvions facilement lire le soulagement sur le visage de celui-ci.

— Zoé, tu es saine et sauve, déclara William avec un soupir déchirant, en me prenant le poignet pour m'attirer vers lui.

À cet instant, Faïz attrapa le tee-shirt de ce dernier et le plaqua violemment contre le mur en mettant son coude sur son cou afin de le tenir en joug.

— Espèce d'enfoiré ! rugit Faïz, c'est quoi ces putains de guides que tu nous as trouvés ?

Je me précipitai, avec l'aide de mes amis, au secours de William qui refusait de se battre.

— Tu as failli nous faire tuer ! hurla Faïz, les traits déformés par la colère.

— Lâche-le ! Il n'y est pour rien, criai-je à mon tour en essayant de repousser Faïz qui malgré la gravité de ses blessures était plus fort que nous tous ici réunis.

— Je sais tout ça ! se défendit William qui n'oscilla pas devant l'agressivité du jeune homme en face de lui. Tu sais aussi bien que moi que je donnerais jusqu'à mon dernier souffle pour sauver n'importe lequel d'entre vous.

Il se dégagea sans mal du coude de Faïz et le repoussa sans effort.

— Je ne veux pas te blesser davantage, le menaça William, alors reste loin de moi ! Je culpabilise à un point que tu n'imagines même pas.

— Faïz, s'il te plaît, arrête, suppliai-je. Tu dois te soigner.

Je posai délicatement mes mains sur son torse. Le rythme de sa respiration ralentit aussitôt et la rage dans son regard se dissipa quand il posa enfin ses yeux sur moi.

— Faïz, allez, venez avec moi ! ordonna l'inspecteur en lui prenant le bras pour l'obliger à le suivre.

— Oui, je viens, finit par lâcher sèchement ce dernier.

Il colla un court instant son front contre le mien. Je fermai les yeux et le laissai partir avec regret.

Cela faisait plus d'une heure que nous étions réunis, à l'exception de Faïz, dans la salle de conférence. William et les autres interchangeaient, en visioconférence, sur de grands écrans, avec les hauts dirigeants des deux nations concernées par la situation ainsi qu'avec David, Julio et Kayla.

— Aucune information ne ressort dans nos fichiers à propos de cette confrérie, déclara l'homme, de l'autre côté de l'écran dont les cheveux lui recouvraient presque entièrement les yeux.

Pendant ce temps, j'avais du mal à me concentrer sur l'interrogatoire de Dewei qui se tenait assis en face de moi. Le visage de Kushisake dans ce désert me revenait sans cesse en tête. Le brouhaha autour de moi ne m'aidait pas. Tout le monde parlait les uns avec les autres, à la recherche d'indices afin de reconstituer les pièces du puzzle pour analyser chaque détail qui nous avait échappé. En observant tout ce monde en effervescence, je réalisai que plus personne ne contrôlait la situation.

— … ce qui en fait deux.

Mon attention revint sur le Premier ministre lorsqu'il prononça ces derniers mots.

— Je… veuillez m'excuser, mon esprit est ailleurs. Je ne vous serais pas d'une grande utilité ce matin, je pense.

Je me levai de mon fauteuil, Dewei n'essaya pas de me retenir puis mon regard balaya la pièce à la recherche de Lexy et d'Asarys. J'aperçus Ray qui se tenait debout, le visage entre ses mains. Il échangeait avec Julio et William qui recueillaient attentivement son témoignage en prenant soin de noter les détails de son récit. Finalement mes yeux trouvèrent les filles, un peu plus loin, dans une pièce annexe, à l'abri de tout ce bazar.

Lexy m'adressa un petit sourire, heureuse de me retrouver, tandis qu'Asarys, appuyée contre le mur et les yeux dans le vide, paraissait encore sous le choc de ce qu'elle avait vécu quelques heures auparavant. Cette petite pièce, plus silencieuse et tamisée, reposait l'esprit. Je pris aussitôt Asarys dans mes bras en espérant que mon geste la réconforte un tant soit peu.

— Tu veux en parler ? lui demandai-je en m'écartant d'elle.

Elle secoua vigoureusement sa tête comme pour chasser de son esprit des images qui lui étaient trop insupportables.

— Un cauchemar, Zoé. J'ai vu la mort. Je veux dire, j'ai VRAIMENT vu la mort, articula cette dernière, la voix tremblante.

— Kushisake ?

Asarys acquiesça d'un signe de tête avant de reprendre :

— Pas que… tout est flou. L'attaque est survenue lorsque nous nous trouvions sur la grande montagne. Deux hommes se sont jetés sur Ray tandis que notre guide me retenait. Ils… ils se sont acharnés encore et encore sur lui. J'entends encore les bruits des coups pleuvoir sur son corps. Soudain, une lumière bleue et grise s'est propagée tout autour de nous, un éclat indescriptible du fait de son intensité. C'est à cet instant que je me suis évanouie. Je ne me souviens pas de ce qu'il s'est passé ensuite. Je me suis réveillée dans la voiture qui nous ramenait à l'auberge, Ray avait donné l'alerte avec mon téléphone satellite.

Je tournai mon regard vers ce dernier, toujours en discussion avec William, au loin. Un sentiment étrange s'empara de moi.

— Que t'a-t-il raconté quand tu t'es réveillée ? demandai-je à Asarys en continuant à fixer, perplexe, le jeune homme.

— Rien ! Justement. C'est comme si tout d'un coup il avait changé. Il est devenu distant et évite catégoriquement le sujet.

— C'est à cause du choc, la rassura Lexy. Laisse-lui un peu de temps. En plus de toi, il a cru perdre aussi Faïz.

Je me retournai vers Lexy.

— Et toi aussi Zoé, ajouta cette dernière en haussant les épaules, l'air désolé.

— Pourquoi nous ? s'interrogea Asarys. Faïz et toi ? Ray et moi ?

— Détrompe-toi, lui lança Lexy. Notre guide a failli être remplacée, elle aussi. En tout cas, c'est ce qu'elle nous a raconté lorsque nous nous trouvions dans l'immense serre aux oiseaux. Elle a refusé de quitter son poste et décliné une superbe opportunité d'emploi dans le domaine où elle avait postulé, quelques semaines auparavant. C'était important pour elle de terminer cette mission auprès de nous. Sa décision nous a sauvés, Barthey, William et moi. C'est, en ne vous voyant pas revenir pour le dîner, que nous avons compris que quelque chose de grave était arrivé. Ça a été les heures les plus longues de toute ma vie.

J'allai ouvrir la bouche quand soudain, une voix derrière moi m'interpella :

— Zoé, je peux te voir quelques instants ?

Absorbée par les confidences de mon amie, je n'avais pas entendu William s'approcher de nous. Les filles hochèrent la tête afin de m'encourager à m'entretenir avec lui et s'empressèrent de quitter la pièce pour nous laisser un peu plus d'intimité. William se mit à m'examiner du regard, l'air torturé, constatant ainsi toutes les blessures sur mon corps, puis détourna les yeux pour observer l'agitation qui régnait au loin. Il se racla ensuite la gorge comme si celle-ci lui brûlait avant d'ajouter :

— Je suis désolé pour tout. J'étais chargé de recruter vos accompagnateurs et je n'ai pas été capable d'accomplir mon devoir correctement.

Il leva alors vers moi ses yeux dans lesquels régnaient toute l'angoisse et la peur qu'il avait ressenties ces dernières heures. Mon cœur, à cet instant, se brisa.

— Will, tu n'y es pour rien, n'importe qui aurait…

— Non ! Faïz a eu raison. J'aurais réagi pareil, voire pire, si j'avais été à sa place.

Son débit s'accéléra sous l'émotion. Une douleur immense se lisait derrière ses yeux bleus qui me consumaient à petit feu.

— Je n'ai pas pu te protéger.

Ma volonté de rester à bonne distance de lui s'envola devant son si grand désespoir. Je le pris dans mes bras pour le réconforter. Aussitôt, son cœur s'emballa.

— Tu ne peux pas imaginer l'obscurité dans laquelle j'ai été plongé, murmura-t-il en passant ses mains dans mes cheveux.

— Les yeux s'habituent à tout, même à la plus profonde nébulosité.

— Zoé ? m'interpella Lexy depuis l'autre pièce. David a du nouveau !

William me libéra de son emprise et passa devant moi pour rejoindre le groupe qui s'était déjà réuni devant l'écran pour écouter les informations précieuses que devait nous donner mon ami.

— OK… et Faïz ? demanda David qui le cherchait des yeux.

— Il est avec les médecins afin d'être soigné, répondit Barthey.

— C'est grave ? s'inquiéta ce dernier.

— Il va s'en sortir. Nous vous écoutons.

David secoua nerveusement sa tête et plongea ses yeux dans ses notes. Tout ce monde en face de lui, qui l'observait silencieusement, semblait l'intimider.

— Oui… euh… très bien. Dans le passage que j'ai réussi à traduire, le Callis fait référence à la loi des lois. C'est-à-dire celle de l'univers.

— Bon Dieu ! Qu'est-ce que c'est encore que ça ? chuchota Barthey, les poings serrés.

Dans la pièce, chacun de nous retenait son souffle. L'angoisse de connaître la suite se confondait avec l'envie de savoir ce qu'il en était. Je pouvais sentir les battements de mon cœur résonner dans mes tempes.

— Depuis la nuit des temps, continua David, la loi de l'univers est connue et enseignée par tous les peuples ici-bas. Elle est universelle, au-dessus de tout, même du Callis lui-même. C'est une loi précise, parfaite, que vous devrez suivre à partir de maintenant si…

Les paroles de David étaient suspendues dans l'air, mais nous connaissions déjà la fin de sa phrase.

— Si vous voulez avoir une chance de sauver ce monde.

FAÏZ

Assis sur le lit, dans une chambre transformée en pièce d'hôpital, Faïz reconnut le bruit des pas pressés de Ray qui venait de franchir le pas de la porte, derrière lui.

— Depuis quand es-tu au courant ? s'écria celui-ci d'une voix glaciale à l'encontre de Faïz.

L'infirmière entreprit de finir rapidement de bander le torse du jeune homme, sentant une tension palpable entre les deux amis.

— Quelques semaines avant le départ, avoua Faïz d'un ton calme sans prendre la peine de jeter un regard à Ray. C'est David qui me l'a appris.

— Putain de merde ! jura Ray, furieux, en agrippant sa tête entre ses deux mains.

Faïz, d'un geste, arrêta le mouvement de l'infirmière qui vérifiait à ce moment si le bandage était correctement posé autour de sa taille. Cette dernière comprit l'attente de son patient et prit congé. Quand la porte se referma derrière elle, Faïz se leva en réprimant une grimace, ses blessures le faisaient terriblement souffrir.

— Je n'ai pas pu te le dire, confia ce dernier visiblement sincère.

— Tu aurais dû ! Je fais quoi moi maintenant ? rugit Ray en pointant son doigt vers son ami.

— On va trouver une solution, déclara Faïz en essayant de croire lui-même à ce mensonge.

— Zoé est-elle… ?

— Non ! Elle ne l'est pas et personne d'autre ne doit savoir, trancha le jeune homme avec autorité tout en reboutonnant sa chemise.

— Oui, pour l'instant ! déclara Ray d'un ton plein de reproches en tournant les talons.

Avant de franchir la porte, il se retourna une dernière fois vers Faïz et ajouta :

— Débrouille-toi comme tu veux, mais c'est hors de question que je la perde et si ce jour devait arriver, alors paix à ton âme.

Sans laisser le temps à son ami de répondre quoi que ce soit, celui-ci disparût de la pièce, laissant Faïz, seul, abattu par ces mots qui venaient de le consumer de l'intérieur comme de l'acide.

<u>7</u>

À mon réveil, je constatai que j'étais seule dans le dortoir. En m'approchant de la terrasse, j'observai au loin, le brouillard qui se dissipait lentement sur l'île, indiquant que la nuit approchait. Je me demandai alors depuis combien de temps je m'étais assoupie. Je n'eus pas le temps de me remémorer mes dernières heures passées dans la salle de conférence, car on vint frapper doucement à ma porte.

— Je ne savais pas si tu étais réveillée, me lança Lexy dont seule la tête apparaissait dans l'encart de la porte. Les médecins veulent te voir.

Mon amie, embarrassée, attendait mon accord, que je lui donnais sans attendre, avec un signe de tête. C'est alors qu'apparût un homme, de taille moyenne, coiffé d'une coupe en brosse et une femme, beaucoup plus âgée qui affichait un air des plus austères sur le visage avec des cheveux tirés en arrière. Leur tenue vestimentaire, basique, ne laissait pas deviner leur corps de métier. Mon regard se posa de nouveau sur Lexy qui me fit signe qu'elle attendrait, pendant ma consultation, à l'extérieur de la pièce.

— Bien, mademoiselle Reyes ! commença la femme

d'un ton rêche. Après les examens réalisés par les infirmières en fin de matinée, vos résultats sont plutôt bons.

Elle se tourna ensuite vers son collègue afin de lui laisser la parole. Ce dernier consulta immédiatement un dossier qu'il tenait entre les mains.

— À part de grosses ecchymoses qui se trouvent pour la plupart sur le haut de votre corps et de votre dos, vous n'avez rien de cassé ce qui est un miracle quand on voit la multitude de bleus sur votre peau et la trace de strangulation autour de votre cou. Ces traces donnent une idée de la violence du choc, des coups reçus.

Le médecin marqua une pause et sembla hésiter un instant à poursuivre. Au moment où il entreprit d'ouvrir la bouche pour continuer, la femme lui coupa net la parole.

— Vous êtes donc apte à aller où bon vous semble ! affirma cette dernière en jetant un regard mauvais à son confrère.

Je les remerciai poliment. Avant qu'ils ne tournent les talons, je m'empressai de leur demander, le ventre noué, des nouvelles de Faïz. Les deux médecins se regardèrent, visiblement pris de vitesse.

— Il a eu moins de chance que vous, ajouta la femme sans émotion dans la voix. Son état est beaucoup plus critique, mais nous ne pouvons rien vous communiquer de plus à son sujet pour le moment.

Je les regardai s'éloigner en me passant une main sur le visage, chamboulée par cette nouvelle. Une boule d'angoisse me serrait à présent la gorge. Ma seule envie, à cet instant, était de partir le retrouver.

Nous étions seules avec mes amies au réfectoire. L'ambiance autour de la table avait changé. Lexy paraissait angoissée pour la suite des événements et essayait de comprendre les paroles de David en ne cessant de reformuler ses mots en boucle comme si une révélation allait éclore de son esprit.

— Une loi parfaite ? De toute façon, rien n'est parfait ! Tout est modifiable. Peut-être devrions-nous tout simplement trouver la personne qui l'a rédigée ?

— La nuit des temps, Lexy ! Elles existent depuis la nuit des temps, ces lois, lui précisa Asarys, agacée par son monologue, et toi, Zoé ! Arrête de fixer cette fichue porte en espérant le voir apparaître !

Je soulevai mes épaules comme seule réponse face à la réflexion piquante de mon amie avant de répondre :

— Je m'inquiète pour lui et on ne me le laisse pas aller le voir. Et les autres ? Bon sang ! Qu'est-ce qu'ils fabriquent ?

— Le groupe est toujours dans la salle de conférence, répondit Lexy. Ils établissent le programme pour demain. J'ai croisé Madame Min dans les couloirs avant d'arriver ici avec des plateaux-repas à la main qui étaient destinés à l'équipe.

— Encore une fois, nous ne faisons pas partie de ce temps de parole ! affirmai-je, irritée.

— Ils ont sans doute voulu t'épargner tout ça, déclara Asarys tout en croquant dans sa pomme. Tu reviens de loin.

— Pour faire court, la coupa Lexy, Barthey et le reste de l'équipe te laissent quelques heures pour souffler.

— Oui, renchérit Asarys. Profites-en pour reprendre

des forces et te reposer un peu. La seule chose positive dans tout ça ce sont les cours de Malika qui sont annulés pour ce soir.

Cette dernière repoussa lentement son plateau puis ajouta d'un air maussade :

— C'est hors de question que je claque ici sans avoir croqué une dernière fois dans une bonne côte de bœuf !

— Je vais au dortoir, s'exclama soudain Lexy en se levant de table. J'ai très peu dormi la nuit dernière et quelque chose me dit que la journée de demain nous réserve encore des surprises.

— Je vous rejoins, répliquai-je à voix basse les yeux dans le vide. J'ai juste besoin d'aller respirer un peu d'air.

— Tu veux que je t'accompagne dans la cour, devant l'auberge ? proposa Asarys, inquiète.

— Je n'en ai pas pour longtemps, la rassurai-je. File, je te rejoins tout de suite.

L'air chaud caressa délicatement ma peau. L'auberge se trouvait à quelques mètres derrière moi. Je n'osai pas m'aventurer plus loin, bien que les chemins soient correctement éclairés par un superbe croissant de lune. Contrairement à Los Angeles, les lumières de la ville ne polluaient pas la vue de ce ciel étoilé qui paraissait éternel. Je fermai les yeux et respirai un grand coup. C'est là que je le sentis, dans mon dos, tout près de moi. Je ne l'avais pas entendu arriver, mais je reconnaissais son odeur enivrante, celle qui m'avait contaminée depuis le premier jour où je l'avais rencontré.

— J'observe les étoiles, répondis-je à sa question non encore posée.

Sa silhouette apparut devant moi. Un sourire fendait ses lèvres, ce qui faisait rayonner son visage pâle puis il redevint sérieux. Il leva à son tour les yeux au ciel.

— J'ai l'impression qu'elles sont si proches, murmura-t-il comme pour ne pas troubler la nuit.

— Quand j'étais petite, ma mère m'avait expliqué que les étoiles meurent un jour, qu'elles étaient comme nous, non immortelles et que lorsque nous les regardons, nous observons en réalité leur passé. Cette histoire de vitesse de lumière a bien dû me prendre une bonne décennie avant que je ne la comprenne.

Je secouai ma tête en souriant, heureuse de raviver ce tendre souvenir. Faïz me fixait avec beaucoup de tendresse puis il approcha sa main de mon visage pour en écarter une mèche. Au contact de ses doigts sur ma peau, un léger frisson me parcourut.

— Ta mère n'avait pas complètement tort, mais pas complètement raison non plus.

Curieuse, je le fixai avec un regard inquisiteur.

— Zoé, soupira ce dernier. Si je commence à te parler d'année-lumière, de galaxie et d'hydrogène, j'ai bien peur de te prendre une décennie de plus.

Il éclata de rire et j'essayai, avec difficulté, de ne pas l'imiter.

— Je suis tout à fait apte à comprendre ! ripostai-je en essayant de prendre un ton menaçant.

Faïz respira profondément. Ses prunelles étincelantes de malice finirent par déteindre sur moi et je me mis à rire à mon tour.

— OK, j'avoue que pour aujourd'hui mon cerveau aurait du mal à suivre, avouai-je en lui donnant une petite tape sur l'épaule. Mais en temps normal, je percute très bien, alors tu peux garder tes sarcasmes pour toi !

Après ce court moment de complicité entre nous, vint l'appréhension. Faïz retrouva son air grave. Son doux visage se transforma de nouveau en pierre.

— Demain, vous partirez, les autres et toi à l'ouest de l'île, déclara ce dernier avec un regard lourd de sens.

— Et toi ? demandai-je aussitôt, préoccupée par cette nouvelle.

— Barthey et l'équipe médicale ont trouvé le moyen de me retenir ici. Une conférence est organisée demain avec l'ensemble des Léviathans. Nous devons faire le point sur les catastrophes qui s'abattent actuellement sur le reste du monde.

J'acquiesçai, consciente de la situation alarmante, et inquiète, à la fois, de son état de santé. Si Barthey préférait qu'il reste à l'auberge, c'était qu'il craignait pour sa vie et ça, c'était nouveau.

— Il y a quoi à l'ouest ?

— Hùli, répondit Faïz, là-bas vous rencontrerez le chaman de Eros, Issei. Si nous devons connaître la loi universelle dont parle le Callis alors il nous faut un intermédiaire qui peut nous l'expliquer et nous l'inculquer. Sa demeure se trouve au bord de l'océan, sur les hauteurs des falaises.

Ce dernier se pinça les lèvres puis émit un sourire bienveillant, mais ses yeux traduisaient un tout autre sentiment.

— William sera présent, continua Faïz, je sais que vous êtes en sécurité auprès de lui. Je resterai toujours en contact avec vous.

Ma main se porta sur sa joue afin de le rassurer. Sa culpabilité se lisait dans son regard. Sa respiration se bloqua et il ferma les yeux. À cet instant, il paraissait porter le poids du monde sur ses épaules et dans un sens, c'était ce qu'il faisait.

— On va juste voir un vieux chaman inoffensif dans une grotte ou bien une cabane, plaisantai-je pour essayer de le réconforter. Maintenant, va te reposer si tu veux être efficace demain.

Faïz hocha la tête puis déposa sur mon front un doux baiser avant de s'en aller. Au fond de moi, je cédai de nouveau à l'espoir d'être un jour rien qu'à lui.

Les chauffeurs des deux voitures attendaient que nous montions à l'intérieur. J'observai Asarys et Ray qui semblaient avoir une sérieuse discussion un peu tendue, plus loin. J'espérai que la situation s'arrange entre ces deux-là.

— Zoé ? m'interpella William. Il est temps de partir.

— Allons rencontrer le père Fourase ! s'exclama Lexy dans un rire tonitruant tout en montant à l'arrière du véhicule.

William m'interrogea du regard.

— Une émission de télévision française, lui indiquai-je.

— Vous avez des idées bien arrêtées sur ce chaman, déclara ce dernier, sceptique en me laissant passer devant lui.

La porte coulissante du véhicule se referma automatiquement sur nous. À travers la vitre teintée, mes yeux ne lâchaient pas l'entrée de l'auberge avec l'espoir de le voir apparaître.

— Faïz ne viendra pas ! Il s'est levé aux aurores et a commencé sa journée d'arrache-pied.

La pointe de jalousie dans la voix de William ne m'échappa pas. Je fis mine de ne pas relever même si au fond de moi, la puissance de ma déception était forte. Asarys et Ray venaient d'embarquer dans la seconde voiture, derrière nous. Soudain, dans une légère secousse, notre véhicule s'éleva sans bruit pour prendre de l'altitude à quelques dizaines de mètres du sol. Nous commencions à avoir l'habitude de ce mode de transport, mais toujours pas de ce lourd brouillard qui cachait la lumière du jour. Le soleil de Californie me manquait terriblement.

Les falaises bleues se détachèrent des nuages petit à petit. Le trajet m'avait paru court, peut-être du fait de nos vifs échanges entre nous. William avait réalisé, sur une tablette tactile, la carte de l'île avec toutes les notations sur les coins explorés du pays par les différentes équipes. Il ne manquait aucun sentier, aucune grotte, ni aucun cours d'eau. Le vent, près des côtes, soufflait plus fort, créant une perturbation au moment de notre atterrissage. Le bruit des chutes d'eau me ramena aux désagréables réminiscences de ma dernière excursion avec Faïz.

— Ça va aller, me rassura Lexy en posant sa tête sur mon épaule. Nous sommes cinq contre le père Fourase alors qu'il n'essaye même pas de lever son petit doigt !

Les battements de mon cœur se calmèrent. Mon amie avait raison, l'escapade d'aujourd'hui se résumait à un entretien qui avait été organisé auparavant par les deux gouvernements. Aucun changement de programme n'était à prévoir cette fois-ci.

Le véhicule se posa au sommet d'une falaise aux arêtes à couteaux tranchants. En sortant de l'habitacle, je fus prise instantanément d'un malaise. En effet, sujette au vertige, le vide sous mes pieds me paralysa sur place. Il m'était impossible de faire un pas de plus devant moi.

— Bah bien sûr ! râla Asarys qui nous avait rejoints près du véhicule. On dirait que c'est fait exprès. Mais pourquoi ai-je insisté pour venir dans ce fichu pays ?

— Je… oh non… et moi qui pensais que ce serait un abri de fortune au fond des bois, déclarai-je horrifiée, prête à m'évanouir.

Ray s'approcha au plus près du vide sans aucune crainte. Il admira la vue puis respira profondément.

— Les chutes d'eau sont juste en dessous de nous, nous indiqua ce dernier en nous invitant à le rejoindre d'un signe de la main.

En ne voyant personne venir, il se retourna vers nous, l'air excédé :

— Eh bien quoi ? Nous sommes juste à mille deux cents mètres d'altitude. Un peu de courage ! Pour votre information, le temple du chaman ne se trouve pas ici, mais tout en haut.

Son doigt pointa alors en direction du ciel derrière nous.

— Qui se retourne la première ? demanda Lexy à voix basse, ankylosée par la peur.

— Vas-y, Asarys, déclarai-je le souffle court, tu as toujours été la plus courageuse de nous trois.

— Quoi ? Mais pas du tout ! s'insurgea cette dernière, je suis juste en train de me faire dessus. Et d'ailleurs, si je me rappelle bien, c'est toi Lexy qui a déjà fait du saut à l'élastique !

— Oui, grogna celle-ci, dans un endroit qui était indiqué sur Google maps et à l'époque, les démons, les sorciers et l'enfer n'existaient pas pour moi, dans ce monde !

L'éclat de rire de William nous surprit à ce moment-là et nous fit nous retourner vers lui sans le vouloir.

— Allez mesdemoiselles ! nous encouragea-t-il, soyez des randonneuses aguerries.

Je parcourus avec des yeux écarquillés le chemin escarpé, à flanc de montagne, qui paraissait sans fin.

— Il faudrait se savoir immortel ou fou pour penser à gravir tout ça, murmurai-je effrayée.

— Et pour redescendre ? demanda Lexy tout aussi angoissée.

— Les voitures viendront nous récupérer directement là-haut, déclara William en nous emboîtant le pas.

— C'est une blague ? m'écriai-je ahurie et encouragée par les exclamations de mes deux amies.

Ray passa devant nous à son tour en ajoutant :

— Notre cher chaman, Issei, souhaite que nous gravissions cette montagne, seuls et sans aide afin… comment a-t-il dit déjà ?

— Afin que nous sortions de notre zone de confort, compléta William. Nous devons dépasser nos limites.

— Moi, j'appelle ça « défier la mort » ! se rebella Lexy en croisant les bras.

— Lui, je ne vais pas le louper ! grogna Asarys hors

d'elle.

Ray et William s'éloignèrent de nous et commencèrent leur ascension. Nous nous mîmes à trottiner derrière eux afin de les rejoindre au plus vite, ne voulant pas rester toutes seules, ici, dans cet endroit.

Le début de la montée consista à grimper des marches d'une largeur de pas plus d'un mètre, à la verticale. Nous devions nous contenter de chaînes rouillées de chaque côté de ce parcours dangereux pour nous aider à avancer.

— Écologie, écologie. Nous n'entendons que ça depuis que nous sommes arrivés, mais ce truc-là va nous refiler le tétanos ! se plaignit Lexy juste derrière moi, le visage à présent en sueur.

À cet instant, je me surpris à repenser au cours de Madame Valls sur l'effet de la rouille et ses conséquences. Le résultat d'une simple vis ou d'un simple boulon contaminé par l'oxydation pouvait affaiblir des surfaces ou des structures que supportait cet organe d'assemblage. *À quoi joues-tu, idiote ? Tu n'es pas assez dans le sensationnel là ?* Je secouai mon visage qui devait probablement être aussi ruisselant que celui de mon amie afin de chasser de ma tête ces idées qui n'avaient pas leur place dans un moment pareil.

Nous arrivâmes après plus d'une demi-heure d'escalade, qui me parût une éternité, en haut des marches. Bien évidemment, William et Ray nous attendaient depuis déjà une bonne dizaine de minutes. Les mains sur les genoux et les yeux au sol, j'essayai doucement de reprendre ma respiration.

— Finalement, ce n'était pas grand-chose, dis-je entre

deux souffles.

La tête toujours baissée et sans réponse de mes deux acolytes juste à côté de moi, je continuai en me moquant :

— Le manque d'oxygène à cette altitude vous laisse sans voix ?

— Zoé, m'interpella Asarys dans un murmure à peine audible, relève-toi !

Je m'exécutai et regrettai aussitôt mes paroles. Devant moi, une passerelle en verre, suspendue au-dessus du vide, servait de pont afin d'atteindre la rive de l'autre côté.

— Oh non… ah non, non, non, bégayai-je affolée, je ne ferai pas un pas de plus !

— Je vais faire une crise cardiaque ! s'exclama Asarys en donnant un coup de pied rageur dans le vide, ce n'était pas prévu, ça. Je n'ai pas signé pour ce genre de délire suicidaire.

— Je n'ai jamais rien fait d'aussi fou, déclara Lexy à mi-voix.

Asarys et moi la regardâmes, dubitatives, puis nous ajoutâmes en cœur :

— LE SAUT À L'ÉLASTIQUE !

Cette dernière leva les yeux au ciel, blasée, en balayant notre remarque d'un revers de la main.

— C'est trop cool ! cria Ray qui se tenait déjà sur le pont en sautant dessus à pieds joints.

Derrière lui, un peu plus loin, nous pouvions apercevoir le temple dont l'architecture imposante paraissait recouverte d'argent. L'édifice, vu d'ici, n'avait rien d'ancien bien au contraire et semblait construit sur un plan cruciforme.

— Alors ? me demanda William qui m'avait rejointe.

Ça vaut le coup de traverser ce pont en verre pour voir le temple de Idaina Megami de plus près, non ?

Mon regard se posa de nouveau sur la passerelle, suspendue entre deux sommets, à plus de mille mètres du sol.

— Zoé, murmura William en me fixant droit dans les yeux. Si tu commences à le franchir, les filles te suivront. Tu dois passer devant.

Je me retournai vers mes deux amies, tétanisées, qui étaient à première vue incapables de parcourir ces derniers mètres.

— OK, mais jure-moi que les véhicules viendront bien nous récupérer devant les marches du temple pour le retour. Nous avons atteint nos limites pour aujourd'hui.

— Ils seront là, je te le promets.

— Je me demande comment ce pont a bien pu être testé, sanglota Lexy sur le dos de William.

— On y est presque, essayai-je de rassurer mon amie, bien que je n'en menasse pas large moi non plus.

Bien que le temple se dressait juste devant nous, il nous manquait une bonne dizaine de pas à faire pour enfin mettre un pied sur la terre ferme. Asarys, silencieuse, se concentrait pour ne pas céder à la panique. Cette dernière avançait courbée, le moindre mouvement paraissait lui demander un effort surhumain. De mon côté, je me forçai à ne pas regarder le vide en dessous de moi, préférant fixer, comme point, le temple. Les pensées les plus horribles s'invitèrent dans mon esprit : si c'était un piège ? Si le verre n'était pas aussi épais qu'il paraissait ? Ou si un rocher dévalait la montagne pour venir briser les extrémités de ce pont ? Je secouai vigoureusement ma tête pour chasser ces visions d'horreur.

— Zoé, c'est bon, tu y es !

La voix de William me ramena à l'instant présent. Son regard au reflet bleu, gris et bienveillant me happa, faisant aussitôt retomber la lourde pression. J'agrippai sa main tendue vers moi et mon pied toucha le sol où s'élevait l'immense édifice devant nous. Euphorique, mon cri de joie s'ajouta à celui de Lexy et de Asarys.

— Bon ! Je ne veux pas attirer le mauvais œil, mais je pense vraiment que cette fois-ci, le pire est derrière nous.

J'espérai, à ce moment, que Lexy disait vrai. Psychiquement, cette promenade avait été la plus difficile et la plus angoissante de toute ma vie.

— Équipe numéro deux, où en êtes-vous ?

La voix de Faïz résonna dans la radio, accrochée à la ceinture de Ray. Ce dernier attrapa l'appareil sans plus attendre et la porta à ses lèvres :

— Nous sommes arrivés devant le temple, tout le monde va bien. Tu rates quelque chose d'incroyable.

— Je veux bien te croire ! Gardez votre radio allumée, nous allons à présent tout enregistrer.

— La confiance règne, ironisa Ray en remettant l'appareil à sa ceinture.

Avant de franchir le seuil de cette gigantesque bâtisse, nous restâmes quelques minutes à admirer ce bâtiment construit tout en marbre gris et incrusté de magnifiques dorures. De chaque côté de l'entrée étaient installées deux immenses statues représentant un homme tenant dans ses mains la lune et une femme possédant le soleil. Ces

sculptures imposantes semblaient garder les portes de ce
mystérieux sanctuaire.

<u>FAÏZ</u>

— Les médecins vous attendent de nouveau pour vous examiner, indiqua Barthey à Faïz qui était occupé à s'entretenir en visioconférence avec plusieurs groupes d'hommes, ces derniers plus costauds les uns que les autres.

L'inspecteur, irrité par le comportement insouciant du jeune homme, alla se positionner en face de celui-ci afin d'insister, mais le regard noir que lui envoya Faïz le fit immédiatement se raviser.

— Ils vous ont préconisé le plus grand repos, lui rappela l'inspecteur d'un ton ferme. Si vous saignez de trop, vous risquez de trépasser plus vite que vous ne le pensez. Super héros ou pas !

Avant qu'il ne s'en aille, Faïz lui attrapa le bras.

— Amenez-moi la radio ! quémanda le jeune homme sans relever les propos qu'avait tenus Barthey quelques secondes plus tôt. Je veux savoir où en sont les autres.

Il relâcha son emprise du bras de Karl et, sans rien ajouter de plus, décida de poursuivre l'entretien avec les autres Léviathans.

— Nous en saurons plus ce soir, au retour de l'équipe numéro deux, les informa Faïz. Quelles sont les nouvelles de votre côté ?

Le brusque silence et le malaise qui venaient de s'installer dans les groupes à cet instant ne disaient rien de bon. Faïz posa ses coudes sur la table et joignit ses deux mains en attendant des réponses. Finalement, un homme d'une quarantaine d'années, à la barbe fournie, entreprit de prendre la parole :

— Les catastrophes naturelles se multiplient un peu partout aux quatre coins de la planète. Inondations en Indonésie, barrage de boue qui cède au Brésil ou encore ces cyclones répétitifs en Europe. Le problème de la pénurie alimentaire menace, quant à lui, le monde entier, car la biodiversité n'a jamais été autant en danger. Le Maestro recrute à tour de bras de fidèles et vaillants soldats. Bien que beaucoup de Léviathans soient déjà sur le terrain, la haine gagne de plus en plus la population. Nous sommes dépassés.

Faïz passa ses mains dans ses cheveux pour les agripper. Il sentait la situation lui échapper. La tête baissée, le regard dans le vide, le jeune homme analysait la situation. Après mûre réflexion, il releva son visage pour faire face à ses interlocuteurs :

— Gagnez le plus de temps possible ! Nous mettons tout en œuvre pour trouver au plus vite le rubis. Une autre équipe continue pendant ce temps de déchiffrer les passages du Callis. Nous ne devons rien lâcher ! Je peux compter sur vous ?

— Jusqu'à la mort ! répondit sans hésiter l'homme barbu.

— Jusqu'à la mort ! répétèrent les autres à l'unisson.

<u>8</u>

Nous laissâmes William et Ray passer devant nous et franchir les marches en granit. L'entrée du temple ne possédait pas de porte. Notre petit groupe emprunta un long couloir à peine éclairé, envahi par une végétation entretenue. Le plafond, avec ses nombreuses voûtes, renforçait cette architecture énigmatique. Les symboles traditionnels comme les éléphants, dragons ou encore serpents étaient sculptés sur les murs de pierre de ce couloir, donnant un relief réaliste, comme si ces animaux prenaient vie tout autour de nous. Seul le bruit de nos pas et le grésillement de notre radio brisaient le silence. Aucun de nous n'osait prononcer un mot, nous étions trop occupés à admirer cette structure splendide aux décors exotiques.

Au bout de quelques minutes, nous arrivâmes à l'air libre, sur un très beau jardin garni de fleurs, de cerisiers et d'épicéas. Mes yeux mirent quelques instants à se réhabituer à la lumière du jour. L'endroit affichait une collection étincelante de différentes nuances contrastant avec la lumière grisâtre de l'île. Au second plan, un peu plus loin, se trouvait un lac dont une multitude de pétales fanés flottait à la surface de l'eau. Les toits argentés de plusieurs niveaux, ornés de sculpture Naga, entouraient ce jardin d'Éden. J'étais étonnée d'apercevoir quelques personnes, plutôt ordinaires, entrer et sortir de ces quartiers, les mains remplies de fleurs pour certains ou de nourritures pour d'autres. Bien que le temple soit retiré de la ville et de la civilisation, ce lieu paraissait être fréquenté et apprécié des Kobolds.

— Ressentez-vous aussi ce calme olympien ? murmura Asarys.

— On pourrait presque oublier le monde, répondit Lexy, subjuguée par la beauté du lieu.

— Ici Barthey, vous en êtes où ?

La voix lointaine de l'inspecteur nous tira de notre envoûtement. Ray s'empara de la radio :

— Nous sommes à l'intérieur de Idaina, plus exactement dans le jardin. Aucune trace du chaman, pour l'instant.

— Restez où vous êtes ! Il ne va pas tarder. Et surtout, laissez bien votre radio allumée.

— Entendu.

Ray replaça l'appareil à sa taille et partit s'asseoir sur une des marches de la cour. Quant à William, il laissa tomber au sol son lourd sac à dos pour effectuer quelques pas dans ce Paradis, aux riches tonalités de couleurs. Je me décidai aussitôt à le rejoindre.

— Difficile de croire que des gens franchissent tous ces obstacles chaque jour dans le seul but d'y venir prier, confiai-je à William.

— Non, pas si difficile que ça. Je ferais pareil à leur place. La sérénité n'a pas de prix.

Ce dernier s'accroupit pour effleurer de sa main une rose sauvage, courbée par le poids de ses pétales. C'est alors que sous mes yeux, je vis la fleur se redresser et devenir en quelques instants, la plus belle de ce jardin.

— Je ne m'y habituerai jamais, c'est impossible, déclarai-je en scrutant les mains de William qui redonnaient un souffle de vie à cette fleur.

Celui-ci se releva et vint se placer devant moi avec un demi-sourire, le regard calme. Il me prit délicatement les mains pour caresser mes paumes de ses doigts fins. Soudain, de petites décharges électriques parcoururent mes phalanges. L'énergie que me transmettait William me laissait sans voix.

— Le bourdon, dit celui-ci en me regardant droit dans les yeux avec une expression indéchiffrable.

— Le… le quoi ? bafouillai-je en forçant mon esprit à rester concentré.

William essaya à cet instant de dissimuler un petit sourire de satisfaction puis il reprit :

— Le bourdon ne devrait pas voler selon la loi gravitationnelle de ce monde. Son corps est trop gros et ses ailes bien trop petites et pourtant le miracle se produit, il vole. Il vole parce que personne ne lui a dit qu'il en était incapable. Dorénavant, tu penseras à cet insecte lorsque quelque chose te semblera impossible.

— J'y penserai, déclarai-je, envoûtée par son histoire.

— Il arrive ! nous avertit Asarys qui venait à notre rencontre.

Mes yeux ne mirent pas longtemps à trouver notre homme qui sortait d'une chapelle à la forme cylindrique à côté des autres pavillons. Il saluait ses fidèles qui l'accompagnaient en leur adressant un petit mot à chacun. Une fois qu'il en eut fini avec le dernier, il se retourna dans notre direction et nous rejoignit immédiatement.

— J'imaginais un moine ou quelqu'un à l'apparence

de plus… traditionnelle, s'empressa de nous faire remarquer Lexy à voix basse, sur un ton dubitatif.

J'étais tout aussi surprise qu'elle en observant l'homme à la silhouette élancée qui paraissait couvrir sous sa chemise noire et son pantalon sombre une corpulence longiligne.

— Bienvenue ! prononça ce dernier avec un léger sourire en joignant ses deux mains pour nous saluer, je suis Issei, votre guide spirituelle.

Ses yeux s'attardèrent un peu plus longtemps sur moi, mais je n'y prêtai pas une grande importance. Le petit soupir d'Asarys m'obligea à lui donner un discret coup de coude pour lui rappeler de garder ses réflexions pour elle. En effet, je sentais que celles-ci menaçaient de franchir le bord de ses lèvres. Elle me lança un regard noir en guise de réponse. Le physique élégant de ce quinquagénaire aux cheveux courts, cuivrés, me fit presque oublier que nous avions en face de nous un chaman qui avait comme mission de nous expliquer les lois de l'univers. Son front droit donnait à son visage une forme ovale aux traits lisses et un menton rond. Ses oreilles, bien que courtes, possédaient pour chacune, des lobes étrangement allongés.

— Si vous voulez bien me suivre ? nous invita notre guide après de courtes présentations.

Ce dernier tourna les talons pour se diriger à l'intérieur du temple.

— Nous sommes un peu en retard, s'excusa William sur ses pas. Franchir la montagne et le pont de verre n'a pas été une mince chose à faire pour tout le monde.

Le ton de mon ami, teinté d'ironie, paraissait nous accuser directement. Le petit rire cristallin du chaman résonna à ce moment entre ces murs.

— Pour ce qui est de la montagne, je vous prie de m'en excuser, déclara Issei d'un ton calme. Je sais combien cette promenade peut être une véritable épreuve. Mais croyez-moi, elle est nécessaire afin d'évaluer votre niveau sensoriel et… bien d'autres choses par ailleurs. Pour ce qui est du pont en verre, je plaide coupable. Je me suis permis cette petite fantaisie qui, je vous l'avoue, n'est en aucun cas nécessaire sur le travail en soi.

Asarys allait ouvrir la bouche, mais je lui attrapai le bras à temps afin de la stopper dans son élan, évitant de peu qu'elle ne déballe tout ce qu'elle avait sur le cœur.

Issei entra dans une des nombreuses pièces de l'édifice. Celle-ci, comme toutes les autres, ne possédait pas de porte. L'endroit, éclairé par plusieurs centaines de milliers de bougies suspendues au plafond, donnait une impression de profondeur avec un jeu de lumière qui faisait danser nos ombres sur les murs. Le sol, représentant l'univers et son système solaire, paraissait bouger lentement sous nos pieds. Cette visualisation cosmique était si réaliste qu'elle en devenait presque hypnotique.

— J'ai l'impression d'être un astronaute perdu dans l'espace ! s'exclama Ray, abasourdi en parcourant la pièce. Comment avez-vous réussi à créer tout ça ?

Le chaman observait silencieusement nos réactions, les mains dans les poches, puis finit par ajouter, toujours sur un ton tranquille :

— C'est une œuvre artistique réalisée à partir de cartes logarithmiques.

— Mais, où est caché le mécanisme ? demanda Asarys en désignant le sol. Tout ceci semble se déplacer.

— Il n'en est rien. C'est juste un effet d'optique, répondit Issei. Votre cerveau vous donne volontairement une conception erronée de l'information.

— Pourquoi ferait-il cela ? demandai-je à mon tour, interloquée.

— Tout simplement parce que vous le lui demandez. Il a le pouvoir de transformer l'environnement. Vous êtes loin d'imaginer tout ce qu'il est capable d'accomplir. Le corps humain possède une immense énergie directement connectée à nos pensées. Notre cerveau analyse et traite tout un tas de données automatiquement sans même que vous, vous en ayez conscience.

Issei s'approcha de moi. Aussitôt, William en fit autant. Son besoin de me protéger prît instinctivement le dessus, ce qui n'échappa pas au chaman qui esquiva un petit rictus amusé puis ce dernier fit lentement le tour de moi-même pour finir se placer juste devant moi.

— Une non-égrégore. L'incarnation de votre âme divine est tout simplement parfaite, me souffla l'homme qui paraissait subjugué par un spectacle qui m'échappait.

— Je suis désolée, je ne comprends pas, déclarai-je, perdue en essayant de saisir ses paroles.

William se mit devant moi, arrachant Issei à sa contemplation et lui demanda sans attendre d'une voix glaciale :

— Savez-vous qui nous sommes ? Et pourquoi nous sommes ici ?

Le chaman porta ses doigts à son front et commença à arpenter doucement la pièce, le visage fermé. Il soupira profondément avant de répondre :

— Oui, je le sais ! C'est moi qui ai la lourde tâche de

vous transmettre les principes des lois universelles.

Issei marqua une pause, le regard lourd de sens puis ajouta dans un murmure :

— Comment montrer la lumière à des aveugles ? Vous n'êtes que des coquilles vides.

— Je suis un Sylphe ! s'agaça William face aux paroles du guide. Ce n'est un secret pour personne ici. Je pense que vous êtes face à des gens capables de croire et de comprendre l'irrationnel ainsi que les mystères de ce monde.

— Il est là le problème ! rétorqua Issei en élevant la voix. Vous croyez trop ! Jusqu'à en devenir naïf et oublier votre spiritualité. Vous vous focalisez sur des détails qui ne sont en fait que des diversions afin de vous faire échouer dans la mission pour laquelle chacun de vous a été choisi.

L'homme s'avança d'un pas rapide et menaçant en direction de William :

— Avez-vous écouté ce que je viens de vous dire ? Non, car vous sélectionnez uniquement les informations que vous jugez bon de prendre ou de laisser !

Le grésillement de la radio vint troubler cette entrevue et nous rappela que nous étions toujours sur écoute. Le chaman leva alors les mains au ciel et s'écria d'une voix furibonde en désignant le boîtier accroché à la taille de Ray :

— Quand je parle de diversion de l'esprit, je parle de ça ! Vous êtes de nouveau déconnectés à vos énergies. Éteignez-moi ce truc immédiatement ! ordonna l'homme, la voix pleine de colère.

— Impossible ! trancha William en jetant un œil sur l'appareil. Nous ne pouvons prendre aucun risque.

— Alors on arrête là ! répondit Issei en se dirigeant vers la sortie. C'est perdu d'avance.

Bondissant à sa poursuite, Ray l'interpella pour le convaincre de rester.

— Apprenez-nous, s'il vous plaît. Il y a ici, sur Eros, une pierre, plus précisément un rubis. Elle a appartenu, autrefois, à une femme dénommée Kushisake. Nous devons la retrouver.

Issei se retourna aussitôt et parut hésiter un instant. Afin de lui prouver sa bonne volonté, notre ami attrapa la radio et la porta à son visage :

— Équipe une, on coupe, prononça Ray avant de rompre le contact définitivement avec l'extérieur.

Nous étions tous réunis au centre de la pièce à écouter attentivement chaque mot prononcé par Issei :

— … nos actions, nos mots, émettent des vibrations qui sont instantanément transformées en énergie. En retour, l'univers nous renvoie des énergies semblables. C'est la fameuse loi de l'attraction. Si vous vous focalisez sur vos pensées, elles finiront par se matérialiser et l'univers vous donnera alors ce que vous lui avez demandé.

— C'est de la prière ? interrompis-je le chaman avec ma question.

— Laissez la prière, les Dieux et les religions de côté. Tout ceci a été créé par l'homme, écrit par la main de l'homme, dans le but de *SERVIR* l'homme. Je vous parle là, de lois immuables et précises. Commençons par un peu de science, car tout est démontrable. Notre corps est un assemblage d'atomes et l'atome, c'est quoi ?

Issei nous interrogea un par un du regard.

— De l'énergie, murmurai-je hésitante.

— Bingo ! s'écria le chaman. L'énergie dans laquelle se trouve l'atome est appelée « champ » et un champ, c'est ?

— Une vibration, répondit à son tour William, les bras croisés, concentré à essayer de comprendre où voulait en venir notre interlocuteur.

— Albert Einstein était un génie, continua Issei. Il faut s'appuyer sur sa théorie de la relativité. En effet, tout notre corps est constitué de vibrations. Je m'explique : si vous pensez à quelque chose en particulier qui vous manque, vous créez et nourrissez ce manque. Il faut donc inverser le processus.

— Oui, bah ça c'est logique, bougonna Lexy à voix basse.

— Ce n'est pas aussi simple, la reprit Issei. Nous alimentons nous-mêmes nos pensées qui se transforment en matières. Même les livres saints, religieux, s'appuient sur les lois universelles. Que dit par exemple un passage de la Bible ? « Les choses dont j'ai peur viendront me rendre visite ». La peur est une pensée négative, vous devez vous en débarrasser. Rien n'arrive par hasard, car tout est connecté. C'est prouvé scientifiquement. Tout est constitué d'atomes. Rien de ce qui nous entoure n'est immobile. Les objets, les murs, le sol et le reste sont en perpétuel mouvement sauf que l'œil humain ne peut le percevoir. C'est pareil pour le son, les pensées, les images. Ces énergies ont leur propre fréquence et une fréquence se mesure. Le monde physique et spirituel ne peut en aucun cas être séparé l'un de l'autre. Il n'y a pas de chance ou de malchance. Une action a toujours une conséquence.

— Et le libre arbitre ? demanda William, perplexe.

— Face à une situation, nous avons toujours un instant plus ou moins long pour réagir. Notre réaction aura forcément une conséquence, si petite soit-elle, sur le cours des événements à venir. Inconsciemment, vous déléguez la plupart du temps cette tâche à votre cerveau qui passe son temps à analyser des tonnes de données que vous lui transmettez.

Issei posa un doigt sur le côté de sa tête :

— C'est trop parfait pour imaginer que nous provenons d'espèces préexistantes, conçues à partir de molécules.

— Pourtant, dans un sens, vous affirmez que les Dieux n'existent pas, qu'ils sont l'invention de l'homme et que l'univers dirige tout, l'interrompit Asarys.

— Quand je parle d'égrégores, je parle de Divinités créées par les hommes. Il y a des milliers d'années, les Dieux et les religions n'existaient pas. Les croyances les ont fait naître au fil des millénaires. Les Dieux égrégores existent uniquement grâce à l'homme qui les a nourris avec des énergies positives ou négatives au fil du temps. Si l'égrégore est nourri d'énergies malfaisantes, il se transforme petit à petit en un démon. À force de se détourner de la Source Divine, l'homme a créé un déséquilibre entre le bien et le mal. Il suffit de regarder ce qu'il se passe dans le monde actuellement. L'humanité tout entière est menacée. Vous devez faire confiance à vos énergies, à vos pensées et tout ce qui vous a été donné par la Déesse mère.

Le chaman se dirigea au fond de la pièce et posa sa main sur une des nombreuses sculptures qui émergeaient du mur en pierres, faisant ainsi apparaître une rangée constituée d'une dizaine de sabres, aux lames brillantes et tranchantes. Issei s'empara d'une de ces armes avec délicatesse et se retourna vers nous.

— Nous ne vivons aucun instant au moment présent, car notre vision a un décalage qui est environ d'un tier de secondes.

Notre guide se mit à brandir le sabre dans les airs et le fit tournoyer au-dessus de sa tête, avec de petits cercles.

— Chaque mouvement que vous voyez et analysez est en réalité déjà passé. Pour affronter les épreuves qui vous attendent, vous allez devoir exploiter toutes vos capacités cérébrales et réduire ce décalage de quelques millièmes de seconde afin de pouvoir combattre à armes égales contre le mal. Votre survie en dépend.

L'homme pointa son sabre sur chacun de nous, à tour de rôle, et s'arrêta sur moi. Un éclat traversa soudainement ses petits yeux, couleur noisette, puis son bras se souleva derrière sa tête pour prendre de l'élan. La scène se déroula à toute vitesse. Sans comprendre ce qui se passait, William se jeta sur moi, ce qui me fit basculer à terre. Ma tête heurta violemment le sol. Tétanisée, je n'osai bouger sous le poids de son corps. En relevant mon visage, j'aperçus l'arme enfoncée dans le mur, juste derrière moi.

— Mais vous êtes dingue ! hurla Ray fou de colère. Vous auriez pu la tuer !

Ce dernier s'avança menaçant vers le chaman, les poings serrés, prêt à en découdre. Quant à mes deux amies, elles se précipitèrent vers moi, les yeux écarquillés.

— Ça va ? Tu n'as rien ? s'empressa de me demander Lexy, affolée.

William m'aida à me relever avant de partir brusquement s'emparer du sabre, toujours planté dans le mur.

— Je… je n'ai rien, ça va aller, balbutiai-je encore sonnée.

— Vous allez regretter ce geste, éclata William d'une voix remplie de rage. Comment pouvez-vous être assez fou pour essayer de vous en prendre à un seul d'entre nous ?

— J'ai enfin l'effet escompté, déclara Issei satisfait, sans prendre en compte les menaces de William.

— Will, attends, essayai-je de l'arrêter.

Je réussis à le rattraper tant bien que mal et agrippai son bras avant qu'il ne se jette sur l'homme, devant lui.

— Regarde-moi Will ! Regarde-moi ! criai-je en lui tenant son visage entre mes mains pour l'obliger à détourner ses yeux d'Issei.

Sa respiration saccadée se calma peu à peu quand il croisa enfin mon regard.

— S'il avait voulu me tuer, il l'aurait fait ! Regarde ces sabres derrière lui. Nous devons lui faire confiance, nous n'avons pas le choix.

William secoua vigoureusement sa tête pour retrouver ses esprits. Je posai ma main sur sa poitrine qui menaçait d'exploser sous la pression violente des battements de son cœur.

— OK, finit-il par lâcher, la mâchoire serrée. Mais je garde ça avec moi.

Il désigna alors le sabre qu'il tenait dans sa main puis envoya un regard des plus noir à notre interlocuteur.

C'était la première fois que je le voyais dans un tel état de rage. À l'évidence, une part sombre l'habitait, lui aussi. À cet instant, Issei claqua des mains pour obtenir de nouveau notre attention et ajouta :

— Bon ! La pause est finie. Pouvons-nous continuer ?

Notre concentration revint petit à petit dans la pièce et nous fûmes de nouveau prêts à écouter le chaman, mais cette fois-ci, avec tous nos sens en alerte.

— Vous comprenez enfin ce que je veux dire, reprit Issei avec un sourire aux coins des lèvres. Le danger est évité grâce aux mécanismes que notre cerveau met en place pour analyser les images qui lui parviennent. Tout ça avec une anticipation d'environ trois cents millièmes de seconde. Zoé, vous devez votre survie uniquement grâce aux gestes réflexes de votre ami. Si vous aviez été seule, le sabre vous aurait transpercée.

William s'avança d'un pas avec un grognement sourd, mais je le stoppai immédiatement.

— Vous n'aurez pas un millième de seconde face à vos peurs, insista le chaman. Vous devez vous en délivrer, sinon elles causeront votre perte.

— Et comment y arrivons-nous ? demanda Ray, impatient d'obtenir des réponses.

— Les globes oculaires abritent la rétine dont les cellules…

— Je n'en peux plus d'entendre tout ça ! chuchota Lexy agacée. C'est juste un ramassis de conneries.

— … Du thalamus, c'est-à-dire tout ce qui révèle de notre conscience, continua le chaman dans ses explications.

— Tais-toi donc ! articula Asarys entre ses dents.

Nous ne sommes pas ici pour nous amuser ni nous détendre.

— Vivement que nous arrivions à la pratique, bougonna notre amie. Là je suis complètement larguée et incapable d'assimiler plus d'informations.

Asarys se tourna vers Lexy en fronçant les sourcils :

— La pratique ? Je te signale que Zoé a failli se faire embrocher, à l'instant, juste sous nos yeux. Je pense que nous en avons eu assez de la pratique !

— Il y a un souci ? demanda Issei. Comprendre le fonctionnement de notre cerveau ainsi que le fonctionnement de nos énergies vous ennuie ?

— Non, non, hésita Lexy sur un ton sarcastique. Entendre tout ceci est bien beau, mais…

Elle marqua une pause pour envoyer une œillade noire à Asarys que cette dernière lui rendit aussitôt puis elle reprit :

— Les actions positives. Conscient et inconscient. Cellules nerveuses. L'amygdale cérébrale. Dites-nous seulement où on peut trouver le rubis. Nous le récupérons et nous nous tirons ! Adieu Eros.

À cet instant, je retins mon souffle. William fixa mon amie, interloqué. Tandis que Ray essaya de s'arracher les cheveux à la racine. J'attrapai Lexy par les épaules :

— C'est plus compliqué que ça ! Alors, ne craque pas maintenant. J'ai besoin de toi.

Cette dernière soupira avant d'acquiescer d'un signe de tête puis reprit le contrôle d'elle-même.

— Je suis désolée, murmura-t-elle en baissant les yeux.

— Je sais, répondis-je d'une voix réconfortante.

Mon regard balaya la pièce à la recherche d'Issei. Ce dernier se trouvait non loin de sa collection de sabres. En l'observant plus en détail, je vis sa main se porter sur une autre sculpture en relief et l'actionner doucement. Je me retournai vers mes amis, les bras grands ouverts pour les pousser contre le mur, derrière nous.

— Attention ! criai-je de toutes mes forces avant de trébucher sur Asarys.

Le sol se mit à trembler, je réussis à me relever difficilement avec l'aide de William.

— Un tremblement de terre ! s'écria Lexy, paniquée.

Nous nous appuyâmes tous contre le mur afin de nous abriter.

— Issei ? Que foutez-vous, bon sang ? hurla William dont la voix se perdait dans le bruit fracassant de l'explosion des murs et du sol tout autour de nous.

Les bougies au plafond s'éteignirent soudainement et le toit de l'édifice s'effondra, laissant pénétrer la lumière du jour.

Nous étions ailleurs, comme si le temple ainsi que la pièce dans laquelle nous nous trouvions n'avaient jamais existé. Mes amis et moi étions tous alignés au bord d'une falaise qui surplombait un vide sans fond. La roche, sur laquelle reposaient nos pieds, s'effritait et menaçait de s'écrouler à tout moment.

— Où sommes-nous ? s'égosilla Asarys au bord de l'hystérie.

— Toujours au temple, enfin je crois, répondit Ray d'un ton angoissé.

— Exact ! répliqua une voix qui résonna beaucoup

plus loin, en dessous de nous.

En penchant légèrement ma tête, j'aperçus Issei quelques mètres plus bas qui se tenait debout, lui aussi sur un énorme rocher. Contrairement à nous, le sien paraissait bien plus stable et sans danger.

— Que faisons-nous maintenant ? criai-je en sa direction afin d'être sûre qu'il m'entende.

— Vous vouliez du concret, non ?

L'éco de sa voix se répercuta sur les parois des nombreuses falaises qui nous entouraient. Asarys, furieuse, tourna sa tête vers Lexy :

— Tu n'es qu'une petite conne, tu le sais ça ? À cause de toi, nous allons tous mourir ici, d'une manière horrible…

— Stop, la coupa William excédé. Nous sommes en ce moment contre une foutue falaise, au bord d'un foutu précipice, ce n'est pas le moment de se quereller !

Le bras de celui-ci était tout contre moi, comme un rempart pour me protéger. Je constatai que nous étions en pleine nature, visiblement pas loin du sommet d'une montagne, un peu plus haut, avec, sous nos yeux, un panorama constitué de massifs. J'aurais pu apprécier la vue dans d'autres circonstances, mais à ce moment, je luttai juste pour ne pas m'évanouir face à cette peur du vide qui me paralysait complètement.

— Tout ceci n'est qu'illusion, continua d'insister Issei. La pièce est dotée de milliers de capteurs visuels, sensoriels et sonores. Votre cerveau finit par confondre la réalité avec ce qu'on essaie de lui faire croire. Votre conscience lui indique que tout ceci est une supercherie, mais il n'y a rien à faire. Tous vos sens finissent par se soumettre à cette illusion.

— Donc si nous sautons, nous nous libérons de cette illusion, c'est bien ça ? demanda William.

— Je… non, je ne sauterai pas dans le vide, bégayai-je.

— Il n'y a pas de vide, m'affirma William avec un ton qui se voulait rassurant. Zoé, c'est un subterfuge, un gag, OK ?

— Vous êtes cinglé, s'écria Lexy, sanglotante en direction d'Issei. Il faut vraiment être taré pour infliger tout ça à des personnes et jouer avec leurs peurs. Pour quoi au final ? Pour nous faire rentrer dans le crâne une leçon sur l'atome, la vibration et… et le cortex cérébral !

Le chaman ne broncha pas d'un cil. Debout, les mains derrière le dos, sa patience semblait inébranlable.

— Écoutez-moi ! déclara Ray en s'adressant à nous, nous allons transformer l'environnement.

— Mais, comment ? demanda Asarys d'une voix affolée.

— Nous devons focaliser toute notre attention sur autre chose. Rappelez-vous des paroles du chaman, « l'humain doit se libérer de lui-même ». Les pensées se transforment en matières.

— Des escaliers, murmurai-je dans un éclair de lucidité.

À cet instant, toutes les têtes se tournèrent vers moi. Lexy, elle, me regardait comme si j'avais perdu les pédales.

— Nous pouvons imaginer descendre d'ici par des escaliers, éludai-je.

— Oui, ça serait la meilleure solution, acquiesça Ray.

William ?

— Je pense, en effet, que ce serait le moyen le moins risqué pour tout le monde. Allons-y !

— Euh… attendez une minute ! s'exclama Asarys en tenant son visage entre ses mains. Vous êtes en train de nous dire que votre escalier va apparaître comme ça ? Dans un claquement de doigts ?

— Ouais, ajouta Lexy les bras croisés, qui soutenait son amie

— Nous ne devons pas oublier que tout ceci n'existe pas, répondit Ray, nous allons donc matérialiser un escalier sauf… si tu préfères sauter pour arrêter une bonne fois pour toutes ce cauchemar ?

Asarys jeta un rapide coup d'œil en dessous d'elle avant de se redresser brusquement.

— L'escalier ira très bien, finit-elle par ajouter d'une petite voix aiguë.

— William ? l'interpella Ray. Tu as le pouvoir de transformer toi aussi l'environnement, plus précisément tout ce qui est en relation avec la nature. Tu ne peux rien faire ?

— J'y ai pensé, confia ce dernier qui paraissait réfléchir, mais comme le milieu qui nous entoure n'est pas réel, je n'ai aucun pouvoir sur tout ça. Contrairement à ce que nous pensons, nous sommes toujours dans la même pièce depuis le début. Il nous faut imaginer le plus fort possible autre chose.

Après de longues minutes à essayer de faire apparaître des marches, Asarys finit par s'agacer :

— On n'y arrivera jamais ! Qui de nous cinq n'y met

pas du sien ?

Tout en disant ces mots, elle fixait intensément Lexy d'un regard inquisiteur. Cette dernière souleva les épaules avant de bougonner :

— C'est plus facile à dire qu'à faire ! Tu es marrante toi.

— Pense Lexy, on te demande simplement de *PENSER* assez fort à quelque chose pour pouvoir regagner la terre ferme. Après tout, si on en est là c'est bien à cause de toi et l'ours blanc sur la banquise ?

— L'ours blanc ? Merde, mais de quoi tu parles ? se fâcha Lexy.

— Lexy, à quoi penses-tu, maintenant ?

— Bah, à un ours blanc sur une banquise. C'est…

— Donc ton cerveau fonctionne normalement ! Maintenant, fais-nous apparaître ces foutues marches !

— OK, OK. Je vais m'y remettre s'emporta Lexy. Comme si imaginer un escalier invisible était quelque chose que je faisais tous les jours. L'ours était quand même…

Le regard glacial de son amie suffit à la faire taire. Nous nous concentrâmes de nouveau sur notre objectif.

FAÏZ

Le jeune homme poussa la porte sans ménagement et sortit de la salle de conférence au pas de course.

— Faïz !

L'inspecteur Barthey sur ses talons essaya de le retenir pour l'empêcher d'aller plus loin.

— Vous ne pouvez pas partir comme ça, ajouta-t-il.

— Ah oui ? Et vous comptez faire quoi ? M'enfermer dans une cage ? Vous savez aussi bien que moi qu'elle ne serait pas assez solide.

— Tout est sous contrôle. L'endroit où se trouvent Zoé et les autres est sûr.

Barthey devança Faïz pour lui barrer la route, obligeant ce dernier à s'arrêter.

— Vous n'en savez rien ! aboya le jeune homme. Leur radio est éteinte. Qui sait ce qu'il est en train de se passer au temple ?

Faïz bouscula Karl d'un coup d'épaule et continua sa route jusqu'à la sortie de l'auberge.

— Ce n'est pas *VOTRE* mission ! rugit l'inspecteur qui continuait de le suivre. Et d'ailleurs, William est avec eux.

Le jeune homme émit un ricanement sarcastique en entendant ces paroles.

— Ce type serait capable de les faire tous tuer. Compter sur lui reviendrait à jouer à la roulette russe.

À l'extérieur du bâtiment, la nuit commençait à tomber. Le brouillard s'effilochait, laissant apparaître un ciel sombre, étoilé. Faïz s'arrêta un petit instant et respira profondément. L'air frais lui fit un bien fou sur le moment. Malheureusement, le sentiment de malaise qui le taraudait depuis plusieurs heures revint aussitôt. Howard, l'employé de l'auberge, arriva près de lui :

— Je peux vous être utile, Monsieur Mattew ?

— Oui, s'empressa de répondre ce dernier avant que Barthey ne le fasse à sa place. J'aurais besoin d'un véhicule.

— Très bien, je m'en occupe, déclara l'employé avant de se précipiter à l'intérieur du bâtiment.

— C'est ridicule ! s'exclama Karl désabusé. Tu ne sais même pas conduire ces engins.

— J'apprendrai !

— Et tes blessures ? Faïz, les médecins sont formels. Tu dois te reposer pour guérir. Si tes blessures s'ouvrent, c'est l'hémorragie !

Le regard au sol, le jeune homme ne prit pas la peine de répondre. L'inspecteur réalisa qu'il ne l'avait encore jamais vu aussi faible. Il redoutait le pire. À ce moment, la voiture arriva et se posa doucement devant eux. Aussitôt, un chauffeur descendit pour venir s'approcher des deux protagonistes :

— Avez-vous besoin de mes services ?

L'inspecteur parut soulagé lorsque Faïz congédia le nouveau venu. Avant de s'engouffrer dans le véhicule, le jeune homme jeta un coup d'œil à Barthey. Le regard qu'il y lu, à cet instant dans ses yeux, lui glaça le sang. C'était le même qu'il avait vu, lorsque Karl lui avait annoncé le décès de sa sœur, au beau milieu du désert du Nevada.

9

Je me rendis compte que je serrais aussi fort que je le pouvais la main de William. Mes paupières s'ouvrirent tout doucement. Ça y était ! Nous étions enfin descendus de la montagne. Plus précisément, nous avions retrouvé notre place au sein de la pièce où nous nous trouvions depuis le début. À ma plus grande surprise, rien n'avait bougé. Les murs, le sol et le plafond étaient toujours là, intacts.

— J'ai l'impression de me réveiller d'un horrible cauchemar, confiai-je, à cet instant, à William.

Sans attendre de réponse, je me mis aussitôt à chercher mes amies du regard. Lexy était assise dans un coin de la pièce, la tête entre les jambes. Quant à Asarys, elle était appuyée contre le mur juste à côté de cette dernière. Tout mon corps tremblait encore tandis que mes jambes, elles, menaçaient de s'écrouler.

— Je ne peux que vous féliciter, s'exclama Issei en claquant dans ses mains. Peu de gens sont arrivés au bout de cet exercice. Vous êtes prêts !

La main de Lexy se leva lentement vers le ciel comme pour demander la parole, Issei la lui donna.

— Nous sommes prêts à quoi ? demanda celle-ci d'un

157

ton bien trop calme et le regard rempli de rage.

— Mais, à sauver le monde bien sûr, répliqua le chaman d'un ton enjoué. Le dépassement de soi est quelque chose de très important et de primordial pour réussir. Aujourd'hui, vous avez fait face à vos peurs avec un réel esprit d'équipe. N'oubliez pas tout ça quand vous vous retrouverez face aux dangers qui vous attendent. Vos ennemis sont plus nombreux que vous ne le croyez. Pensez à toute l'énergie positive qui vous habite. Nourrissez-la et apprivoisez-la. L'univers donne ce que vous lui demandez. Je pense que vous n'avez plus besoin de moi, il est temps pour vous de repartir.

— Attendez, c'est tout ? Le retint Asarys avant que ce dernier ne sorte de la pièce.

— C'est tout ? répéta Issei en fronçant soudain les sourcils. Vous venez de faire apparaître un escalier à plus de trois cents mètres à hauteur du sol. Alors non, non ce n'est pas tout !

— Non… non, se rattrapa aussitôt Asarys. Je voulais simplement m'assurer que nous n'avions plus rien à apprendre de vous. Notre entretien n'a seulement duré que quelques heures.

— Oui enfin, bon, pour moi, ça me suffira, pestiféra doucement Lexy, toujours assise à terre.

— Vous avez toute la vie pour apprendre, répondit le chaman. Ce que je vous ai expliqué aujourd'hui est la base.

Issei regarda attentivement chacun d'entre nous avant de s'en aller définitivement, sans rien ajouter de plus.

— Zoé ? Tu ne veux pas t'asseoir un instant ? demanda Ray inquiet. Tu es toute pâle.

Mes jambes vacillaient sans que je ne puisse arrêter leurs tremblements. L'adrénaline était retombée trop vite.

— J'ai besoin de sortir, arrivai-je enfin à articuler en passant mes mains dans mes cheveux afin de les repousser en arrière.

— Oui, on y va ! s'exclama Asarys en tirant Lexy du sol. Je suis pressée de partir d'ici.

Le somptueux jardin conçu à flanc de montagne et descendant vers les falaises était d'autant plus rayonnant à la tombée de la nuit. La lumière des bassins illuminait les eaux. Les reflets de ces ondes semblaient danser gracieusement sur chaque feuillage ou chaque fleur qui se trouvait autour.

— Le paradis doit ressembler à ça, dit Asarys à voix basse, le souffle coupé.

— Après ce que nous venons de vivre, je me demande si tout ceci est bien réel, maugréa Lexy encore sous le choc de notre mésaventure.

Je me retournai vers William qui regardait au loin, perdu dans ses pensées.

— Penses-tu que cette rencontre va changer notre vie ? lui demandai-je.

Son regard à l'émail azur plongea dans le mien, mais il me laissa dans l'impossibilité de lire dans son esprit.

— Il le faudra. Issei a raison, la haine ne fait qu'alimenter la guerre.

Il détourna ses yeux vers Ray et ajouta :

— Rallumons la radio pour demander qu'ils nous envoient une voiture. Nous devons rentrer !

Ray s'exécuta immédiatement. À l'autre bout du combiné, l'inspecteur Barthey ainsi que toute l'équipe semblaient heureux et rassurés de nous entendre de nouveau.

— Oui, nous revenons de loin, inspecteur, confia Ray soulagé. Nous avons tous hâte de rentrer.

Nous marchâmes en direction de la sortie du temple de Idaina Megami en échangeant nos ressentis sur notre rencontre avec le chaman. Ray, quant à lui, transmettait par radio un premier rapport d'enquête. William, toujours à mes côtés, souriait enfin en entendant Asarys et Lexy se quereller de nouveau, juste devant nous. Je ne pus m'empêcher de fixer quelques instants les traits de son joli visage. Quelque chose en moi avait changé, quelque chose d'indescriptible. Comme si je me réveillais, sereine après un long sommeil. Ma main vint soudainement se poser sur le bras de William :

— Tu le sens ? demandai-je à mi-voix.

— Sentir quoi ?

— La paix, la clarté de l'esprit ?

Son sourire répondit à sa place et sa main glissa doucement dans la mienne. Nous franchîmes ensemble la sortie de l'immense bâtisse. Soudain, je me figeai sur place, sidérée. La surprise était de taille en voyant Faïz qui faisait les cents pas devant un engin dont les portes étaient ouvertes telles des ailes de papillon. Son regard se posa aussitôt sur ma main qui se trouvait toujours dans celle de William et que je dégageai immédiatement, mal à l'aise. Faïz ferma les yeux quelques secondes, comme s'il essayait de se contenir d'une rage qui menaçait d'exploser.

Il pinça ses lèvres et les muscles de sa mâchoire se contractèrent. L'humeur sombre, il finit par s'adresser à Ray sur un ton plein de reproches :

— Pourquoi as-tu éteint cette putain de radio ?

— Je… nous étions obligés. Issei ne…

Faïz leva les mains comme s'il en avait déjà trop entendu.

— Ray, William, vous venez avec moi ! exigea Faïz sans même m'adresser un regard. Les autres, vous pouvez monter à l'intérieur de la voiture.

J'adressai un regard inquiet à William. Une partie de moi refusait de le laisser dans le désordre de cette situation.

— Tout se passera bien, me confia ce dernier qui voulait me rassurer. J'ai l'habitude de ses sautes d'humeur.

Au loin, Faïz tournait en rond et semblait s'impatienter de devoir attendre William. J'étais désolée que ce celui-ci prenne encore mon ami en grippe. Heureusement que les reproches de Faïz ne l'atteignaient pas et que malgré tout, il restait le même avec moi.

Asarys, Lexy et moi attendions dans le véhicule les trois jeunes hommes qui continuaient leur conversation animée, un peu plus loin. Nous les apercevions à peine à cause de l'obscurité de la nuit.

— Qu'est-ce qu'ils fabriquent ? grogna Asarys en resserrant sa veste avec ses mains pour mieux se réchauffer. J'ai une faim de loup !

— Ils doivent sans doute parler de notre entrevue avec Issei, répondit Lexy, installée sur la banquette en face de moi.

La tête contre la vitre, celle-ci avait fermé les yeux et semblait s'endormir.

— J'ai bien cru que Faïz allait se jeter sur William pour lui arracher les yeux quand nous sommes sortis du temple, gloussa Asarys à côté de son amie.

— Mais carrément ! s'écria Lexy qui venait de se redresser en ouvrant grand les paupières.

Les filles m'observaient avec intérêt. Je ne doutai pas à cet instant du tumulte de questions qu'elles avaient en tête.

— Alors toi et William ? commença Lexy.

— Non ! tranchai-je immédiatement.

— OK, OK, intervint Asarys en posant les mains sur ses genoux. Tu veux en parler ?

— Non !

— Elle ne veut pas en parler, signifia cette dernière à Lexy avec une légère grimace.

Lexy balaya l'air d'une main d'un air insipide avant d'ajouter :

— Moi, je veux bien en parler.

— Très bien Lexy ! Parlons-en toutes les deux, déclara Asarys sur un ton faussement sérieux.

Je levai les yeux au ciel en priant pour que les autres reviennent vite. Asarys se racla la gorge, croisa ses jambes et prit un air des plus fermés, ce qui m'arracha un léger sourire que j'essayais aussitôt de cacher.

— Alexia Terranova, commença Asarys.

— Lexy, appelez-moi Lexy.

— Très bien, Lexy ! Votre amie, Zoé Reyes, a l'air complètement perdue sentimentalement dans le choix qu'elle doit faire entre deux jeunes hommes. L'un se prénomme William et l'autre…

Asarys fit mine de consulter des notes qu'elle n'avait bien sûr pas sous les yeux puis reprit :

— Faïz. Ami proche de Zoé Reyes. Pouvez-vous nous éclairer davantage sur cette situation ?

Lexy remit une mèche derrière son oreille, l'air embêté, avant de répondre :

— Oui, Zoé Reyes est actuellement complètement paumée. Ce n'est un secret pour personne. Une vraie girouette. Elle ne sait pas ce qu'elle veut ni ce qu'elle désire. Les deux jeunes hommes en question ont le souci d'avoir chacun un physique attrayant, mais ce n'est pas une excuse !

— Vous êtes sérieuse ? m'écriai-je afin de mettre un terme à ce cirque. Je vous signale que j'ai avoué mes sentiments à…

— Nous vous donnerons la parole après, me coupa sèchement Asarys, Lexy n'a jamais dit quelque chose d'aussi intéressant alors laissez-la continuer. Merci !

Cette dernière parut flattée par les dires de son amie. Je voulus riposter, mais toutes les deux me stoppèrent d'un signe de main. Je me calai au fond de la banquette en croisant les bras, l'air renfrogné.

— Lexy, excusez-nous pour cette intervention *SAUVAGE* qui n'avait pas lieu d'être. Comment réagirait Zoé Reyes si William se trouvait une petite amie demain ?

Mon amie regarda le plafond de l'habitacle pour réfléchir de façon toujours aussi exagérée :

— Cette question est très pertinente, madame Anderson, souligna Lexy. Ce qui est étrange avec une jeune femme comme mon amie Zoé, qui est complètement déséquilibrée, je tiens à vous le signaler au passage, c'est qu'elle serait très heureuse que William construise sa vie avec la femme qu'il aime.

— Surprenant ! s'exclama Asarys, les yeux écarquillés. J'avoue que cette personne est pleine de surprise.

— Non ! Bon, c'est bientôt fini votre délire ? protestai-je en me redressant.

— Lexy Terranova, qu'en serait-il si Faïz Mattew présentait sa nouvelle petite amie, autre que Zoé Reyes, demain, au monde entier ? Serait-elle heureuse et ravie également pour le jeune homme ?

Lexy émit un rire forcé qu'elle stoppa net en me regardant. Je soulevai un sourcil et la menaçai du regard.

— Non ! Cette bourrique serait malheureuse comme les pierres, c'est un fait.

— Donc le mystère est levé. Merci, Lexy, de nous avoir éclairées un peu plus sur les sentiments de Zoé Reyes. C'était Asarys Anderson depuis Eros.

— Donc, c'est ce que vous pensez de moi ? m'offusquai-je à la fin de leur fausse interview.

— Oui, répondirent mes deux amies en cœur.

J'ouvris la bouche puis la refermai aussitôt. Lexy n'avait pas tort et Asarys avait mis le doigt sur les bonnes questions. Je ne pouvais contester le fait que quelque chose continuait à m'attirer chez William. Soudain, les portes du véhicule s'ouvrirent et Ray apparut l'air sévère.

— Allons-y ! déclara ce dernier agacé.

— Tout va bien ? s'inquiéta Asarys.

Prenant place à côté d'elle, Ray enroula son bras autour de son épaule et renversa sa tête en arrière contre l'appui-tête de son siège.

— Je suis juste épuisé et j'ai faim. La journée n'est pas encore finie. Barthey, Jie et Min doivent nous donner les informations sur la suite de notre mission et Malika nous attend pour notre cours de self défense. Nous ne sommes pas prêts de nous coucher.

— Seigneur, gémit Lexy, je ne suis vraiment pas motivée pour aller à l'entraînement ce soir.

— Où sont William et… Faïz ? demandai-je d'une voix hésitante.

— Ils avaient un petit truc à régler… avec Issei. L'équipe leur envoie un second véhicule. Ils nous rejoindront à l'auberge. Je vais passer devant, pour faire décoller cet engin.

La salle où nous dînions était plus animée que les soirs précédents. En effet, autour de la grande table, une bonne partie de l'équipe était présente. Il ne manquait que Barthey, Faïz et William. Ray, quant à lui, était placé un peu plus loin de nous au côté de Dewei Jie, sûrement en plein compte rendu de notre journée d'aujourd'hui.

— Qu'est-ce que tu fabriques ? demanda Lexy en s'adressant à Asarys.

Cette dernière, en face de moi, les yeux fermés, avait les mains jointes au-dessus de son assiette.

— Elle demande à l'univers un morceau de viande dans son assiette, répondis-je en piquant mes légumes avec ma fourchette.

Notre amie rouvrit les yeux avec un air dépité en constatant que son plat n'avait pas changé durant sa méditation.

— Nous demandons et l'univers nous donne. Ça marche comme ça, non ? ronchonna-t-elle.

— Et dire que c'est moi qu'on traite de déséquilibrée ! maugréai-je à voix basse.

Ayame Min apparut à ce moment-là et s'installa à côté de moi en nous saluant poliment avec un petit signe de tête.

— Le dîner vous plaît ? demanda-t-elle avec un large sourire.

— C'est parfait ! me dépêchai-je de répondre avant mes deux amies.

— Nous avons changé un peu nos menus afin de nous adapter à la cuisine américaine, avoua celle-ci avec fierté.

— Vraiment ? répliqua Asarys avec un sourire forcé. Mon coup de pied sous la table l'obligea à se taire.

— La réunion est dans une heure, reprit Min, nous avons besoin de recueillir toutes les informations au sujet votre entrevue avec Issei. Votre radio étant éteinte, nous n'avons pas pu les collecter. Nous aborderons aussi les détails sur la suite des événements à venir.

Je regardai l'heure sur la grande horloge, accrochée au mur de la pièce. La soirée était déjà bien avancée. Le cours de Malika juste avant le repas nous avait déjà bien épuisées.

— Zoé ? Vous devrez passer au dispensaire à la fin de la réunion. Vos blessures doivent être vues par un médecin matin et soir pour éviter toute complication, m'indiqua Min.

— Oui, bien sûr. Mais ce ne sont que des ecchymoses,

rien de grave.

— Nous ne devons rien négliger, affirma cette dernière.

À mon arrivée dans la salle de conférence, je fus soulagée de voir Faïz et William déjà installés dans la pièce en présence de l'inspecteur Barthey ainsi que d'autres membres du FBI. Julio, Kayla et David étaient, eux, toujours en visioconférence avec nous. Je m'autorisai un petit geste affectueux en direction de l'écran qui me renvoyait le visage de David. Ce dernier m'adressa un clin d'œil complice en retour. Dewei franchit le seuil d'entrée et nous invita sans attendre à nous asseoir. Je pris aussitôt place entre Lexy et Ray puis les lumières de la pièce baissèrent peu à peu d'intensité. Le rétroprojecteur envoya plusieurs cartes en trois dimensions, sur le tableau en face de nous. Dewei prit à cet instant la parole :

— Nous avons regroupé toutes vos notes, photos, vidéos ainsi que les images aériennes prises à partir des drones pour quadriller plus en détail chaque zone de cette île. Les captures d'images thermiques ont pu établir des mouvements suspects derrière le cimetière de Li-Na. Cet endroit est un lieu sacré et très visité par les citoyens de Eros. Les allées et venues constantes ne nous permettaient pas d'émettre, jusqu'ici, des suspicions sur ces mouvements avant votre venue.

Le ministre des Armées changea de photo et une vue aérienne sur de petits lacs apparut au tableau.

— Ce sont les lacs du Sun, continua Dewei. Tout laisse à penser que la confrérie se réunit régulièrement là-bas pour célébrer des cultes, des sacrifices et des rituels. Combien sont-ils ? Qui est leur gourou ? Nous ne pouvons, pour l'instant, répondre à ces questions.

— Le rubis ? demanda Ray.

— Si la pierre rouge est sur Eros, elle ne peut se trouver qu'à cet endroit. Le lieu est entouré d'une forêt de bambou, difficile d'accès.

— Nous avons essayé de la franchir avec Karl, intervint Lexy, mais les chemins étaient trop sinueux. Nous avons donc opté pour la solution du drone.

— C'est quoi le plan maintenant ? s'empressa de demander Ray.

Dewei jeta un coup d'œil à Faïz avec un certain malaise dans le regard et préféra laisser la parole au jeune homme. Ce dernier se leva pour venir se placer devant nous. Je ne pus m'empêcher de l'observer attentivement de la tête aux pieds afin de m'assurer qu'il se portait bien. Malgré le manque d'éclairage, mes yeux remarquèrent une petite tache sur son tee-shirt clair, juste au-dessus de sa hanche, à l'endroit même où la lame l'avait traversé. Sa blessure avait dû se rouvrir après son arrivée au temple d'Idaina. Je tournai ma tête en direction de William, ce dernier écoutait attentivement le discours de Faïz. *Peut-être accepterait-il de me raconter ce qu'il s'est passé là-bas après notre départ si je le lui demandais ?* Un doute s'installa au fond de moi. En effet, même si William était prêt à déplacer des montagnes pour moi, il restait très fidèle aux décisions de Faïz pour une raison qui me dépassait complètement.

— … C'est donc le meilleur moyen d'arriver à récupérer le rubis, finit par déclarer Faïz.

— Mais comment veux-tu que nous infiltrions la confrérie du Crépuscule ? s'exclama Ray sur un ton de protestation.

Min se leva pour prendre la parole à son tour :

— Nous savons que lors de leurs rassemblements, la confrérie est habillée de grandes tuniques de couleur ivoire, identiques. Cette tenue possède une capuche masquant une grande partie du visage. C'est leur tenue de parade. Ils ne se réunissent, vêtus ainsi, qu'une seule fois par mois. Nous n'aurons donc pas d'autres choix que d'agir… demain.

— Demain ! s'écria Ray abasourdi.

Un brouhaha s'éleva dans la pièce. J'avais l'impression que le ciel me tombait dessus. Nous n'étions pas prêts ! De plus, notre pièce maîtresse qui n'était autre que Faïz, n'était pas apte à combattre à nos côtés.

— Et voilà qu'ils nous jettent en pâture comme de vulgaires bouts de viande, grogna Lexy folle de rage.

Lorsque le calme revint dans la pièce, je décidai d'intervenir à mon tour :

— La suite de notre mission constituerait en quoi exactement ? Et combien serions-nous à nous rendre sur les lacs du Sun ?

Le Premier ministre se racla la gorge puis baissa le regard sur ses notes. Désormais, un silence profond s'était installé dans la salle.

— Demain, c'est juste une mission de repérage et d'observation. Nous vous demandons de rester le plus discret possible et de ne pas vous mettre plus en danger que vous ne le serez déjà. Le groupe reste le même, c'est-à-dire : Zoé, Lexy, Asarys, Ray et William.

— Hors de question que je les laisse partir sans moi ! éclata Faïz avec un regard menaçant envers Dewei, Ayame et Barthey. C'est bien trop dangereux.

— Je m'en occupe, déclara Karl à voix basse aux deux ministres qui se tenaient à côté de lui.

Une ambiance glaciale envahit la pièce. Un bras de fer entre Faïz et l'inspecteur venait de s'engager. Je savais d'avance qui gagnerait cette guerre et cela m'effrayait, car les blessures de Faïz étaient graves, bien trop graves pour qu'il puisse venir avec nous. Les images de l'agression dans la grotte me rattrapèrent avec violence. Prise de vertiges, je mis mon visage entre mes mains pour essayer de reprendre le souffle qui commençait à me manquer. Les éclats de voix virulentes entre Karl et Faïz paraissaient provenir de loin, comme un écho dans un tunnel sans fin.

— Zoé ? Hey, ça ne va pas ? chuchota Lexy inquiète.

— Non, avouai-je au bord du malaise. Je dois sortir d'ici.

Lexy et Ray se levèrent en même temps que moi pour m'accompagner, mais je les arrêtai aussitôt :

— Je dois passer au dispensaire, déclarai-je d'une voix faible. Les médecins veulent me voir. Vous me ferez un compte rendu.

La vérité, c'était que je ne pouvais ni entendre ni en supporter davantage. Au moment de sortir de la salle de conférence, je sentis dans mon dos le regard de mes amis peser sur moi ainsi que celui de Faïz. Surtout le sien.

Pendant que mes yeux étaient rivés sur les étagères remplies de matériel de premiers secours, mon esprit se concentrait sur la douce musique qui résonnait dans la pièce.

— Il semblerait que vos blessures guérissent bien, déclara la femme médecin en m'appuyant légèrement sur les côtes.

Son collègue continuait de retranscrire les notes qu'elle lui communiquait au fur et à mesure. Je me demandai si ces gens-là s'autorisaient dans la journée quelques heures de repos ou même de sommeil. En effet, ils semblaient être totalement disponibles à n'importe quelle heure du jour et de la nuit.

— Exercez-vous uniquement dans cet établissement ou partout sur Eros ? osai-je demander, tout en me redressant pour m'asseoir sur le lit.

Le coton imbibé d'alcool au contact d'une de mes plaies m'arracha une grimace.

— Pas exactement, répondit la femme d'une voix neutre sans en dire plus.

— Vous êtes employés par les services secrets américains ? continuai-je, poursuivant mon enquête.

À cet instant, l'homme releva légèrement la tête de ses notes pour me jeter un regard, puis mal à l'aise, ses yeux se tournèrent en direction de sa collègue qui restait, elle aussi, silencieuse à cette question.

— Par moi !

La voix de Faïz me surprit. Ce dernier se trouvait dans l'encart de la porte juste derrière moi et me fixait avec une moue inquiète. Depuis combien de temps était-il là, à m'observer ? Malgré son humeur sombre, sa beauté précieuse me renvoyait à mes premières émotions lorsque je l'avais vu pour la première fois. La femme se précipita vers moi avec une blouse afin de me couvrir au plus vite devant cette visite impromptue. Faïz détourna son regard de moi en essayant de dissimuler un léger sourire au coin de ses lèvres. Peut-être se remémorait-il ce souvenir où il était rentré dans ma suite, à New York, alors que je sortais à peine vêtue de la salle de bain ? Mes joues se mirent à rougir et j'enfilai avec hâte la blouse sans lui adresser un mot.

— Pouvez-vous nous laisser ? demanda Faïz en s'adressant aux deux médecins sans s'embarrasser de politesse.

Les deux individus obtempérèrent immédiatement. En passant devant Faïz, la femme s'arrêta en apercevant la tache de sang qui commençait à être de plus en plus voyante sous le tee-shirt de ce dernier. Après une certaine hésitation, celle-ci décida de lui adresser quelques mots avant de partir :

— Monsieur Mattew, il faudra absolument nous laisser vous ausculter et vous soigner après ça ! Nous vous attendons dans la pièce d'à côté.

Cette dernière franchit le pas de la porte sans attendre une réponse de Faïz qui entra dans le dispensaire en prenant soin de refermer la porte derrière lui, puis il s'approcha doucement de moi.

— Comment vas-tu ? s'empressa-t-il de me demander, anxieux.

— Bien, répondis-je un peu trop sèchement.

— Tu m'en veux ?

Mes yeux fixaient le sol. Il n'avait pas conscience d'à quel point je souffrais intérieurement.

— Barthey a raison. Tu ne peux pas venir avec nous demain, réussis-je à prononcer d'une voix à peine audible.

Je levai ma tête pour affronter son regard. Son visage était empreint d'une douleur désespérée.

— N'y va pas, répétai-je. Je t'en supplie.

Faïz ouvrit la bouche puis la referma. Il secoua la tête comme s'il cherchait ses mots.

— J'ai peur, Zoé. Pas pour moi, car affronter le danger fait partie de mon quotidien. J'ai peur à l'idée que l'on puisse te faire du mal, peur de te perdre. Peur que mes cauchemars deviennent réalités.

— Je ne pourrais pas réaliser convenablement ma mission ni même combattre correctement si je te sais là-bas, avec moi. Faïz, tu me mettrais plus en danger qu'autre chose.

Mes paroles semblaient le faire réfléchir. Il soupira profondément avant d'ajouter :

— Nous ne pouvons pas savoir quelle tournure vont prendre les événements. Cette mission est un véritable guêpier depuis le début et puis…

Il s'arrêta soudain de parler et passa ses mains dans ses cheveux en parcourant la pièce du regard puis il s'éloigna de moi pour aller se placer à côté de la tablette multimédia qui diffusait la douce musique classique dans la chambre.

— Les Léviathans ont de plus en plus de mal à contenir la violence qui se propage un peu partout dans le monde, confia-t-il, et les Sylphes se démènent contre les catastrophes naturelles. Les crimes sont en hausse. Il semblerait que la haine chez les criminels soit encore montée d'un cran. Ici, nous sommes coupés du reste du monde. Nous ne voyons rien, nous n'entendons rien, mais ce n'est pas pour ça que le Maestro a arrêté de corrompre les âmes les plus fragiles, bien au contraire.

— Oh, prononçai-je sous le choc.

— Je ne peux pas protéger tout le monde, j'en suis conscient, mais laisse-moi juste essayer de te sauver, de

VOUS sauver.

— Tu penses toujours que tu dois me protéger, mais c'est le contraire, m'emportai-je, n'oublie pas qui je suis ! C'est moi qui dois te sauver.

— Je pense malheureusement que c'est trop tard pour ça, Zoé. Une part de moi s'en est allée le jour où Victoria nous a quittés. Je ne serais jamais guéri. Tu auras toujours en face de toi un homme abîmé et en colère.

Mon cœur se brisa en entendant ces paroles qui me désarmèrent. La douleur dans ma poitrine face à sa détresse était difficile à supporter. Faïz ferma les yeux puis les rouvrit.

— Ça doit te manquer de ne pas pouvoir écouter de musique ici ?

Le fait qu'il change aussi radicalement de sujet me déstabilisa.

— C'est la première chose que tu fais le matin et la dernière chose que tu fais le soir, ajouta-t-il en fixant la tablette sur l'étagère.

— C'est… oui… c'est possible, bafouillai-je en essayant de comprendre où il voulait en venir.

Je sentis les battements de mon cœur ralentir. Il m'adressa un sourire qui suffit à balayer mes craintes et ajouta :

— La musique, la danse, c'est la seule chose qui t'apaise dans les moments difficiles. Je me trompe ?

— C'est vrai, avouai-je, étonnée qu'il me connaisse aussi bien finalement.

Faïz se saisit de la tablette et sortit une clé USB de sa poche qu'il connecta directement à l'appareil. À cet instant, un frisson parcourut mon dos et hérissa le duvet de mes bras. Je ne pus décrocher un mot à l'écoute des premières notes de cette chanson que j'affectionnais tout particulièrement. La voix de Kimberose remplissait toute la pièce avec ce titre légendaire « I'm Sorry ».

— Comment le sais-tu ? murmurai-je, abasourdie.

— Je l'ai souvent entendue depuis ta chambre quand…

Faïz marqua une pause, comme s'il hésitait à me révéler la suite. Sous l'insistance de mon regard, il reprit :

— Quand ta porte est fermée et que tu es triste. C'est un très beau titre qui fait partie de mes préférés depuis un moment.

Touchée par cette confession, je ne pus m'empêcher de sourire puis mon regard se posa sur le bas de son tee-shirt. J'étais forcée de constater que Faïz avait besoin de soins le plus vite possible. En effet, même si cet intime moment était une véritable bouffée d'oxygène pour moi, il était important que je l'interrompe pour son bien à lui.

— Les médecins t'attendent. Tu dois arrêter cette hémorragie.

Je me levai pour venir à sa rencontre. Faïz me laissa réduire cette distance qui nous séparait sans prendre la peine de m'en empêcher. Mes bras enlacèrent son cou tandis que ma tête se posa délicatement contre son torse. Son cœur battait à tout rompre. En sentant ses bras se refermer sur moi, plus rien ne comptait à cet instant. J'aurais voulu me fondre tout entière en lui pour n'être plus que des milliers de micros particules qui se mélangeraient à son être tout entier. Je respirai son odeur qui exhalait un arôme si délicat et enivrant. La chanson allait se terminer, sonnant ainsi la fin de ce précieux et fragile moment entre nous.

— Zoé, je ne vais pas pouvoir finir ma dernière année d'études à Los Angeles, murmura Faïz en continuant de me serrer tout contre lui.

Cet aveu sonna comme un choc pour moi. Je relevai ma tête pour mieux l'observer en adoptant sûrement malgré moi, un air désemparé pour qu'il se sente obligé de se justifier :

— Trac-Word aurait besoin que je prenne mes fonctions un peu plus tôt que prévu. Oscar est très malade.

— Je suis désolée pour lui, prononçai-je avec une pointe de tristesse dans la voix.

Je savais que Faïz appréciait beaucoup cet homme qu'il connaissait depuis toujours. Le dernier lien qui le retenait à son grand-père. Son regard changea subitement, il me scruta désormais avec des prunelles glaciales.

— Avec William, y a-t-il quelque chose dont je ne serais pas au courant ?

Sa question de but en blanc me déstabilisa. Je le lâchai brusquement et m'écartai de lui en le fixant droit dans les yeux.

— Non ! m'exclamai-je ahurie. Bien sûr que non… c'est juste un ami.

L'image de William et moi sortant du temple main dans la main avait dû le troubler plus que je ne l'eusse pensé.

— Et entre toi et Rachelle ? répliquai-je, acide.

Celui-ci plissa les yeux, piqué au vif. Il baissa sa tête et la secoua légèrement avec un petit rire nerveux.

— Alors on y est ? déclara ce dernier.

— Oui, on y est !

— C'était une erreur, admit-il. Il n'y a rien non plus.

Faïz s'avança vers moi et déposa un léger baiser sur mon front avant de descendre doucement le long de ma joue. Ma tête commença à tourner et je me forçai à respirer. Son étreinte me retenait avec force. Je sentais son torse et chacun de ses muscles tout contre moi. Quand ses lèvres frôlèrent enfin les miennes, les battements de mon cœur m'assourdirent. Mes mains passèrent dans ses cheveux tandis que je lui rendais avec passion son tendre et langoureux baiser. Je ne pensais pas goûter un jour à quelque chose d'aussi exquis. J'aurais voulu que ce moment soit éternel, car l'émotion qui éclatait à cet instant dans ma poitrine était la douleur la plus délicieuse que je n'avais encore jamais ressentie de toute mon existence. Faïz finit par détacher ses lèvres des miennes et relâcha son étreinte. Mes yeux ne s'ouvrirent pas immédiatement. Il me fallut de longues secondes avant de pouvoir rouvrir mes paupières. Heureusement qu'il se tenait encore tout près de moi à cet instant, car mes jambes ne paraissaient plus me soutenir. Ce dernier m'adressa un magnifique sourire en caressant de ses doigts, le contour de ma bouche. Soudain, ce bonheur s'évanouit et la souffrance prit place sur son visage.

— Faïz, que se passe-t-il ? paniquai-je.

Celui-ci baissa son regard sur sa blessure puis s'écroula, inconscient, au sol. Je retrouvai aussitôt tous mes esprits et me précipitai le plus vite possible dans le couloir en réclamant de l'aide.

FAÏZ

Les centaines de bougies suspendues en l'air, en dessous des douves, suffisaient à éclairer l'endroit. La symétrie parfaite de la pièce n'échappa pas à Faïz qui examinait chaque sculpture sur les murs autour de lui. Le jeune homme, accompagné de William, venait de laisser Ray et les trois jeunes femmes repartir à l'auberge.

— Je suis heureux de vous rencontrer.

L'écho d'une voix masculine obligea ce dernier à se retourner. Issei se tenait près de l'entrée. William jeta un coup d'œil à Faïz qui restait de marbre, l'expression de son visage était indéchiffrable.

— Ne fais rien qui pourrait…

William n'eut pas le temps de terminer sa phrase. Faïz commença à arpenter la pièce en ne prêtant aucune attention au chaman qui n'avait pas encore bougé de l'entrée.

— C'est dommage que vous n'ayez pas pu venir aujourd'hui, continua Issei sur ses gardes, ça a été un moment très instructif pour tout le monde.

Un sourire se dessina au coin des lèvres de Faïz qui continuait méticuleusement son observation avec une démarche assez lente.

— Oui, on me l'a raconté, mais pas dans les détails.

— Souhaitez-vous apprendre vous aussi ? demanda Issei en le suivant du regard.

— Non ! J'ai déjà appris. C'était nécessaire, on va

dire.

Issei hocha la tête en fixant le jeune homme de ses petits yeux marron avant d'ajouter :

— Vous êtes différent des autres hommes, je le sens.

Faïz s'arrêta net devant un détail qui attira son attention. Sa main se porta alors sur une sculpture différente des autres. En actionnant le levier, le mur s'ouvrit dans un bruit sourd et une rangée de sabres apparut.

— Faites attention ! Ces sabres sont un trésor inestimable.

Issei se précipita vers le jeune homme, mais avant qu'il n'ait eu le temps de faire deux pas, un sabre lancé avec une importante précision vint lui frôler son lobe allongé. Ce dernier porta aussitôt sa main à son oreille ensanglantée.

— Faïz, merde arrête ! cria William qui se mit devant le chaman pour le protéger.

— Pou… pourquoi ? Qui êtes-vous ? articula Issei effrayé.

— C'est moins drôle quand on vous le fait sur vous ! s'emporta Faïz.

À cet instant, le chaman comprit que le jeune homme faisait allusion à la femme aux yeux verts.

— Je ne lui ai fait aucun mal ! Le sabre ne l'a même pas effleurée, essaya de se justifier Issei.

— Encore heureux ! Sinon le plus grand danger que vous auriez à affronter à cette heure-ci, ce serait moi. Maintenant, nous allons avoir une petite conversation sur la confrérie du Crépuscule.

— Je ne connais pas cette communauté, ils… ils ne viennent jamais ici.

Faïz posa son regard sur William qui se tenait toujours entre eux.

— Nous allons devoir rester ici un peu plus longtemps que prévu, lui confia le jeune homme, les prunelles brûlantes de colère.

William soupira en se poussant lentement. Il savait que d'une façon ou d'une autre, Faïz aurait le dernier mot.

10

Le bruit des draps qui se froissèrent me réveilla en sursaut. Je clignai plusieurs fois des yeux pour être sûre de ce que je voyais. Victoria était assise de l'autre côté du lit où dormait encore Faïz. Je ne reconnaissais pas l'endroit. Nous étions tous les trois au beau milieu d'une impressionnante bâtisse avec des armatures en fonte de couleur bleu azur et recouverte de milliers de vitres transparentes. Cette serre aux allures de palace en cristal renfermait un magnifique jardin d'hiver éclairé par un soleil étincelant. Mon regard se posa immédiatement sur Faïz qui, à mon plus grand soulagement, dormait encore profondément. Assise à ses côtés, je l'avais veillé toute la nuit par peur de le perdre.

— Peut-il nous entendre ? demandai-je à Victoria qui m'observait, silencieuse.

— Non, nous sommes juste toi et moi. Tu n'as pas l'air surprise de me voir.

— En effet. La lumière du soleil m'étonne davantage. J'avais presque oublié cette douce sensation de chaleur sur ma peau.

— C'est moi qui suis venue à toi, Zoé, pour te dire que je suis appelée à passer de l'autre côté. Mon heure est

venue. Je suis libérée de l'écorce de mon âme, car vous avez tous enfin accepté de me laisser partir.

J'inclinai ma tête sur le côté et fermai les yeux pour empêcher mes larmes de couler.

— Déjà ? chuchotai-je. C'est trop tôt.

— Un jour ou l'autre la source nous rappelle quand nous trouvons enfin la paix. Et je l'ai trouvée. Prends soin des miens.

— Nous n'en avons pas fini, j'ai encore besoin de toi ! insistai-je pour la retenir.

Victoria attrapa ma main et la serra fortement.

— Nous nous retrouverons. Tu ne dois pas avoir cette image du Paradis ou de l'Enfer, car au risque de te décevoir, ils n'existent pas. Zoé, c'est plus fort que tout ça.

— Arriverons-nous à sauver tout le monde ?

Le regard de Victoria s'assombrit. Elle retira sa main de la mienne pour la placer sur le lit.

— Je ne sais pas. Personne ne le sait. Si vous échouez, la guerre ne s'arrêtera pas là. Il y aura toujours autre chose qui sera envoyé pour anéantir le mal. Vous êtes juste un de ses plans.

— Kushisake, elle elle a dit que mon âme était maudite. Que voulait-elle dire ?

La sœur de Faïz posa ses yeux sur son frère. Son regard rempli de tendresse à son égard était teinté d'une immense peine.

— Si tu échoues contre le Maestro, tu perdras tout le monde qui t'est cher. Ton âme ne trouvera jamais la paix. Les écorces qui l'entourent s'accrocheront à celle-ci, l'empêchant de s'élever vers la source. Si tu réussis à anéantir le mal, alors tu auras sauvé une grande partie de l'humanité, sauf que cette victoire n'aura pas d'autre prix que d'accompagner certains que tu aimes aux portes de la mort. L'un comme l'autre, tu ne sortiras pas indemne de tout ça. C'est ce que Kushisake a vu.

Victoria embrassa le front de son frère pour lui dire au revoir. Ses paroles étaient un véritable choc.

— C'est mon destin alors, murmurai-je à moi-même.

— Rien n'arrive par hasard. Tu peux changer le cours des choses. L'univers donne…

— L'univers donne ce que nous lui demandons, je sais.

Cette phrase commençait à faire son bout de chemin dans mon esprit.

— Où est passée cette Zoé dépourvue de toute spiritualité ?

— Il faut croire qu'elle a quitté ce monde. J'ai l'impression d'avoir vécu plusieurs vies en moins d'un an.

Elle me regarda d'un air amusé. Je m'imprégnai de ce petit sourire qui se dessinait sur ses lèvres, de ses traits du visage, de la couleur de sa peau et de son regard aux reflets chauds. Au fond de moi, je savais que c'était la dernière fois que je la voyais. Victoria se dirigea vers l'entrée de la serre. La lumière du soleil commençait à s'atténuer, elle l'emportait avec elle. Avant qu'elle ne franchisse la sortie, quelque chose me revint en mémoire :

— Merci de m'avoir sauvée quand j'étais en danger dans le désert de feu avec Kushisake. J'ai senti tes bras venir m'enlever pour me ramener à la vie. Sans toi, je serais morte noyée.

La sœur de Faïz baissa la tête et fronça les sourcils. Elle parut, dans un premier temps, surprise par mes *paroles, puis très vite, un sentiment d'inquiétude s'installa sur son visage :*

— Ce n'était pas moi dans ce désert. Quelqu'un d'autre t'a sauvée. Il y a encore beaucoup de choses que tu ignores, Zoé.

Victoria disparut sans rien ajouter, me laissant avec toutes mes questions et ce vide immense.

Karl Barthey se tenait debout devant moi lorsque j'émergeais de mon sommeil. Les mains dans les poches et l'air grave, ce dernier paraissait anxieux sur l'état de santé de Faïz qui demeurait toujours allongé, les yeux clos. La lumière du jour avait perdu tout son éclat. En effet, dehors, le temps maussade et gris avait repris sa place.

— Les médecins ont été obligés de le plonger dans un sommeil artificiel, me confia l'inspecteur avant que je ne demande des nouvelles de celui-ci.

— Quand devrait-il se réveiller ?

— D'ici vingt-quatre heures, peut-être un peu moins. Nous avons pris cette mesure pour mener à bien la mission de ce soir. Il n'aurait jamais accepté de rester ici, à l'auberge, avec le reste de l'équipe. Hier soir, il n'est pas passé loin de la mort.

Barthey avait raison. Brusquement, l'image du corps inerte de Faïz sur le lit me revint en mémoire ainsi que ce souvenir effrayant de l'équipe médicale qui essayait de le ranimer pendant que mes amis m'obligeaient de force à sortir de la salle des soins.

— Je n'ai pas envie de le laisser, déclarai-je dans un soupir tout en fixant le visage de Faïz.

— Oui, je le sais bien. Il va pourtant falloir me suivre,

car je dois te faire un compte rendu de notre réunion d'hier soir. Après ça, nous nous réunirons avec les autres, derrière l'auberge, pour faire une mise en situation de l'infiltration que vous devrez accomplir ce soir.

— Très bien, j'arrive tout de suite, répondis-je morose. Laissez-moi juste deux minutes.

Notre premier objectif était de pouvoir nous déplacer, sous cette lourde tunique, sans l'aide de notre bracelet de gravité. Aux vues des grognements persistants de mes deux amies, positionnées à côté de moi, je me doutais qu'elles n'étaient pas loin de la crise de nerfs. Soudain, un bruit sourd me fit aussitôt comprendre qu'Asarys venait encore de s'effondrer par terre. Je relevai aussitôt ma capuche et me précipitai vers elle. Cette dernière était allongée de tout son long, la tête face au sol.

— Tu vas bien ? m'écriai-je en m'empêtrant à mon tour dans ma tunique.

— Asarys, merde, réponds-nous ! s'impatienta Lexy.

Je levai les yeux à la recherche de Barthey, Min et les autres qui se tenaient debout au loin en nous observant. La distance qui nous séparait ne me permettait pas de voir l'expression de leur visage, mais j'imaginai sans mal qu'ils étaient, à ce moment, inquiets. La zone boisée où nous nous trouvions était remplie de Sakura, recouvert de leurs premières fleurs.

— Asarys ! appela encore une fois Lexy.

Cette dernière bougea enfin son bras en le levant doucement en l'air, poing fermé. Lexy et moi suivîmes attentivement son mouvement, prêtes à l'aider, mais

Asarys déplia à cet instant son majeur comme seule réponse.

— Très bien ! Débrouille-toi et range ce doigt d'honneur, fulmina Lexy. Nous sommes toutes les trois dans la même galère. Il n'y a pas que toi qui souffres, je te signale.

Toujours allongée, Asarys leva son second poing en l'air pour reproduire le même geste qu'avec le premier.

— Va au diable ! rugit Lexy en se redressant.

Mon amie s'éloigna de nous avec une démarche nonchalante et finit par se débarrasser de sa tunique encombrante, très agacée.

— Lexy a raison, essayai-je de raisonner Asarys. Nous ne devons pas craquer maintenant. Si tu veux, je te propose de faire une pause ?

Asarys releva doucement sa tête du sol. Les yeux au bord des larmes, elle hocha la tête pour acquiescer. J'appuyai alors sur le petit écouteur au creux de mon oreille.

— Karl ? Nous prenons une pause.

— Ok Zoé, cinq minutes ! répondit l'inspecteur dans l'oreillette.

Je grinçai des dents et m'efforçai de ne rien montrer à Asarys de mon exaspération face à la réponse de Barthey

— Vous me détestez, hein ? sanglotait mon amie, désormais assise, la tête entre ses genoux, en face de moi.

— Oui ! hurlait Lexy de colère à quelques mètres de nous. Nous te détestons ! Nous allons tous mourir par ta faute, car tu te casses la gueule toutes les…

— Lexy, Lexy, ferme-la ! criai-je à mon tour.

Cette dernière, hors d'elle, leva les bras au ciel et se retourna pour ne plus avoir à nous regarder. Je m'adressai de nouveau à Asarys :

— Nous allons recommencer autant de fois qu'il le faudra, et nous allons y arriver. Nous allons y arriver ensemble, la rassurai-je.

Elle secoua la tête, déterminée. C'était la première fois que je voyais mon amie dans cet état-là, si fragile. Sa confiance en elle avait complètement disparu.

— Zoé ?

La voix de Ray dans mon oreille me surprit.

— Laisse-moi lui parler, me demanda ce dernier, mort d'inquiétude.

J'enlevai sans difficulté ma micro-oreillette et la tendis à mon amie. Celle-ci la prit sans se poser de questions. Le soulagement pouvait se lire sur son visage au moment où elle entendit la voix de l'homme qu'elle aimait. Pendant qu'Asarys écoutait attentivement les paroles de Ray, je décidai de partir rejoindre Lexy qui regardait silencieusement les arbres du jardin.

— Tu m'expliques ? lui demandai-je, acide.

Cette dernière souleva ses épaules sans prendre la peine de me regarder :

— Combien de fois Asarys m'a priée d'arrêter de danser ? De sauter ? De me déplacer sans mon bracelet ? Si seulement elle avait été un peu moins rabat-joie et qu'elle s'était lâchée un petit peu plus, nous n'en serions pas là aujourd'hui ! Regarde-la, même pas capable de faire deux pas !

— Elle est terrifiée, Lexy. Et tu l'es aussi. C'est pour ça que tu réagis comme ça. Cette mission, ce n'est pas une balade de santé. Nous risquons toutes les trois nos vies ce soir.

Mon amie se tourna vers moi et me dévisagea un long moment sans montrer aucune émotion dans le regard.

— Non, tu te trompes, Zoé. Moi, contrairement à vous, je n'ai rien à perdre. Maintenant, reprenons l'entraînement !

Sans me laisser le temps d'ajouter un mot à sa remarque cinglante, Lexy s'éloigna de moi en me laissant clouée sur place.

Asarys me tendit l'oreillette et nous nous plaçâmes une nouvelle fois en rang. Lorsque mes deux amies furent de nouveau concentrées, je donnai les instructions à suivre :

— Nous allons commencer par des petits pas puis nous accélérerons au fur et à mesure. Ça vous va ?

Lexy approuva d'un signe de tête, suivie de Asarys, puis nous remîmes nos capuches sur nos têtes.

J'ignorais depuis combien d'heures nous étions là, à nous entraîner. Mes forces commençaient à manquer. Fatiguée, ma vision se brouillait avec toute cette brume qui n'arrangeait rien du tout.

— On ne lâche rien ! lança Malika qui remettait en place les repères en bois qu'elle avait placés à terre.

Un peu plus loin, Asarys s'entraînait avec Dewei, tandis que Lexy faisait équipe avec William. Courir avec cette lourde parure relevait de l'impossible. Essoufflée, je crachai mes poumons, les mains posées sur mes genoux.

— Nous n'y arriverons jamais, déclarai-je à bout de nerfs, il nous faudrait plusieurs jours, voire plusieurs semaines, pour apprendre à nous déplacer correctement sans l'aide du bracelet gravitationnel.

— Ça tombe mal, car nous ne les avons pas ! s'écria Malika d'une voix peu commode. Reprends ta place et fais-moi l'honneur de réaliser ce parcours dans un premier temps à pas de course, puis une seconde fois à pas chassés. N'oublie pas de bien positionner tes pieds.

— Et après ça ? C'est quoi la suite du programme ? demandai-je avant de m'exécuter.

— Le sprint ! Au cas où vous devriez fuir si vous êtes démasquées.

Je ne posai pas plus de questions à la cheffe des commandos. L'avant-goût de la barbarie des deux hommes dans la grotte avec Faïz m'avait suffi.

Je regardai une dernière fois le champ de cerisiers en fleurs avant de partir. William et Malika s'occupaient de replier nos tenues dans des sacs tandis que Dewei et Barthey rangeaient le matériel d'entraînement, disposé un peu partout dans le parc.

— Tu dois avoir hâte de retrouver Faïz, déclara Lexy qui en profitait pour se recoiffer à côté de moi.

— Et de prendre une bonne douche, ajoutai-je. Lexy, il est temps que tu ailles t'excuser.

Mon amie écarquilla les yeux comme si elle ne comprenait pas ce que je lui disais.

— J'irai si nous revenons vivantes de notre mission, protesta cette dernière. Dans le cas contraire…

— Dans le cas contraire, il sera *TROP* tard pour le faire !

Lexy soupira puis finit par ajouter :

— Je déteste quand tu as raison.

— Je déteste vous voir comme ça, rétorquai-je à voix basse en posant une main sur l'épaule de mon amie.

Je fus heureuse et soulagée de voir Lexy s'éloigner de moi pour rejoindre Asarys qui s'était assise sous un Sakura. Quand elle vit Lexy s'approcher, cette dernière l'accueillit avec un brin de méfiance dans le regard, mais son visage changea très vite d'expression au moment où Lexy se mit à engager la conversion. Mes deux acolytes étaient assises l'une à côté de l'autre et riaient maintenant ensemble. Ce spectacle m'émut à cet instant, car elles étaient pour moi aussi importantes l'une que l'autre.

— La nuit ne va pas tarder à tomber. Il va falloir rentrer pour vous préparer.

La voix de Barthey me fit sursauter. Occupée à observer Lexy et Asarys, je ne l'avais pas entendu arriver derrière moi.

— Inspecteur ? Si la mission venait à mal se passer, pourriez-vous épargner mon père et ma grand-mère sur les détails de ma… soudaine disparition, s'il vous plaît ?

Karl, perdu, paraissait chercher ses mots. Il se racla la gorge avant de répondre avec une certaine prudence :

— Les autorités lui feront part d'un malheureux accident de voiture, lâcha l'inspecteur en évitant soigneusement mon regard.

Le ton de sa voix trahissait l'émotion qu'il cachait en lui.

— Bien, merci. Pourquoi n'avez-vous jamais voulu faire partie du FBI ou bien des forces armées ? Gérer les affaires des délinquants de seconde zone en temps normal vous suffit-il ?

— Ce poste m'évite d'annoncer la mort mystérieuse de nos héros à leurs proches. Je ne dors pas sur mes deux oreilles, mais au moins, ce poste me permet de trouver un semblant de sommeil.

Je regardai Barthey rejoindre le groupe un peu plus loin. Ses paroles, teintées de grisaille, résonnèrent dans ma tête. Je levai les yeux au ciel avant de fermer mes paupières pour essayer de vider mon esprit. Issei avait raison, l'énergie était tout autour de nous et à cet instant, j'avais l'impression de me nourrir de celle-ci.

Tandis que Lexy finissait son dîner, Asarys et moi étions entre les mains des agents du FBI, de Malika et de Min qui nous aidaient à nous préparer.

— Je n'ai rien pu avaler. Comment fait-elle pour avoir autant d'appétit ? grommela mon amie.

Cette dernière évitait de bouger la tête le plus possible pour faciliter l'intervention de l'agent chargé du son qui vérifiait l'état sonore de nos oreillettes. Pendant ce temps, une femme recouvrait mon visage avec une crème blanche, semblable à de la peinture, en suivant attentivement le tutoriel envoyé par Kayla un peu plus tôt dans la journée. La salle de conférence, où nous étions tous regroupés, s'était transformée en véritable quartier général de guerre. Des cartes étaient accrochées aux murs de la pièce. David, en visioconférence, échangeait directement avec des agents du FBI. Mon ami feuilletait dans ses mains une multitude de notes qu'il leur communiquait à toute vitesse.

— J'ai l'impression qu'on va nous envoyer dans l'espace, réussis-je à articuler pendant que la femme devant moi s'appliquait à me maquiller les yeux et les sourcils.

— Dans un sens, ce n'est pas totalement faux, répliqua Lexy qui venait de nous rejoindre pour enfiler sa longue et lourde tunique.

Cette tenue qui nous avait fait tant défaut durant toute la journée.

— Tu as eu le temps de le voir ? me demanda soudain Asarys qui se faisait maintenant, elle aussi, maquiller.

— Non, pas encore, répondis-je sur un ton plein rempli de déception.

À peine étions-nous arrivés à l'auberge, qu'il avait fallu directement tous se réunir dans cette salle. William et Dewei nous avaient briefées sur la posture à adopter et à tenir, tout au long de la cérémonie que donnerait la confrérie du Crépuscule en l'honneur de Kushisake, cette nuit.

— Demande à le voir avant de quitter l'auberge, insista Lexy.

— Quoi ? Comme ça ? lui rétorquai-je en lui indiquant l'état de ma tête. Imagine qu'il se réveille au moment où je suis penchée au-dessus de lui. C'est la crise cardiaque assurée.

— Lexy à raison, intervint Asarys. C'est peut-être la dernière fois que tu auras l'occasion… de… tu vois ?

Mes pensées se perdirent pour revenir à ce moment magique, partagé ensemble, la veille, tous les deux avant qu'il ne perde connaissance. Le souvenir du baiser échangé sur la magnifique chanson de Kimberose me revint avec nostalgie. Je devais absolument revenir saine et sauve, pour mon père… pour Faïz. Pour qu'ils puissent continuer à vivre normalement.

—Je le verrai à notre retour, affirmai-je, sûre de moi.

Nous reviendrons, nous n'avons pas le choix !

Les filles sourirent. Elles ne demandaient qu'à me croire malgré l'inquiétude qui traversait leur visage à cet instant.

— Vous m'entendez ? nous demanda David.

J'avais l'impression que mon meilleur ami était juste là, tout près de moi.

— Je t'entends, déclarai-je avec un sourire qui fendait mon visage.

Un sentiment de bien-être m'envahit à ce moment-là.

— Parfait, je suis heureux de passer un peu de temps avec toi, Zoé, même si j'aurais préféré que ce soit dans d'autres circonstances.

— Ne t'en fais pas, le rassurai-je. Ta voix me redonne un courage que tu ne soupçonnes même pas.

— Je suis enchanté de l'apprendre. Vous pouvez donc m'écouter toutes les trois. Je précise que nous ne sommes pas en conférence. Je suis le seul à vous entendre et vous ne pouvez communiquer ensemble à l'aide de l'oreillette. Je serai votre interprète ce soir, lors de ce rassemblement, organisé par les membres du Crépuscule.

— Ok, David, répondit Asarys. Nous restons en contact !

Nous étions toutes les trois avec Barthey, Malika, Min et William, positionnées en cercle, à l'extérieur de l'auberge et éclairées par une pleine lune qui promettait de nous guider dans cette nuit. Mes amies et moi étions méconnaissables. Notre teint blafard et nos yeux maquillés avec de lourdes couches blanches et noires faisaient penser que nous partions en pèlerinage célébrer la fête des Morts.

Des lentilles de contact, de couleur sombre, nous avaient été également posées. Bien que nos capuches recouvrissent une bonne partie de nos visages, il ne fallait cependant négliger aucun détail en cas de problèmes qui surviendraient pendant notre mission. L'extrémité de notre bouche était fendue de chaque côté, par un long trait noir et rouge qui rappelait les lourdes cicatrices imposées à Kushisake par son propre concubin. Je n'avais pas eu l'occasion de les découvrir lorsqu'elle m'était apparue lors de ma noyade dans la grotte. Son masque qui couvrait sa bouche et son nez ne m'avait pas permis de me laisser voir, ne serait-ce qu'entrevoir, l'étendue de ses blessures.

— Chacune d'entre vous a bien son propre plan sur elle ? demanda William qui essayait de dissimuler sa crainte dans sa voix.

Nous hochâmes nos têtes sans prononcer quoi que ce soit.

— Ray et madame Min vous accompagnerons au plus près de l'entrée du cimetière. Après, vous serez seules avec comme seul interlocuteur, David, qui pourra nous communiquer l'avancée de la mission. Vous êtes prêtes ?

— Nous le sommes, affirma Lexy en haussant les épaules. Ça ne peut pas être pire que ce que nous avons traversé avec Issei.

Un véhicule s'approcha de nous puis descendit à notre hauteur. La main de William m'agrippa brusquement le poignet avant que je ne suive mes amies à l'intérieur. Ce dernier m'entraîna à l'écart afin de pouvoir me parler quelques instants. Nerveux, William semblait chercher ses mots. Ses cheveux blonds en bataille lui retombaient légèrement sur le visage.

— J'ai juste besoin de l'entendre, Zoé. J'ai besoin que tu me dises que tout ira bien sans sentir la moindre hésitation dans chacun des mots que tu prononceras.

Celui-ci me fixait d'un air désespéré. Sous cette prestance impeccable qui m'avait déstabilisée à maintes reprises, l'armure de l'homme qui se trouvait actuellement devant moi se fendait désormais en mille morceaux.

— Je suis là pour réussir ce pour quoi je suis destinée à accomplir, déclarai-je sans sourciller. Donc je ne peux que revenir.

Mes mains accrochèrent fermement le visage de William :

— Je n'ai pas peur !

Soulagé, il soupira profondément, libéré de ses angoisses qui l'avaient torturé chaque minute durant cette journée. De mon côté, je retins la boule grandissante au fond de ma gorge. C'était la première fois que j'arrivais aussi bien à mentir à quelqu'un en le regardant droit dans les yeux.

FAÏZ

William se dirigeait vers la chambre de Faïz pour s'assurer que l'état de ce dernier restait stable. À sa grande surprise, il remarqua que la porte de la pièce était légèrement entrouverte. Sur ses gardes, il regarda tout autour de lui afin de s'assurer que personne ne l'avait suivi. Inquiet, il ouvrit alors en grand la porte et constata avec stupeur que le lit du jeune homme était vide. William s'engouffra à l'intérieur de la chambre après avoir allumé toutes les lumières de la pièce, réalisant aussitôt que Faïz avait disparu. Affolé, il arpenta à pas de course les couloirs en espérant que ce dernier se trouvait toujours à l'intérieur de l'auberge. Si Faïz essayait par tous les moyens de rejoindre les filles, il ferait sans nul doute capoter toute la mission.

— Karl ? s'écria William en rentrant en trombe dans la salle de conférence. Faïz est…

Son regard virevolta de l'autre côté de la pièce et se posa sur celui qu'il recherchait déjà depuis de longues minutes. Le jeune homme, assis dans un fauteuil, regardait les différents écrans devant lui sans prêter attention à William, après une entrée pourtant fracassante.

— Monsieur Mattew s'est réveillé il y a peu de temps, juste après le départ du groupe, expliqua Dewei qui venait à la rencontre de William pour l'inviter à s'asseoir autour de la table, avec eux.

— J'ai eu peur que tu sois parti rejoindre les filles, déclara William à voix basse en prenant place à côté de

Faïz.

— Je sais où est ma place ! répondit le jeune homme d'un ton glacial.

William serra la mâchoire pour éviter de faire un esclandre et se pencha vers son interlocuteur :

— En y réfléchissant, murmura ce dernier à son oreille, je te préférais agonisant au fond de ton lit.

Faïz se retourna vers lui, les traits du visage déformés par la colère en le fusillant du regard. Mais avant qu'il ne puisse répondre quoi que ce soit, Barthey prit la parole pour interrompre leurs échanges houleux :

— Le monde va de plus en plus mal depuis plusieurs semaines.

L'inspecteur diffusa sans attendre les images qui inondaient le web, les journaux télévisés et les réseaux sociaux aux quatre coins du monde. La stupeur laissa place au silence devant les vidéos qui montraient des incendies importants dans les bouches du métro à Londres, une grosse explosion dans les piles incurvées de la tour de fer à Paris qui n'était autre que la Tour Eiffel, entraînant sa chute en direct, des monuments historiques comme des musées, envahis par des groupes terroristes en Égypte ou encore la prise d'otage au parlement d'Afrique du Sud par une milice révolutionnaire. Des événements tragiques qui s'étendaient aussi jusqu'aux États-Unis, Chine et pays de l'Est. Le chaos, aussi violent que l'enfer, s'abattait sur le monde entier, le mal sous toutes ses formes. Faïz, impuissant, se tenait la tête entre les mains.

— Les Léviathans ? demanda celui-ci.

— Pas assez nombreux ! répondit Barthey. La pierre rouge est notre seule solution à présent.

Faïz se leva d'un bond, les poings serrés.

— Éteignez ça ! ordonna-t-il, écœuré par toutes ces images de désolation. Je dois sortir d'ici, prendre l'air.

Ce dernier se précipita vers la sortie. À cet instant, Barthey fit signe aux membres de l'équipe de le laisser s'en aller sans le retenir. L'inspecteur savait que Faïz resterait à l'auberge, l'enjeu était bien trop important. Zoé était la seule personne pour laquelle le jeune homme ne prendrait jamais aucun risque.

11

La présence de Ray et de Min à nos côtés ne me procurait aucun réconfort, bien au contraire. L'envie de rebrousser chemin à toute allure me traversa l'esprit. L'air s'était rafraîchi dû à l'altitude à laquelle nous nous trouvions. La brise faisait grincer légèrement la grille en acier de ce sanctuaire à l'énergie chargée. De nombreux arbres fruitiers entouraient cet endroit et un doux parfum de tilleul flottait dans l'air. Ce fut ici, devant l'entrée, au bout d'une allée verdoyante d'un gazon parfaitement entretenu, que Ray et Min s'arrêtèrent.

— Nous ne pouvons vous accompagner plus loin, déclara Ayame qui ravalait un soupir pour dissimuler son indescriptible angoisse.

— Espérons que le bal costumé soit sympa, essaya d'ironiser Asarys pour détendre l'atmosphère.

Nous décidâmes, Lexy, Min et moi, de nous écarter du couple pour les laisser seuls quelques instants. À cet instant, j'en profitai pour glisser à voix basse une requête à la ministre des Armées :

— Si… Pourriez-vous dire à Faïz qu'il doit continuer à se battre contre le mal, contre le Maestro ? Tout ce que nous fait jusqu'ici ne doit pas servir à rien.

Min hocha la tête avec un regard bienveillant. Les paroles, à ce moment-là, n'étaient pas utiles et personne ne voulait d'adieux larmoyants.

— Pour le petit déjeuner, demain ? Ce sera comme d'habitude ? demanda cette dernière.

Lexy et moi nous regardâmes en ne pouvant contenir un petit rire tellement la situation était particulière pour poser de telles questions.

— Oui, du thé et du café s'il vous plaît, répondit Lexy avec humour.

Mes deux amies et moi regardâmes Ray et Min disparaître au bout du chemin. Je posai une main rassurante sur l'épaule d'Asarys qui l'attrapa et la serra aussi fort que possible.

— La Confrérie ne va pas tarder à se réunir, déclarai-je. Nous devons allumer nos oreillettes et nous disperser. Nous nous retrouverons comme prévu, autour du lac.

— C'est parti ! s'exclama Lexy.

Nous nous serrâmes toutes les trois, les unes contre les autres, pour nous encourager, puis nous enlevâmes nos bracelets gravitationnels en prenant soin de les ranger à l'intérieur de nos vêtements. J'arrangeai mon gros chignon afin que mes cheveux tiennent correctement sous ma capuche et nous rentrâmes dans le cimetière en nous séparant toutes les trois à l'entrée de celui-ci.

— David ? murmurai-je. Tu es là ?

— Je te reçois cinq sur cinq.

— Les filles ? demandai-je aussitôt.

— Zoé, tu ne vas pas commencer ! me réprimanda mon ami. Elles vont bien.

— D'accord. Où es-tu ?

— Au temple de la Septième Terre avec Julio et Kayla. Ne t'inquiète pas, nous sommes avec toi.

Autour de moi se dressait une multitude de petites chapelles qui remplissaient cet endroit aussi mystérieux que menaçant. Devant chacune d'elles étaient déposées une ou plusieurs offrandes. Des objets, des fruits ou tout simplement des fleurs. Ces petits édifices en pierre étaient parfaitement entretenus, une façon de respecter la dernière demeure du défunt. Ma boussole en main, je quittai l'allée pour rentrer à l'intérieur d'un charmant jardin d'épicéas rempli là aussi de chapelles à perte de vue. L'odeur embaumée, causée par les arbres en fleurs, rendait l'endroit plus noble où régnait une certaine tranquillité. Soudain, des chuintements de pas qui me parvenaient d'un peu plus loin m'alertèrent sur l'arrivée imminente des premiers membres de la Confrérie. La bile me monta brusquement à la gorge.

— Ils sont là, chuchotai-je, affolée, en me cachant derrière une des petites chapelles.

— Ne bouge pas ! m'ordonna David.

J'avais l'impression qu'il faisait soudainement très chaud sous ma lourde tunique. Pétrifiée, je bloquai ma respiration comme si celle-ci risquait de me trahir. Apeurée et à l'affût du moindre bruit, mon regard balayait rapidement les environs tandis que mon cœur menaçait, lui, d'exploser. C'est là que je vis danser sur le sol de grandes ombres qui se déplaçaient sur le chemin principal du cimetière. L'épaisse herbe amortissait chacun de leurs pas, rendant difficile l'analyse de la distance réelle de ces individus par rapport à moi.

— Zoé, tu dois les rejoindre et te mélanger à eux. Suis-les ! m'indiqua David.

Je détournai mes yeux du groupe et collai mon dos et ma tête contre les pierres froides et humides de l'édifice en tentant de calmer mon pouls. La panique me paralysait tout entière.

— N'écoute que ma voix, essaya de me rassurer David qui devinait ma peur. Tu n'es pas seule. Julio, Kayla et moi sommes avec toi et nous sommes en liaison permanente avec l'équipe de Barthey qui sera là en moins de temps qu'il le faudra en cas de problème.

Un petit ricanement s'échappa de moi. Je savais pertinemment que l'équipe, à l'extérieur de ces murs, n'interviendrait pas si la mission venait à mal se passer tant elle était secrète. Eros ne voulait pas entendre parler d'incident diplomatique et ça, nous le savions tous depuis le début.

— Les filles ont réussi ! Elles ont infiltré la Confrérie, s'exclama David.

Les paroles de mon ami me firent reprendre confiance en moi. Lexy et Asarys étaient saines et sauves, Dieu merci. Il ne m'en fallut pas plus pour trouver ce regain d'énergie et de courage qui me manquait. Je jetai un coup d'œil derrière la petite chapelle. Le cortège, composé d'une quinzaine de tuniques d'un mélange de couleurs blanc et ocre, s'éloignait de moi. Je vérifiai que ma capuche était correctement placée sur ma tête puis me dépêchai de rattraper le groupe pour refermer la marche.

— J'y suis, murmurai-je à David.

Des éclats de voix dans mon oreille me firent comprendre que les trois protagonistes laissaient éclater leur joie et leur soulagement face à cette première petite victoire.

Nous rejoignîmes un groupe plus nombreux, déjà arrivé sur place après avoir parcouru un trajet de près de vingt minutes dans le plus grand des silences. Malgré ma capuche sur les yeux, j'arrivai discrètement à regarder un bref instant ce qui se passait autour de moi. L'endroit était vaste et complètement dégagé. Au premier plan apparaissait une immensité extraordinaire et magnifique de huit grands lacs en cascade, au bord des falaises et aux eaux bleues translucides. Les reflets des étoiles semblaient danser à la surface des flots. La brise légère agitait les herbes et faisait tournoyer les fleurs de cerisiers qui recouvraient une bonne partie du sol en lui donnant ainsi une couleur aux teintes violine et rosâtre. La richesse végétale qui remplissait cet endroit était tout bonnement exceptionnelle. Au second plan, bien plus loin, des montagnes surplombaient majestueusement ce royaume paisible où seul le bruit des cascades brisait le calme olympien de cet instant magique. La foule se précipita brusquement autour d'un lac en particulier, me donnant une occasion de pouvoir murmurer subtilement quelques mots à David :

— Où sont les filles ? Je ne suis pas loin de l'entrée de la clairière.

— Vous devez, toi et Asarys, rejoindre Lexy qui se trouve sous le rocher en forme d'ours. Le vois-tu ?

Les capuches tout autour de moi m'empêchaient de trouver le roc en question. Je suivis le mouvement de foule en essayant de ne pas me faire remarquer.

— Je ne le vois pas ! D'ailleurs je ne vois rien avec tout ce monde, m'agaçai-je.

— Déplace-toi sur la gauche.

Je m'exécutai en bousculant malgré moi quelques personnes sur mon passage du fait que mon équilibre n'était pas complètement assuré. Un peu en marge, sur le côté, je cherchai désespérément des yeux un amas de pierres représentant l'animal. Après plusieurs minutes d'angoisse, le rocher en forme d'ours m'apparut enfin à quelques mètres de moi. Pressée de retrouver les filles, je fonçai malencontreusement de plein fouet dans une autre tunique. Sous la capuche mal positionnée, je reconnus aussitôt sous ce maquillage, le visage de Lexy encore sonnée. Cette dernière, affolée, essayait de se remettre avec difficulté du choc.

— C'est moi, c'est moi, la rassurai-je à voix basse en me jetant dans ses bras, heureuse de la retrouver.

— Zoé ! s'exclama Lexy soulagée. Je viens d'avoir la peur de ma vie. Où vont tous ces gens ?

— Nous n'allons pas tarder à le savoir. Dépêchons-nous de retrouver Asarys.

Nous pressâmes alors le pas en prenant soin de ne heurter personne sur notre passage. Asarys nous serra les mains, tremblante, lorsque nous arrivâmes enfin à la retrouver. Sans nous lâcher les unes des autres, nous continuâmes à suivre les membres de la Confrérie autour du lac.

— Nous sommes ensemble, David, informai-je mon ami.

À présent, nous étions bien une centaine à entourer ces flots transparents où régnait un silence de mort. L'angoisse au fond de moi se faisait de plus en plus grande au fil des minutes qui passaient. Soudain, une ombre s'avança sur un petit ponton en bois, construit au-dessus du lac servant de tribune pour mieux s'adresser aux fidèles. Personne ne parlait ni ne bougeait d'après ce que je percevais sous ma capuche. Le silence était de mise. C'est alors que la personne sur le ponton découvrit sa tête, laissant apparaître un homme aux cheveux longs et fins, aux sourcils épais et dont la courbe était extrêmement arquée, ce qui accentuait les traits effrayants de son visage. Il était trop loin pour pouvoir complètement l'identifier. L'homme, à la carrure massive et impressionnante, observa un long moment ses fidèles qui l'entouraient, puis commença son discours dans une langue qui m'était inconnue.

— L'aïnou est un dialecte ancien, intervint David. Le gourou souhaite la bienvenue à toute sa communauté sous cette nouvelle lune ainsi qu'aux esprits du bas astral.

— Bas astral ? répéta Lexy dans un murmure à peine audible.

— Oui, pour faire simple, il parle de l'Enfer, répondit rapidement David.

Je sentis à ce moment la main de Lexy se refermer fortement sur la mienne.

— Il félicite chacun d'entre vous, continua David en accélérant le débit de ses paroles. La reine mère peut être fière de chaque membre réuni ici ce soir. N'oubliez pas qu'elle vous accompagne et vous donne la force nécessaire pour réaliser tous les projets que vous entreprenez dans cette vie tant que vous êtes prêts à sacrifier la vôtre pour elle. Vous devez vous plier à la discipline stricte imposée par notre funeste Déesse. Mes frères, mes sœurs, en suivant ce chemin, vous serez alors tous puissants, dénués de toutes peurs, de toutes chaînes. Donnez-lui la force nécessaire afin qu'elle puisse continuer à régner sur Eros. Parcourez les terres reculées, les océans, à la recherche de ces âmes si précieuses afin qu'elle puisse continuer de se nourrir de la puissance céleste et de danser devant vos sanglants trophées. Elle affaiblira alors les tous puissants pour porter à la lumière ses valeureux guerriers, VOUS mes frères !

Des grondements masculins éclatèrent dans l'assemblée pour approuver les paroles de ce chef.

— VOUS mes sœurs !

Les voix féminines de la Confrérie se firent entendre à leur tour. Le chef continua son discours. Asarys se pencha à cet instant vers Lexy et moi :

— Nous avons maintenant toutes les informations nécessaires. Les autorités peuvent procéder à la dissolution de ce groupe d'illuminés, non ?

— Attends, répondis-je. Visiblement ils n'ont pas fini de...

— Merde ! me coupa David alarmé. Le chef parle de sacrifice divin ce soir.

— Comment ça ! chuchota Lexy inquiète.

Un bruit sourd, qui progressait sur le sol, attira notre attention. Aussitôt, quelques tuniques grises se décalèrent pour former une allée jusqu'au ponton. Un cantique grave chanté par tous les fidèles s'élevait peu à peu, accompagnant la suite de cette sombre cérémonie. Nous commençâmes une ronde autour du lac qui se stoppa net au bout de quelques instants ainsi que le chant lui-même. Le bruit sourd se rapprochait avec un son de claquement de chaînes en métal. Soudain, dans l'allée, apparut une femme à la longue chevelure blonde, traînée à terre par deux membres de la Confrérie. Cette jeune femme à la peau couleur ébène et les yeux clos, semblait dormir profondément. Mon regard se porta sur les deux anneaux qui entravaient son corps meurtri, me rappelant ces liens qui avaient retenu Faïz prisonnier dans la grotte. Le corps sans vie de celle-ci fut apporté aux pieds du chef. Un sentiment d'épouvante me saisit devant cette scène insoutenable. Les filles à côté de moi n'en étaient pas moins horrifiées. C'est alors que les chants reprirent de plus belle.

— Que pouvons-nous faire ? s'exclama Asarys, paniquée. Nous ne pouvons pas laisser cette femme à son sort !

— Elle est sûrement déjà morte. Nous ne pouvons rien faire ! s'étrangla Lexy.

Le souvenir des images violentes de l'agression dans la caverne me soulevait le cœur. Chancelante, je manquai d'air et faillis m'écrouler à genoux.

— Zoé, Zoé !

Les voix de mes deux amies m'obligèrent à me ressaisir.

— Une Sylphide. Ils ont capturé une Sylphide, finis-je par prononcer avec difficulté.

Allongée, la femme prisonnière de ces anneaux brillants était maintenant exposée aux yeux de tous sur la construction flottante. Les ondulations de sa chevelure aux reflets d'or s'écrasaient sur sa peau foncée au teint si magnifique. Une petite traînée de sang s'écoulait sous son corps et partait se mélanger aux eaux du lac.

— Je veux partir d'ici. Je veux m'en aller tout de suite ! haleta Asarys proche du malaise.

Lexy la retenait discrètement par le bras pour éviter qu'elle ne s'effondre et répondit :

— Nous devons d'abord terminer cette cérémonie. Après je te jure que nous partirons toutes ensemble.

Lexy me fixa du regard, attendant désespérément mon aide afin de convaincre notre amie de ne pas s'enfuir à toute jambe.

— Lexy a raison, renchéris-je, nous touchons presque au but. Écoute-moi Asarys, bientôt nous serons tous de retour à L.A. Nous reprendrons le cours de nos vies et tout ça sera derrière nous.

Mes paroles eurent l'effet escompté. Asarys se redressa doucement et soupira profondément pour reprendre ses esprits. Lexy communiquait à voix basse les détails sur le déroulement de la soirée à David pour qu'il comprenne ce qu'il se passait. À la fin des cantiques, le gourou reprit son discours de sa voix forte et rauque. Quant à David, il s'empressa de nous le traduire :

— À travers ce rite en cette pleine lune rose, nous donnons aux ténèbres cette offrande divine. Que le sang de cette créature puisse réjouir l'âme de notre reine mère afin qu'elle continue de nous guider dans notre quête de pouvoir.

Le chef se pencha au-dessus de la créature qui gisait à ses pieds et poursuivit :

— Le sort de ton âme est dorénavant dans les mains de la Déesse Kushisake, tu es sienne. Sois miséricorde, sois Banshee et délivre le message de la mort tout autour de toi.

L'homme s'agenouilla pour saisir le corps de la jeune femme. Une fois debout, il la porta à bout de bras au-dessus de lui, tel un trophée. Les cris des fidèles et les acclamations résonnèrent de part et d'autre. Les chants reprirent encore plus fort ainsi que la ronde autour du lac. Le gourou aux traits du visage effrayants affichait désormais un sourire démoniaque accentué par son maquillage de cérémonie. En prenant son élan, il jeta sans effort le corps ensanglanté de la Sylphide dans les profondeurs du lac. Je dus me mordre l'intérieur de la bouche pour étouffer un cri d'effroi. Lexy et moi arrivâmes à retenir à temps Asarys qui voulait se jeter dans les flots pour aider la jeune femme.

— Elle est morte. C'est fini ! grogna Lexy.

— Remettez correctement vos capuches ! ordonnai-je à mes deux amies. Nous allons finir par nous faire repérer.

Heureusement qu'à cet instant, la foule était agitée. L'euphorie dont faisaient preuve les membres tout autour de nous après ce sacrifice était à son comble. Soudain, le lac changea brusquement de couleur sous nos yeux. Les eaux cristallines se teintèrent de rouge et parurent étouffer une lumière aveuglante qui provenait des profondeurs de la terre. Le chef se mit alors à hurler à pleins poumons une phrase que David se dépêcha d'interpréter :

— Nous, gardiens de l'âme de Kushisake, nous jurons de protéger la pierre rouge au péril de notre vie.

Stupéfaites, mes amies et moi observâmes les eaux du lac puis nos regards se croisèrent.

— David ? m'empressai-je d'appeler. C'est bon ! Nous savons où se trouve le rubis.

Les flots brillèrent encore quelques secondes d'une couleur écarlate puis le lac retrouva petit à petit sa couleur d'origine.

La cérémonie touchait à sa fin. Les fidèles se recueillirent une dernière fois en silence avant de se disperser pour rejoindre le cimetière sans provoquer aucune bousculade.

— Restez bien ensemble, insista David.

Nous nous éloignâmes du lac à notre tour, soulagées que cette nuit se termine.

— J'ai hâte de retirer ce vêtement, confia Lexy à voix basse.

— Moi aussi, avouai-je. Je ne sais pas si je pourrais oublier un jour ce que j'ai vu ce soir. Asarys ? Ça va ?

Ma question, laissée sans réponse, m'obligea à me retourner. Asarys n'était pas auprès de nous. L'angoisse me prit alors à la gorge et mon pouls s'emballa. Je la cherchai partout des yeux, en vain. Il fallait se rendre à l'évidence, nous avions perdu notre amie. La panique nous gagna instantanément.

— David ? Où est Asarys ? Elle… elle n'est pas avec nous ! m'exclamai-je paniquée.

— Elle ne me répond pas ! déclara David tout aussi angoissé.

— Essaye de la localiser, demanda Lexy. Zoé et moi allons revenir sur nos pas.

Je scrutai avec attention les alentours du lac en espérant retrouver mon amie, mais toutes ces tuniques de couleurs identiques rendaient la tâche plus compliquée.

Nous étions de nouveau postées à l'endroit même où nous suivions la cérémonie quelques instants auparavant. L'endroit était désormais quasiment désert, les derniers fidèles regagnaient la direction du cimetière derrière nous. Nous ôtâmes à ce moment nos capuches pour plus de visibilité.

— Vous la voyez ? s'impatienta David

Malgré le manque de lumière, nos yeux arrivèrent à distinguer une silhouette qui se déplaçait lentement dans l'obscurité, de l'autre côté du lac.

— Elle est là-bas ! m'écriai-je.

— Ramenez-la ! insista David.

Lexy et moi nous ruâmes vers celle-ci en contournant chacune le lac de chaque côté. L'extrême vitesse à laquelle nous parcourûmes ces quelques mètres ne nous déstabilisa pas. Je finis ma course en me jetant sur le gazon afin de glisser plus rapidement vers mon amie qui avait commencé à rentrer dans l'eau. J'agrippai in extremis le bas de sa tunique pour éviter qu'Asarys ne s'échappe une fois de plus.

— À quoi joues-tu, bon sang ? s'écria Lexy, folle de rage, qui arriva sur place juste après moi.

Cette dernière m'aida à contenir Asarys qui se débattait de toutes ses forces au bord de l'eau, faisant virevolter les fleurs de cerisiers autour de nous.

— Nous devons la sauver, nous devons la sauver, répétait Asarys la voix pleine de sanglots. Elle a peut-être une famille, elle a…

— Elle avait accepté son sort, tentai-je de la calmer. Nous ne pouvons plus rien faire pour elle, mais nous pouvons encore sauver les autres.

— Zoé a raison ! ajouta Lexy. Nous ne sommes pas équipées pour plonger là-dedans et qui sait ce qu'il y a dans ce lac. Tu ne peux pas modifier la mission sans impliquer nos vies à nous aussi.

Asarys arrêta de se débattre, consciente de la véracité des paroles de Lexy. Elle se laissa tomber en larmes dans nos bras. Je restai assise derrière elle en continuant de la serrer pour mieux la réconforter tandis que Lexy était accroupie juste devant elle. Ses gémissements nous fendaient le cœur, la voir dans cet état était intolérable émotionnellement.

— Je suis désolée, prononçai-je doucement la voix tremblante, je suis sincèrement désolée.

Lexy nous enveloppa toutes les deux dans ses bras et nous restâmes ainsi un petit moment.

Lorsque nous nous relevâmes, le poids de nos tenues était encore plus important du fait que celles-ci étaient en partie trempées.

— Ray et Min vous attendent, finit par lâcher David qui avait respecté notre temps de silence. Il est l'heure de rentrer.

— Oui, nous y allons, répondis-je. David ?

— Oui, Zoé.

— Merci.

Le long soupir de mon ami me fit comprendre à quel point il était soulagé de nous savoir saines et sauves. En réalité, cette soirée avait été aussi éprouvante pour nous comme pour lui.

FAÏZ

Bien que Ray fût seul avec le jeune homme dans la cour de l'auberge, il évitait soigneusement de parler à voix haute :

— Embrasser ? répéta Ray visiblement surpris.

Faïz resta là, assis sur le petit muret sans rien ajouter de plus.

— Tu t'étais interdit toute forme de relation avec Zoé, ajouta Ray. Pourquoi maintenant ?

Sans attendre la réponse de son ami, Ray leva la tête vers le ciel, sceptique de la tournure que prenaient les événements. Puis, il rangea ses mains dans ses poches et observa de nouveau le jeune homme qui se tenait tête baissée, visiblement perdu dans ses pensées.

— Tu ne le lui as encore rien dit ? N'est-ce pas ? devina Ray. Quel merdier !

Faïz pinça ses lèvres et jeta un regard furieux à son interlocuteur.

— Je le ferai ! répondit ce dernier d'un ton abrupt.

— Quand ? s'agaça Ray. Demain tout peut se terminer et tu le sais !

— Justement, réfléchis ! Lui annoncer une telle chose la rendrait vulnérable. Elle n'a pas besoin de ça maintenant.

Ray jeta un regard menaçant à l'encontre de Faïz :

— Pas avec moi, mec ! rugit celui-ci. Ne me fais pas avaler que tu lui caches tout ça par peur de mettre la mission en péril. La seule et unique raison qui fait que tu gardes le silence c'est que tu as tout simplement peur qu'elle te déteste.

Ray se ressaisit et regarda tout autour de lui pour être sûr que personne n'assistait à la scène. Rassuré, il vint s'asseoir à côté de son ami.

— Et toi ? demanda Faïz dans un murmure.

Ray soupira profondément et secoua sa tête en cherchant ses mots :

— Fais en sorte que ce jour n'arrive jamais, mon ami. Je ne sais pas si je pourrais te pardonner un jour. Tu vas devoir faire un choix !

<u>12</u>

Des voix qui paraissaient provenir de très loin me réveillèrent. Mon bras tout endolori sous le poids du corps d'Asarys m'arracha une grimace. Celle-ci s'était endormie tout contre moi dans le véhicule qui nous ramenait à l'auberge. À côté d'elle se trouvait Lexy, qui dormait tout aussi profondément, la tête posée contre la vitre. Mon regard se posa sur nos tuniques, éparpillées devant nous sur la moquette de la voiture. Nous les avions jetées précipitamment, tellement heureuses de pouvoir nous en débarrasser à la sortie du cimetière. Je détournai mes yeux pour regarder à travers la vitre et fus étonnée d'être déjà arrivée. L'heure sur le tableau de bord m'indiquait que la nuit était déjà bien avancée et que le jour n'allait pas tarder à se lever. Je repoussai délicatement la tête d'Asarys pour sortir du véhicule le plus délicatement possible sans réveiller mes deux amies.

— Elles doivent se reposer, déclara Min au petit groupe réuni devant elle.

Je décidai de rester en retrait pour écouter discrètement la conversation.

— Nous pouvons repartir là-bas sans elles ! insista Ray.

— David affirme que c'est impossible, répondit William d'un ton tracassé.

— Eh merde, soupira Barthey, embêté. Le plus dur va être de convaincre Faïz de laisser les filles finir la mission. D'ailleurs, où est-il passé celui-là ? Il était là il y a encore un instant.

— Dans la salle de conférence, intervint Ray. Il s'entretient avec David au sujet du déroulement de la mission pour ce soir.

Je profitai du fait que le groupe était occupé à débattre de la situation pour m'éclipser subtilement à l'intérieur de l'auberge avec l'aide du brouillard qui commençait à prendre place autour des lieux. Je m'engouffrai rapidement dans le hall d'entrée puis arpentai le long couloir au pas de course. Arrivée devant la porte de la salle de conférence, je décidai de l'entrouvrir doucement afin de pouvoir distinguer la conversation en cours.

— Je n'avais que le son ! se justifiait visiblement David. Comment aurais-je pu en faire plus ? Elles s'en sont sorties.

— Tu devais nous appeler si la mission tournait mal ! Ça aurait pu mal se finir, le sermonna Faïz.

— Elles avaient besoin de moi à chaque instant ! Je ne pouvais pas les laisser gérer ça toutes seules le temps de vous joindre. Asarys a été retrouvée et elles sont rentrées.

Dans l'encart de la porte, j'aperçus Faïz assis, les bras posés sur les genoux tenant sa tête entre ses mains. Il resta ainsi quelques instants avant de se redresser pour éteindre subitement la visioconférence.

— Je t'ai déjà dit que ce n'était pas bien d'épier les gens derrière la porte, lâcha ce dernier d'une voix neutre à mon encontre.

Honteuse, j'aurais voulu disparaître à cet instant. Je franchis timidement le pas de la porte pour rejoindre Faïz qui restait là, le dos toujours tourné à moi.

— Arrête d'en vouloir au monde entier, en particulier à mon meilleur ami, le suppliai-je en posant une main sur sa nuque.

À mon grand étonnement, ce geste le fit légèrement frémir.

— Dis-moi que tu veux rentrer Zoé et je te trouve un jet dans les prochaines heures, murmura-t-il.

Je pris le visage de Faïz entre mes mains pour l'obliger à me regarder :

— Ma place est près de toi ainsi qu'auprès de mes amis, là, dehors. Jamais je ne vous laisserais.

Son regard passa à cet instant de la colère au désespoir. C'est alors qu'il entoura ses mains autour de mes hanches et me fit asseoir sur ses genoux en enfouissant son visage au creux de mon cou en m'emprisonnant de ses bras. Mes mains, elles, étaient posées contre son torse. Pour rien au monde je n'aurais voulu être ailleurs à ce moment précis. Il était la seule personne qui me rendait vulnérable. J'adaptai le rythme de ma respiration à la sienne et j'aurais voulu que les battements de mon cœur en fassent autant. Sans m'en rendre compte, mes paupières commencèrent à se fermer.

— Tu es épuisée, Zoé, chuchota Faïz

Je relevai mon visage et posai mes lèvres sur les siennes, ne lui laissant pas le temps de continuer sa phrase.

Du bout des doigts, j'effleurai délicatement son bras puis remontai jusqu'à sa nuque. Sa respiration s'accéléra et son baiser prit alors le dessus en devenant de plus en plus profond. À cet instant, Faïz libéra une de ses mains pour venir caresser la cambrure de mes reins par-dessus mes vêtements puis descendit le long de ma cuisse. Mon sang battait si fort contre mes tempes que c'en était presque douloureux. C'était à peine si j'arrivais à entendre sa respiration saccadée. Faïz me tenait toujours fermement contre lui et paraissait enfin laisser tomber toutes les barrières qu'il avait mises entre nous, et ce depuis le premier jour où je l'avais rencontré. Je compris que sa raison venait de perdre une bataille sans trêve jusqu'ici contre la force de ses sentiments. Après un long moment, blottis l'un contre l'autre et presque à bout de souffle tellement le moment était intense, il éloigna finalement ses lèvres des miennes. J'essayai difficilement de reprendre mes esprits quand sa main vint frôler ma joue sûrement encore en feu et que ses prunelles se soudèrent aux miennes avec profondeur.

— Je suis désolé, s'excusa Faïz de sa voix la plus douce.

— Désolé ?

— De mes réactions souvent trop excessives et peut-être primitives à tes yeux. Si tu prenais réellement conscience du danger que tu dois affronter à chaque instant, alors tu comprendrais mieux mon comportement envers toi et les autres.

Faïz m'autorisa à poser mon front contre le haut de son torse. Son cœur battait encore à tout rompre.

— La seule peur que j'aie, c'est celle de te perdre, murmurai-je.

Je levai de nouveau ma tête vers lui pour guetter sa réaction. Il semblait anxieux, comme torturé par une situation qui semblait le dépasser.

— Zoé, je... je dois te dire quelque chose, hésita-t-il en baissant les yeux.

Je m'écartai de lui, inquiète et paniquée de ce que je pourrais apprendre dans les secondes à venir. Mon pouls se pressa de nouveau et le regard de Faïz plongea alors dans le mien. Que lisait-il à ce moment sur mon visage ? Quoiqu'il en fût, il parut se raviser.

— Rien... rien d'important, déclara-t-il en se forçant à sourire. C'est à propos de ton père. Ses e-mails sont de plus en plus insistants. Tu vas devoir l'appeler pour le rassurer avant qu'il ne retourne la terre entière pour te retrouver.

Soudain, sa main se porta sur mes cheveux pour venir décoiffer mon gros chignon fait avant la mission. Ma lourde chevelure bouclée retomba sur mes épaules. Faïz me contemplait en silence, comme hypnotisé. Embarrassée par l'insistance de son regard, je ne parvins pas à me retenir de rougir légèrement. Je me levai à contrecœur en me libérant en même temps de son étau.

— Je vais chercher Barthey, déclarai-je en soupirant, déçue de devoir déjà le quitter.

J'observai l'inspecteur se démener avec les deux ordinateurs devant lui. Celui-ci brancha le téléphone satellite sur un des deux appareils puis ajouta :

— Très bien Zoé ! Tu n'auras que cinq petites minutes pour parler avec ton père. Il est très important que tu respectes ce timing. Tu ne dois en aucun cas lui révéler ta position ni…

— Inspecteur, le coupai-je poliment. Je ne lui communiquerai aucun détail de cette mission. Je serai pendant cinq minutes, une jeune femme complètement normale dans une vie normale.

Karl posa ses mains sur ses hanches en se raclant la gorge, un tant soit peu gêné :

— Je suis désolé que tu sois obligée de mentir ainsi à ton paternel. Tes amies sont dans leur chambre. Nous vous laissons tranquilles pour quelques heures. Reposez-vous ! Vous l'avez bien mérité.

— Et pour les autres ?

— David doit encore nous communiquer toutes les informations de la soirée, aux lacs du Sun. La nuit risque d'être longue pour nous.

Barthey tourna les talons pour regagner la sortie sans rien ajouter, me laissant seule dans une salle de conférence totalement vide. En effet, Faïz avait quitté les lieux avant que je ne revienne, je me doutais qu'il avait tellement à faire. Je posai le bout de mes doigts sur mes lèvres en me rappelant ce long baiser charnel échangé avec lui. Malgré la dure épreuve que nous traversions tous ensemble, j'étais heureuse de la tournure qu'avait prise la fin de cette nuit. Je pris le combiné entre mes mains et composai le numéro de mon père.

— C'est moi papa, comment vas-tu ?

— Zoé ? Je suis heureux que tu appelles, lâcha mon père avec un soupir de soulagement. Tu en as mis du temps ! Alors, ce voyage scolaire ?

En entendant sa voix et ma langue maternelle, l'émotion me prit à la gorge. Je réalisai à quel point il me manquait.

— C'est…, je luttai contre mes larmes qui trahissaient mon épuisement. Tu me manques tellement papa.

L'eau chaude sur ma peau me faisait oublier les tumultes de ces dernières semaines. Je restai là, figée, laissant ces flots s'abattre sur mon corps en oubliant, l'espace d'un instant, que celui-ci était couvert de nombreuses ecchymoses. À la sortie de cette longue douche, j'enfilai mon peignoir et rentrai sans faire de bruits dans le dortoir, éclairé par la timide lumière du jour qui commençait à apparaître. Mes deux amies dormaient profondément. Je m'approchai de leur lit en essuyant mes cheveux mouillés avec ma serviette. Instinctivement, je m'assis au bord du lit de Lexy et la scruta avec un demi-sourire au coin des lèvres. Elle semblait si paisible. Ma main vint se poser sur ses cheveux. *Elle aussi devrait appeler sa famille*, pensai-je. Contrairement à Asarys, Lexy en parlait un peu plus. Elle m'avait promis de me présenter ses parents lorsque nous reviendrions en France, pendant nos vacances. Une promesse faite lorsque nous nous étions rencontrées peu après ma rentrée. Une promesse qui me semblait avoir été prononcée il y a une éternité. Je remontai sa couverture puis partis m'asseoir sur le lit de Asarys. J'espérai au plus profond de moi la retrouver un jour telle que je l'avais connue. Son regard malicieux et son tempérament insouciant me manquaient terriblement, mais je ne pouvais pas lui en vouloir d'avoir changé ces derniers mois. Je m'allongeai à côté d'elle et me blottis dans les couvertures. Mes paupières lourdes se fermèrent et le vide me happa.

Le bruit d'une tondeuse à gazon me réveilla précipitamment. Malgré mes efforts, mes yeux refusaient de s'ouvrir complètement. J'essayai de me redresser en me prenant maladroitement les mains dans mes cheveux rebelles, laissés ainsi pendant mon sommeil, sans aucune attache. Bien que mon esprit essayât de faire fonctionner correctement mes muscles, mon corps, lui, paraissait me lâcher complètement. J'émis un grognement en signe de protestation puis m'affalai de nouveau sur l'oreiller à côté de moi.

— Les filles ? appelai-je.

Personne ne me répondit. Bon sang, mais que pouvaient-elles fabriquer ?

— Lexy ? Asarys ?

Ma main chercha la présence de mon amie à côté de moi, mais je constatai, étonnée, que sa place était vide. Elles avaient déserté le dortoir comme des voleuses sans prendre la peine de me réveiller. Je cherchai avec ma main le petit boîtier placé sur la commode, à côté du lit de Asarys pour y lire l'heure et me levai d'un bond, affolée.

— Quoi ? Mais ce n'est pas possible ! grognai-je furieuse. Elles vont m'entendre.

Je fulminai contre mes deux acolytes qui avaient osé me laisser dormir autant. Nous étions déjà en début d'après-midi et je faisais une grasse matinée alors que le monde dehors attendait d'être sauvé. Je saisis un tee-shirt au hasard dans mon armoire et me précipitai ensuite vers une commode à l'autre bout de la pièce en cognant au passage, un de mes orteils dans le pied du lit de Lexy.

— MERDEUH ! criai-je en boitant quelques instants.

Une fois habillée, je me hâtai vers la salle de bain où je me mis à fouiller dans ma trousse de toilette dans l'espoir de trouver un élastique afin de dompter ma volumineuse crinière. Tout en me coiffant en vitesse, j'observai mon reflet dans le miroir, qui me désespérait. Je n'aurais pas pu faire pire même en mettant mes doigts dans une prise électrique. J'optai finalement pour mes deux grosses tresses. Je me rafraîchis rapidement le visage sous l'eau et me brossai énergiquement les dents. Au bout de plusieurs minutes passées dans cette salle de bain, j'étais heureuse de retrouver une apparence humaine. Je chaussai mes boots en vitesse et sortis en trombe de la chambre pour me diriger vers la salle de conférence.

Dans la précipitation, la poignée de la porte m'échappa des mains, ouvrant celle-ci dans un fracas tonitruant. Je tombai alors directement sur une quinzaine de paires d'yeux braqués sur moi. Asarys et Lexy buvaient leur café tout en écoutant les paroles de Barthey et ne paraissaient pas prêter attention à la situation inconfortable dans laquelle je me trouvai à cet instant. Je rougis devant mon entrée plutôt remarquée, refusant de dévisager les personnes présentes dans la pièce et m'empressai de m'asseoir aux côtés de mes deux amies. L'inspecteur avait arrêté son discours, le temps de prendre place, ce qui accentua encore plus mon malaise.

— La cérémonie de cette nuit s'est déroulée autour de ce lac, reprit Barthey.

Karl afficha sur l'écran devant nous, des images satellites montrant l'endroit exact où nous nous trouvions, mes amies et moi, la nuit dernière, en résumant avec précision le déroulement des événements auxquels nous avions assisté.

— Qu'est-ce que j'ai raté ? demandai-je à voix basse à Lexy.

— Le petit déjeuner, répondit cette dernière, concentrée sur le discours de Barthey.

Je soupirai, exaspérée par son attitude.

— Asarys ?

Mon amie tourna lentement sa tête vers moi, mais ses yeux restaient fixés sur l'inspecteur.

— Dis-moi ce que j'ai loupé ? insistai-je.

— Hum… oh, trois fois rien, chuchota-t-elle. Les équipes essayent de mettre en place un stratagème pour récupérer le rubis, mais évaluent au préalable les risques.

— Pourquoi m'avez-vous laissé dormir ce matin ? demandai-je sur un ton plein de reproches. C'est une journée importante !

— Faïz est passé nous voir à notre réveil, au dortoir, se justifia Asarys, c'est lui qui nous a demandé de…

— Ordonné ! la coupa sèchement Lexy.

— Qui nous a ordonné de te laisser dormir.

Je balayai la pièce des yeux à la recherche de ce dernier. Quand mon regard rencontra le sien, il m'était impossible de détourner les yeux de sa moue à la fois autoritaire et captivante. La voix de Barthey m'arracha à son envoûtement lorsque celui-ci prononça mon nom :

— Zoé, Asarys et Lexy plongeront dans le lac pour aller chercher la précieuse pierre pendant que le reste de l'équipe sera sur place, caché pour les couvrir en cas d'attaque.

— Non ! lâcha Faïz d'un ton abrupt. Il y a assez d'hommes ici pour faire ce boulot. Les filles en ont fini avec tout ça.

— Je suis d'accord avec lui, renchérit William qui se tenait debout, adossé au mur près de l'entrée.

Ce dernier tourna à ce moment sa tête vers moi. Les traits de son visage étaient empreints d'une frustration inexpliquée. Au bout de quelques instants, il détourna son regard glacial vers l'inspecteur et ajouta :

— Maintenant, c'est à nous de finir cette mission !

— Les équipes commandos ne sont pas habilitées à se déployer sur place, expliqua calmement l'inspecteur. Elles seraient rapidement repérées. Des accords entre les deux gouvernements ont été signés et nous ne pouvons aller à l'encontre de ce qui a déjà été décidé. Nous devons donc nous en tenir au plan.

— Allez au Diable, vous et vos accords ! s'écria Faïz en bondissant furieux de son fauteuil.

Ray se leva à son tour, prêt à retenir son ami dont il connaissait la nature impulsive.

— La décision ne vous appartient pas ! rugit Barthey en parlant aux trois jeunes hommes. C'est moi qui donne les ordres à suivre, ici. Nous sommes au service du gouvernement. Et toi, Faïz, veux-tu vraiment être le maillon faible de toute ta lignée ?

Le poing de l'inspecteur tapa violemment sur la table, ce qui ne manqua pas de me faire sursauter. Faïz et Barthey se défièrent du regard tandis que Ray poussait son ami vers la sortie pour éviter que la situation ne dégénère. Toujours contenu par celui-ci, Faïz pointa son doigt vers Karl :

— Ce n'est pas fini ! Nous n'en resterons pas là, déclara ce dernier d'un ton menaçant avant de quitter définitivement la pièce, accompagné de Ray.

Inquiète, je regardai mes amies qui semblaient aussi perturbées que moi après ce violent échange.

— Je… je voulais juste qu'on nous annonce que notre travail était terminé, confia Lexy sous le choc. Je pensais vraiment que nous avions fait le plus gros du travail hier.

— Tu peux toujours renoncer, la réconfortai-je, vous pouvez toutes les deux renoncer. C'est vrai, je peux aller chercher le rubis toute seule.

— Hors de question ! Nous ne te laisserons pas plonger dans ces eaux sans nous, décréta Asarys. Nous avons commencé ensemble, nous finirons ensemble.

Je regardai de nouveau l'ensemble de la pièce. William s'entretenait avec Barthey, sûrement pour essayer de lui faire entendre raison d'une manière plus diplomatique. L'échange vigoureux entre Faïz et l'inspecteur me fit comprendre que le groupe était en train d'exploser. Après ces longues semaines, passées tous ensemble sur Eros, nous étions tous à fleur de peau. Il fallait absolument trouver une solution pour sortir de cette crise. En effet, les conséquences de ces divisions au sein du groupe pouvaient entraîner une mauvaise organisation des opérations et donc causer notre perte à tous. Je me levai de ma chaise sous le regard anxieux de mes amies pour m'éclipser discrètement de la pièce où le ton des discussions commençait à monter petit à petit.

— Ils sont en train de dépasser la ligne rouge ! s'insurgea Faïz dans le hall d'entrée de l'auberge. Le gouvernement est prêt à tout pour boucler cette mission quitte à envoyer au bûcher des citoyens innocents. Barthey et les autres m'écœurent.

Cachée des regards, le dos contre le mur, j'écoutai la conversation entre les deux jeunes hommes. Ray, de sa voix posée, paraissait peser tous ses mots avant de prononcer la moindre parole afin de calmer les nerfs de son ami.

— Zoé est plus forte que tu ne le penses. C'est elle qui t'a sorti de cette grotte avant que tu ne te vides de ton sang et…

— Je te rappelle qu'elle a risqué sa vie ce jour-là ! le coupa froidement Faïz, hors de question que cette situation se reproduise. J'irai seul chercher cette foutue pierre maudite.

— Tu sais aussi bien que moi que la Confrérie du Crépuscule fera tout pour la garder au fond de ce lac. Je ne suis pas d'accord avec le plan de Barthey, mais nous n'avons pas le choix ! nous ne pouvons pas combattre notre adversaire et en même temps nous trouver au fond de l'eau. Réfléchis.

— Ray a raison ! décidai-je d'intervenir.

Les sourcils froncés et le front plissé par l'inquiétude, Faïz me fusilla du regard.

— Tu plaisantes, Zoé ? lâcha ce dernier d'une voix cassante.

— Pour une fois, essaye de voir les choses autrement, le suppliai-je tout en m'avançant vers lui.

Faïz porta ses mains à son visage comme pour mieux réfléchir puis tira sur la racine de ses cheveux, torturé par la décision qu'il devait prendre.

— Vous serez là pour nous couvrir, continuai-je, encouragée par les coups d'œil de Ray. C'est vous qui serez présents sur place pour nous protéger. Tout se passera bien.

Faïz fit volte-face et me tourna le dos, les mains posées sur ses hanches.

— Demain, nous partons chercher le rubis, intervint Ray. Après ça, nous serons tous de retour à Los Angeles avant la fin de la semaine.

En entendant ces paroles, Faïz se retourna brusquement. Soucieuse de sa réaction, je n'osai prononcer un mot, redoutant que nos efforts pour le convaincre tombent finalement à l'eau. Ce dernier toisa son ami d'un œil impartial puis soupira profondément en secouant la tête :

— Ray, veux-tu bien nous laisser s'il te plaît ? quémanda Faïz.

Le compagnon de Asarys m'adressa un regard sceptique avant de s'exécuter à contrecœur.

Le hall était désormais vide, il ne restait plus que Faïz et moi. Je me surpris à imaginer ce lieu rempli de visiteurs et de voyageurs de tous horizons et il me parut aussitôt plus chaleureux. Je posai de nouveau mes yeux sur Faïz qui me regardait avec une expression indéchiffrable. Sa colère semblait s'être dissipée, emportant avec elle la fureur qui avait obscurci ses prunelles et qui laissait place maintenant à une profonde tendresse. Il s'avança doucement vers moi, l'air désappointé, puis me prit délicatement la main en scrutant ma réaction.

— J'aimerais te montrer quelque chose, ou plutôt un endroit, prononça Faïz à voix basse. Les Kobolds disent de ce lieu qu'il est capable de guérir n'importe quelle âme, même les plus tourmentées.

La douceur de sa paume dans la mienne et sa si grande hésitation dans la voix m'obligea à baisser ma garde. Le revirement de situation me déstabilisa quelque peu, mais Faïz semblait si vulnérable à cet instant que je ne pus lui en vouloir.

— Quel est cet endroit ? demandai-je calmement.

— C'est une surprise. Tu verras ce soir.

— Ce soir ? C'est… soudain. Je ne m'y attendais pas, m'exclamai-je stupéfaite.

— Je suis d'accord, répondit-il, l'air amusé, avant de se reprendre. Il est temps de finir cette journée avec Barthey et les autres !

Je posai une main sur la joue de Faïz qui ferma l'espace d'une seconde ses paupières comme pour mieux apprécier ce moment. De son bras, il m'attira tout contre lui et j'enfouis mon visage au creux de son cou avant de murmurer :

— Tu peux émettre des suggestions ou proposer d'autres solutions. Ça s'appelle négocier. S'il te plaît, c'est important pour la cohésion du groupe.

— Je sais. Je vais…

Son corps se raidit à cet instant et je relevai aussitôt ma tête pour le regarder afin de comprendre ce qui se passait. Son humeur venait encore une nouvelle fois de changer. Il s'éloigna légèrement de moi avant de déclarer :

— William est là. Je pense qu'il veut me parler.

Je me retournai précipitamment. Faïz avait raison, William était posté un peu plus loin et nous observait avec un regard qui me glaça le sang.

FAÏZ

William fixait Faïz avec plein d'animosité quand ce dernier vint le rejoindre. Il détourna le regard vers le sol au moment où Zoé passa à côté de lui pour rejoindre le groupe qui venait de partir au réfectoire, évitant ainsi qu'elle ne lise toute la déception qu'il éprouvait au fond de lui. Cette dernière, mal à l'aise, eut un moment d'hésitation, ne sachant plus si elle devait rester ou pas.

— Je te rejoins, trancha Faïz pour éloigner la jeune femme de l'homme qu'il considérait depuis le début comme un réel concurrent dans cette relation.

Un sentiment de contrariété le pris aux tripes quand il remarqua la façon dont Zoé observait William. Il ne comprenait pas cette détresse au plus profond des prunelles de la jeune femme. La jalousie le submergea quand il réalisa qu'elle tenait vraiment à lui. Instinctivement, Faïz se plaça devant Zoé, l'obligeant à détacher son regard de ce dernier. Cette dernière s'éloigna finalement, la mort dans l'âme.

— Ça te bouffe de savoir que je compte pour elle, déclara William satisfait. Ne lui en veux pas.

— Tu veux quoi ? demanda Faïz d'une voix mesurée.

Celui-ci se retenait pour ne pas encastrer son rival dans le mur, derrière lui.

— Tout le monde a besoin d'une pause. Laissons le groupe se reposer quelques heures. Je te propose de poursuivre cette réunion avec uniquement Ray, Barthey ainsi que Dewei, Min et Malika. Nous leur ferons ensuite un compte rendu de ce que nous aurons décidé tous les six pour la suite des événements.

— Très bien ! Ça me va.

Faïz regarda sa montre et ajouta :

— Contactons ton frère et David pour la seconde partie de cette réunion. Peut-être qu'ils ont du nouveau à nous communiquer.

Sans attendre une réponse, le brun ténébreux s'éloigna de William pour se rendre de nouveau dans la salle de conférence.

<u>13</u>

Asarys, Lexy et moi nous promenions dans un des jardins de l'auberge. Arrivées sur Eros depuis plusieurs semaines, nous n'avions jamais vraiment eu le temps de découvrir les environs. Les couleurs de celui-ci se rapportaient parfaitement au thème du printemps. Malgré une cruelle absence de lumière, la nature arrivait quand même à créer de magnifiques œuvres de compositions florales, nous faisant oublier la morosité de ce temps brumeux. Ici aussi, les fleurs de cerisiers recouvraient partiellement le sol, jonché de pavés aux couleurs bien prononcées. Partout où nous allions sur l'île, nous ne pouvions échapper à la déferlante de ces fleurs, un des symboles forts de ce pays.

— Il ne t'a rien dit de plus ? s'enquit Lexy impatiente.

— Non, répondis-je d'une voix pensive. Mais si on en croit ses mots, l'endroit doit être une véritable merveille.

— Vous passerez la nuit là-bas ? demanda Asarys curieuse.

Nous nous arrêtâmes à cet instant devant un petit temple aux briques rouges. Le petit édifice abritait un autel où des centaines d'encens brûlaient à longueur de journée.

Ce lieu sacré avait le don de racheter les péchés des gens qui venaient y prier.

— Je ne sais pas, confiai-je avec un demi-sourire en soulevant les épaules. Je ne m'étais même pas posé la question jusqu'à maintenant.

Mes deux amies se regardèrent, les yeux écarquillés avec une excitation non contenue. Asarys porta ses mains à sa bouche pour étouffer ses cris de joie. Je la sommai d'arrêter, mal à l'aise.

— C'est juste un rendez-vous galant ! essayai-je de les sermonner. Pas la peine de se mettre dans tous ces états.

— C'est votre premier rendez-vous, précisa Asarys.

— Avec ton petit ami terriblement sexy, renchérit Lexy hilare.

— OK, OK ! m'écriai-je en mettant mes mains devant moi pour les stopper au plus vite avant que ces deux aliénées n'aillent plus loin dans leurs propos.

— Tu as ce qu'il faut ? me demanda subitement Lexy.

— Oui, j'ai de bonnes chaussures de marche et…

— Idiote ! Je ne parle pas de ça, me coupa mon amie.

En comprenant à quoi elle faisait allusion, je me détournai, gênée et à court de mots. Je fis demi-tour afin de leur faire comprendre qu'il était temps de clore ce sujet et de rentrer à l'auberge. Malgré mon mutisme sur le trajet du retour, mes deux acolytes, elles, continuèrent sur leur lancée.

— Surtout, refuse les coups de ceinture s'il est porté sur le sadomasochisme, me lança Asarys de derrière.

— Et évite de crier son nom, ajouta Lexy. C'est vulgaire et déplacé ! Laisse ça pour les filles qui…

— La ferme ! m'écriai-je en regrettant de m'être confiée à mes amies qui n'allaient certainement plus me lâcher après ça. Je n'aurais rien dû vous dire.

Leurs éclats de rire contagieux arrivèrent à mettre ma colère de côté et ma bonne humeur réapparut aussi vite qu'elle s'en était allée. Nous rentrâmes sereines de notre balade, l'esprit plus léger, prêtes à nous remettre au travail.

Je n'avais aucune envie de rentrer pour la quatrième fois dans cette eau glacée. La bonbonne d'oxygène sur les épaules semblait bien peser des tonnes.

— Ce n'est pas possible ! Ils veulent notre mort, balbutia Lexy grelottante entre Asarys et moi.

Debout, au bord du bassin, je croisai les bras sur mes épaules pour essayer de me réchauffer. En vain, les cheveux ruisselants ainsi que le tee-shirt et le pantalon trempés qui me collaient aux corps n'arrangeaient pas les choses. Asarys et moi nous regardâmes. Ses lèvres bleutées indiquaient à quel point elle était frigorifiée. Nous l'étions toutes les trois. Bien que le bassin fût disposé à l'intérieur du bâtiment aux murs vitrés, cette piscine n'était pas chauffée pour l'occasion. Malika nous montrait, avec deux de ses collègues masculins, la meilleure façon de nous déplacer sous l'eau et les gestes de défense à adopter en cas d'attaque de corps à corps sous-marine. Cet exercice pénible en situation réelle réveillait la douleur de mes blessures encore bien voyantes sur mon corps.

— Nous… nous ne serons… ja… jamais prêtes pour… de… demain, confiai-je aux filles en claquant des dents.

— Pas le choix, Zoé. Tout… tout est dans la… a… a tête, répondit Asarys. Rappelle-toi de ce que… que nous avons vécu avec… Issei.

Je levai ma tête vers les gradins, à la recherche de Faïz. Celui-ci était debout, en marge du groupe, et m'observait, impuissant en se rongeant les sangs. La douleur se lisait sur son visage comme s'il souffrait à cet instant avec moi. Soudain, il détourna son regard vers Barthey qui était assis, plus loin, de l'autre côté de la rangée. Avec ses deux doigts dans la bouche, Faïz siffla un grand coup pour attirer son attention puis, d'un geste de la main, ordonna à l'inspecteur de tout arrêter. Karl secoua la tête d'un air désolé, refusant d'obéir à sa requête. C'est alors que le grognement de Lexy me fit tourner la tête, cette dernière essayait de nous dire quelque chose :

— Ils dé… dépensent des mi… milliards de dollaaaard pour obtenir un cliché d'une vue aérienne des… des lacs du Sun, mais nous, nous pou… pouvons toujours rêver pour qu'on nous donne une combinaison de… plon… plongée thermique, bégaya Lexy, à la limite de l'hypothermie.

— Nous devons revoir la défense basse et aussi la haute au cas où vous perdriez vos armes sous l'eau, continua Malika.

Cette dernière sortit de l'eau sans apparemment souffrir du froid, avec les deux hommes sur les talons.

— Mike ? appela-t-elle d'une voix rêche. Va chercher les couteaux ! Nous allons les placer au-dessus de leurs chevilles. Et profites-en aussi pour récupérer les arbalètes.

Après de longues heures de tortures passées dans la piscine, nous étions toutes les trois assises et seules dans le réfectoire, avec une grosse couverture sur le dos et une tasse de thé chaude entre les mains. Vidées de toute énergie, nous réalisions petit à petit que le dernier acte allait se jouer demain. Dehors, la nuit était tombée.

— Et si cette soirée avec Faïz, était sa façon à lui de me dire au revoir au cas où les choses se passeraient mal demain ? déclarai-je à voix basse, le regard dans le vide.

Les paroles que je venais de prononcer brisèrent le lourd silence qui s'était installé depuis plusieurs minutes entre les filles et moi.

— Alors ce sera un bel au revoir, répondit Asarys qui me gratifia d'un sourire sincère et triste à la fois.

— Au moins, tu ne mourras pas vierge ! déclara Lexy en s'enfonçant dans son siège.

— Très classe ! Du Lexy tout craché, soupirai-je sans prendre la peine de relever davantage sa remarque.

— Écoute, reprit Asarys en posant sa main sur mon bras, c'est TA soirée, ne pense à rien d'autre. Le monde aura besoin de toi demain, pas ce soir ! Vis chacune de ces secondes comme si c'étaient les dernières. Ces instants avec lui seront gravés à jamais dans ta mémoire.

Le bruit des portes battantes nous fit sursauter. Nos regards se tournèrent aussitôt vers l'entrée où l'on vit apparaître Faïz. Ses cheveux d'ordinaire coiffés de façon désordonnée étaient cette fois-ci ramenés en arrière, de manière disciplinée. Sa chemise rentrée dans son jean sombre, lui donnait une allure soignée. Il dégageait une sensualité qui aurait pu faire fondre n'importe quelle femme à cet instant. Asarys se racla la gorge, ce qui me ramena à l'instant présent, et je me rappelai de respirer. Elle s'adressa à Lexy :

— Bon, il est temps pour nous de les laisser.

Lexy bascula sa tête en arrière en grognant :

— Tu vas sûrement passer une meilleure soirée que nous.

Mon amie se leva en soupirant pour suivre Asarys qui s'était déjà éclipsée. De mon côté, je continuais de fixer Faïz, toujours captivée par son charisme. Quand mes amies eurent quitté les lieux, celui-ci s'avança pour prendre place juste en face de moi. Lorsqu'il plongea ses yeux noirs dans les miens, je sentis mon cœur s'accélérer et une sensation de chaleur envahit tout mon corps jusqu'au bout de mes doigts. Le souvenir des heures passées dans une eau glaciale n'était plus qu'un lointain souvenir.

— Comment vas-tu ? me demanda-t-il anxieux en essayant de lire au fond de mes prunelles.

— Beaucoup mieux, avouai-je.

— Te voir dans ce bassin m'a rappelé de mauvais souvenirs. J'aurais voulu pouvoir tout arrêter, mais…

— Je sais ! Dis-toi juste que c'était nécessaire. Regarde-moi, je n'ai pas l'air d'aller trop mal.

Mes paroles parurent soulager sa conscience. Un large sourire fendit son visage et il ne m'en fallut pas plus pour oublier ce mauvais moment. Asarys avait raison : rien d'autre ne devait compter ce soir. Rien d'autre, à part lui.

— Tu es prête ? me demanda Faïz d'une voix pleine de promesses.

— Presque… je dois juste repasser par le dortoir.

— Très bien. Nous rentrerons au petit matin. Je t'attends dehors.

Faïz vint déposer un délicat baiser sur mes lèvres et je cessai de respirer. Ces quelques secondes suffirent à me faire tournoyer la tête. Quand il se leva, j'eus du mal à retrouver immédiatement mes esprits.

Tout juste sortie de ma douche, je m'activai dans le dortoir pour choisir une tenue à me mettre pour ce soir. Vêtue d'un simple peignoir et les cheveux encore mouillés, j'observai, désabusée, mon armoire pratiquement vide.

— Zoé, m'interpella Lexy. Ça fait bientôt dix minutes que tu hésites entre quatre pantalons et deux salopettes. Le choix est-il si drastique que ça ?

Je me retournai, furieuse de sa réflexion. En effet, cette dernière savait à quel point ce rendez-vous avec Faïz comptait pour moi, pourtant, elle ne pouvait s'empêcher de me provoquer.

— J'aimerais juste paraître différente de ces dernières semaines, m'exclamai-je, piquée au vif.

— Ne t'en fais pas pour ça ! intervint Asarys d'un ton neutre, le nez plongé dans un bouquin. Toi seule arriverais à transformer un sac à patates en une tenue tendance du moment.

— C'est vrai ? demandai-je d'une petite voix.

— NON ! répondit Lexy en levant les yeux au ciel, scandalisée par les paroles de notre amie. Essaye de faire au mieux et sauve les apparences pour ce soir.

Je croisai les bras en la fusillant du regard puis me retournai de nouveau vers mon armoire où j'attrapai un pantalon cargo de couleur beige et un tee-shirt blanc. Sans un mot, je partis me changer dans la salle de bain en claquant la porte derrière moi.

Je pressai le pas avec hâte pour rejoindre Faïz à l'extérieur du bâtiment quand soudain, j'entendis la voix de William m'interpeller au loin. Je m'arrêtai aussitôt pour faire volte-face. Sa silhouette élancée s'avança pour me rejoindre. Quand ce dernier finit par se planter devant moi avec une moue embarrassée, je remarquai que ses iris d'ordinaire bleu lagon s'étaient teintés de gris, rendant ainsi son regard plus froid et mélancolique que d'habitude.

— Tu t'en vas quelque part ? me demanda celui-ci, bien que connaissant déjà la réponse.

— Oui… euh… Faïz… il m'attend, répondis-je, embarrassée en détournant mes yeux des siens.

William enfonça ses mains dans les poches avec un air désapprobateur sur le visage.

— Je ne comprendrais jamais pourquoi tu es folle de cet homme, déclara ce dernier froidement. Je continue de penser qu'il ne te mérite pas.

— Will, s'il te plaît, le suppliai-je à voix basse en fermant les yeux. Je n'ai pas besoin d'entendre ça, maintenant, juste avant de partir. Tu ne peux pas être jaloux de lui. Le cœur et la raison sont deux choses de complètement différentes qui aiment se nourrir des sentiments conflictuels de l'un et de l'autre.

— Je ne suis pas jaloux ! me confia William.

Je plantai à cet instant mon regard dans le sien en soulevant un sourcil, peu convaincue par ses paroles.

— OK. Une part de moi l'est incontestablement, se corrigea celui-ci. Mais l'autre part a tout simplement peur qu'il te fasse du mal. Voyons Zoé, tu sais plus que n'importe qui que cet homme est complètement instable !

Je l'arrêtai en levant une main devant moi, refusant d'en entendre davantage.

— Peut-être que tu as raison, Will, et c'est probable qu'il soit complètement fou, mais qui ne le serait pas à sa place ? Il est conditionné depuis qu'il est tout PETIT pour être une machine de guerre au service du gouvernement et en plus de ça, il doit reprendre les rênes d'un immense royaume laissé par son grand-père qu'il n'a jamais demandé à gouverner ! Alors, ne demande pas à quelqu'un qui n'a pas eu d'enfance ni de jeunesse comme les autres, d'être normal.

William me fixait, découragé. Il passa ses deux mains dans ses cheveux pour ramener en arrière des mèches blondes qui lui retombaient sur le visage puis il secoua la tête en cherchant ses mots.

— Tu peux lui trouver toutes les excuses que tu veux, mais en vérité, il n'en aura aucune le jour où il te brisera le cœur. Tu ne le connais pas comme je le connais, Zoé. Ce type a le cœur le plus sombre qui existe. La décision te revient et quoi qu'il en soit, je serais toujours là pour toi. J'étais juste venu te dire au revoir. Je pars tout à l'heure.

— Quoi ? Comment ça ? Où vas-tu ? paniquai-je.

— Je dois retourner à Los Angeles. Beaucoup de choses se passent là-bas en ce moment. Les Sylphes et les autres Léviathans ont besoin de moi. Nous devons remettre un peu d'ordre avant que vous ne rentriez à L.A.

Sonnée par la nouvelle, je fermai les yeux en me pinçant les lèvres pour essayer de contenir la bouffée d'angoisse qui menaçait de m'étouffer.

— Je t'en supplie, fais attention à toi, prononçai-je la voix tremblante.

Ce dernier me gratifia d'un regard protecteur avant de tourner les talons. Je restai là, plantée au milieu du hall, avec une douloureuse émotion qui me compressait la poitrine.

FAÏZ

Barthey, accompagné de Min et de deux membres de l'armée, s'entretenait avec Faïz. La lumière du hall de l'auberge suffisait à éclairer la petite cour où les cinq protagonistes étaient réunis. Le jeune homme observait la grande carte qu'on lui tendait. Armé d'un feutre, ce dernier se mit à y relever tous les endroits stratégiques avec des croix.

— Une équipe attendra ici, affirma Faïz. Avec une autre, nous nous placerons autour du lac, prêts à intervenir en cas de danger.

— Vous ne serez pas assez nombreux ! déclara Min. Il faut rajouter une troisième équipe à l'ouest du lac.

— Trop risqué ! trancha le jeune homme. Si tous les hommes sont positionnés à cet endroit, nous n'aurons aucun effet de surprise pour contrer la Confrérie en cas d'attaque.

Faïz dessina ensuite des flèches sur la carte et ajouta :

— Nous devons essayer de regrouper le plus d'assaillants possible à cet endroit pour leur tendre un guet-apens. Le but n'est pas de les exterminer pour gagner ce combat, ce n'est pas notre rôle. Il faut juste que nous repartions avec le rubis, sain et sauf. Les balises sont-elles prêtes ?

— Presque ! répondit Barthey. Malika et son équipe vérifient actuellement les armes et s'occupent de régler sur la même fréquence chaque radio.

— Parfait ! déclara le jeune homme. Je reste joignable en cas d'urgence. Reposez-vous le plus possible. Demain, nous aurons besoin de l'attention de tout le monde.

— Pendant que la petite équipe remballait le matériel et pliait la carte, Faïz aperçut Zoé, à travers la baie vitrée de l'entrée du hall, immobile. Le dos tourné à lui, elle paraissait s'entretenir avec quelqu'un. Le jeune homme se décala légèrement et eut alors la déplaisante surprise de découvrir que cette dernière était en compagnie de William. Submergé par ce sentiment de jalousie qu'il détestait tant, il serra les poings et contracta les muscles de sa mâchoire afin de contenir au mieux sa colère, face à la scène qui se déroulait en ce moment sous ses yeux.

— Tout va bien ? s'inquiéta l'inspecteur qui s'apprêtait à partir.

— Oui ! assura Faïz d'un ton un peu trop brutal en tournant la tête vers le véhicule qui était stationné, les portes grandes ouvertes.

Karl comprit immédiatement les raisons du changement d'humeur du brun ténébreux quand il jeta un coup d'œil en direction de l'auberge.

— Ce n'est pas plus mal, tu sais, déclara Barthey.

Le jeune homme interrogea alors son interlocuteur du regard, ne comprenant pas le sens de ses paroles.

— Pour Zoé ! précisa l'inspecteur. Être le centre du monde de quelqu'un, ce n'est jamais bon. Au moins, tu sais qu'elle a quelqu'un sur qui compter et qui réussira à la tenir debout si un jour tu venais à t'en aller.

Barthey s'éloigna sans rien ajouter de plus. Malgré la jalousie qui le rongeait, Faïz savait que Karl avait en partie raison.

<u>14</u>

Nous survolions un petit bout du Pacifique, ce qui me donnait l'impression de m'échapper de ce monde. La lumière de la nuit se reflétait sur les côtes de l'île ainsi que sur les nombreuses cascades, rendant le survol de Eros extraordinaire pour les yeux de simples mortels comme nous.

— Encore, suppliai-je Faïz qui était aux commandes du véhicule.

Il émit un petit rire mélodieux puis se mit à réfléchir.

— Les extincteurs dans mon école primaire, finit-il par lâcher.

— Non ! m'exclamai-je avec de grands yeux et le fou rire au bord des lèvres.

— Avec Ray, nous les avions vidés dans la classe de Monsieur Patterson qui nous avait punis quelques heures plus tôt. Il était furieux. Cet acte de rébellion nous a valu l'expulsion temporaire de l'établissement. Mes parents ont refusé de nous adresser, à Ray et à moi, la parole durant plusieurs jours.

— Ce n'était pas un acte de rébellion, mais carrément un délit criminel, soulignai-je en me moquant.

La voiture ralentit alors que nous survolions une vallée non loin d'une crique.

— J'ai fait des bêtises comme tous les enfants de mon âge, se défendit Faïz avec un sourire des plus charmeurs. Contrairement à ce que tu peux penser, je n'ai pas toujours enfilé mon costume de super héros.

Ma main vint lui caresser l'intérieur de son cou. Mon geste suffit à lui donner un léger frisson.

— Je suis heureuse de l'apprendre, déclarai-je à voix basse en continuant de le fixer.

À cet instant, j'essayai d'imaginer un petit garçon brun aux grands yeux noirs avec un sourire espiègle au coin des lèvres. Pour une raison que j'ignorais, cette image plaisante me rassura. Faïz partageait ses souvenirs d'enfance avec bonne humeur. Une époque qui lui plaisait de raconter. Je détournai mon regard pour observer de nouveau le paysage à travers la vitre. Ma respiration se bloqua brusquement lorsque j'aperçus juste en dessous de nous, des milliers de petites taches bleues, fluorescentes, qui étaient dispersées un peu partout sur le sable, illuminant ainsi une plage d'une beauté spectaculaire.

— Comment ? Ce sont des cristaux ? balbutiai-je.

— Oui, c'est un phénomène naturel appelé phytoplancton bioluminescent.

Au moment de la descente, Faïz suivit une allée lumineuse qui servait de parking d'atterrissage.

Nous étions à l'extrémité de l'île. Bien que l'endroit parût plus sauvage que partout ailleurs, deux femmes nous accueillirent chaleureusement en tenue traditionnelle. Elles portaient chacune un grand pagne de couleur blanc, brodé de fil d'or avec un foulard sur la tête en guise de bandeau, toujours dans les mêmes tons. Les deux hôtesses, à la carrure frêle, nous souhaitèrent la bienvenue dans la langue natale du pays, puis portèrent autour de notre cou un collier avec une jolie pierre bleue, translucide.

— Merci, c'est magnifique, les gratifiai-je d'un sourire en tenant la pierre au creux de ma main.

La femme, au visage rond et à la peau lisse, me remercia d'un signe de tête poli puis nous invita à continuer notre chemin sans elles. Le ponton de bois, jonché d'une centaine de bougies, nous indiquait le chemin à suivre. Faïz, silencieux, observait attentivement ma réaction.

— Je ne veux plus jamais rentrer chez moi, déclarai-je, ébahie par cette magnifique mise en scène.

Ce dernier saisit doucement ma main et plongea ses pupilles étincelantes dans les miennes :

— Qu'importe le lieu où tu décideras de vivre. Sache qu'il sera également le mien.

— Même en Enfer ? demandai-je ironiquement.

— Le seul enfer que je redoute, c'est une vie sans toi.

Touchée par ses mots, je posai ma tête sur son épaule pour m'enivrer de son doux parfum.

— Avant de t'emmener dîner, j'aimerais te montrer quelque chose, si tu me le permets, murmura Faïz.

J'acquiesçai d'un signe de tête en guise de réponse.

Un petit cri de surprise s'échappa de moi au moment où mes pieds s'enfoncèrent dans le sable blanc et fin, illuminé par des milliers de petits diamants bleutés, aperçus quelques instants plus tôt depuis le ciel. En effet, la sensation de fraîcheur sous ma voûte plantaire me surprit quelque peu. Coupée du monde, j'avais l'impression d'être ailleurs. Mes yeux fixaient l'horizon. Le bruit des vagues, qui venaient s'écraser sur le sable, était la seule chose qui venait narguer le silence. Eros cachait là un véritable petit joyau admirablement bien entretenu. Tout autour de nous, la flore luxuriante et les gros rochers en granit géant se mariaient parfaitement à ce lieu, comme si le décor avait été posé là par la main de l'Homme. Le temps venait de s'arrêter, mon cœur aussi. Une petite brise vint alors me hérisser le duvet sur mes bras, me faisant revenir à l'instant présent. Je tournai ma tête vers Faïz qui ramassait, au bord de l'eau, une de ces pierres fluorescentes échouées sur le sable. Je le rejoignis aussitôt.

— Il est magnifique, déclarai-je en observant le caillou au creux de sa main.

— C'est le même que notre collier, répondit celui-ci en le reposant sur la plage.

Avant que je n'aie eu le temps de le comparer, Faïz enleva la pierre autour de mon cou pour la ranger dans sa poche. Perdue, je le regardai d'un air interrogateur.

— Je te redonnerai ce collier un jour, me promit celui-ci, le regard tourné vers les étoiles.

— Quand ? insistai-je.

— Lorsque tu auras tout oublié de nous.

— Tu sais bien que c'est impossible, essayai-je de le rassurer en enroulant mes bras autour de son torse.

— Vraiment ? déclara Faïz qui ne paraissait pas croire une seule de mes paroles.

Sa voix douce et mal assurée me brisait le cœur. À ce moment, une douloureuse inquiétude prit place sur son magnifique faciès.

— Comment peux-tu penser que je pourrais renier un jour tous ces moments passés avec toi ? Je suis incapable de te détester.

Il me fixa d'un regard noir et profond, comme s'il voulait me dire quelque chose qui le terrifiait lui-même. Ses doigts vinrent dessiner le contour de mon visage.

— Si un jour tu décidais de tout renier, repense à ce moment, me supplia-t-il. Le paradoxe est que je ne suis pas l'homme de ta vie alors que toi, tu seras toujours la seule femme dans la mienne. Je ne pourrais jamais te haïr.

— C'est faux, je t'aime ! Je t'aime depuis le premier jour, répondis-je sûre de moi, pour mieux soulager sa conscience.

Ses lèvres vinrent s'écraser sur les miennes avec un si grand désespoir que c'était presque effrayant. Lorsque Faïz éloigna son visage du mien, je constatai qu'il avait retrouvé le contrôle de ses émotions. Avec un demi-sourire, il me demanda :

— Qu'est-ce qui te rendra heureuse, une fois rentrée à Los Angeles ?

Je m'éloignai de lui et tournai sur moi-même en écartant mes bras au maximum :

— Le soleil ! m'exclamai-je. Le ciel bleu.

Faïz se mit à rire et rangea ses mains dans les poches en secouant la tête.

— Voyons, Zoé ! On s'habitue à tout, même à ce foutu brouillard.

Je sautillai gaiement en le regardant :

— Non, non, non.

— OK, mais arrête de sauter, tu vas finir par te faire mal. Je ne me doutais pas que le temps de L.A te manquait à ce point-là.

Celui-ci leva de nouveau la tête vers le ciel étoilé pour se plonger dans ses pensées.

— Bleu, murmura-t-il.

Je m'avançai vers lui.

— À quoi penses-tu ? demandai-je à voix basse.

Faïz sembla prendre le temps de réfléchir à ma question, puis finit par se mordre la lèvre inférieure pour réprimer un sourire avant d'ajouter :

— Tout petit, j'avais demandé un jour à ma mère pourquoi le ciel était bleu, et elle m'avait répondu qu'elle le coloriait ainsi, car elle savait que c'était ma couleur préférée.

— C'était ? relevai-je, curieuse.

— Oui, acquiesça ce dernier en posant subtilement ses doigts sur mes paupières. Depuis que je te connais, elle a changé.

Cet aveu si touchant me laissa sans voix. L'homme qui se tenait devant moi à cet instant n'avait plus rien à voir avec celui rencontré quelques mois plus tôt. Je penchai ma tête sur le côté, émue par sa soudaine déclaration.

— Bon, nous pouvons continuer ? demanda Faïz en m'entraînant par la main.

— Pour aller où ? répliquai-je en regardant tout autour de moi.

— Je t'ai dit que je voulais te montrer quelque chose.

— Je pensais que tu parlais de cette magnifique crique.

— Non, c’est un peu plus loin, répondit celui-ci qui avait déjà repris sa marche. J’espère que tu aimes les sports extrêmes.

— Euh… non… pas du tout !

— Tant mieux, se moqua Faïz. L’expérience sera d’autant plus appréciable.

Je déglutis, peu rassurée par les paroles de ce dernier.

Après plusieurs minutes à arpenter la plage, nous passâmes sous une immense arche rocheuse qui n’avait pu être sculptée que par l’océan lui-même, puis nous rejoignîmes un petit sentier qui menait directement sur un promontoire rocheux dominant une partie de la crique.

Arrivés tout en haut, le paysage offrait alors mille nuances de couleurs. Les Kobolds avaient raison, cet endroit avait le pouvoir de guérir les âmes. Au bord du précipice, un imposant arbre verdoyant entourait de grosses lianes et trônait quasiment en maître au-dessus de l’océan. Faïz m’invita à le suivre.

— Prête ? me demanda-t-il en posant une main sur le tronc magistral de l’arbre.

Je soulevai un sourcil, ayant peur d’avoir mal compris. Ce dernier me regardait toujours d’un air amusé.

— Zoé, nous allons faire de la balançoire !

Paniquée, je regardai partout autour de moi, à la recherche d’une quelconque planche en bois. Faïz poussa alors un épais rideau de feuillages, faisant apparaître une large assise, reliée par des lianes de chaque côté, qui semblait être suspendue aux branches bien plus hautes. Quand il eut fini de dérouler la balançoire artisanale de l'épais tronc, il vint se placer dessus, les pieds au plus près du vide.

— Allez ! Viens, insista Faïz en me tendant sa main.

Je croisai les bras en secouant la tête.

— C'est hors de question que je monte sur ce truc ! refusai-je catégoriquement. Je pense que nous flirtons assez avec la mort comme ça. Pourquoi rajouter un défi, des plus extrêmes et sans aucune sécurité, à notre liste de choses à faire ? Es-tu vraiment à ce point en manque d'adrénaline ?

— Arrête de faire le bébé, se moqua ce dernier. Assieds-toi sur mes genoux. Tu n'as pas confiance en moi ?

— La question n'est pas là ! répondis-je toujours les bras croisés, le regard ailleurs.

— Viens-là, sinon je viens te chercher de force.

Je me reculai en le menaçant du regard. *Non, il n'osera pas* ! Avant que je ne réalise ce qui se passait, celui-ci m'attrapa par la taille et me fit basculer sur son épaule.

— Lâche-moi ! criai-je en essayant d'étouffer un rire nerveux.

— Trop tard ! Il ne fallait pas me dire non.

Il desserra légèrement son emprise au moment de me faire asseoir sur ses genoux, face à lui. Cette proximité ne me déplaisait pas, bien au contraire.

— Si tu as peur, ferme les yeux, murmura Faïz qui se voulait rassurant. Je te tiens et je ne compte pas te lâcher, même une seconde.

Les paroles d'Issei me revinrent en tête. Prendre le contrôle de ses émotions prenait à cet instant tout son sens.

— As-tu confiance en moi ? me demanda-t-il à nouveau.

J'enroulai mes bras autour de son cou avant de répondre :

— Là, je n'ai plus peur, chuchotai-je en plantant mon regard dans le sien.

— Parfait ! Je compte jusqu'à trois. Un…

Avant que ce dernier n'ait pu prononcer un mot de plus, la balançoire s'élança dans le néant. Un cri de frayeur s'échappa de moi, déchirant le silence de la nuit. Jetée dans le vide à une vitesse extraordinaire, je décidai tout de même d'ouvrir légèrement mes paupières, puis tournai ma tête pour regarder l'horizon, derrière moi. À ce moment, j'avais l'impression d'être un oiseau qui survolait l'océan. Je lâchai mes bras du cou de Faïz pour les ouvrir en grand et penchai ma tête en arrière afin de ressentir la liberté de mon corps dans le vide avec cette sensation d'embrasser l'immortalité. La cadence de la balancelle se réduisait peu à peu. Je me redressai et mes yeux plongèrent dans ceux de Faïz. Ses prunelles étaient envahies d'une tendresse passionnée et un sourire dévastateur vint se dessiner sur ses lèvres. J'approchai alors mon visage du sien pour lui arracher un doux baiser.

— Et maintenant ? Comment allons-nous descendre d'ici ? déclarai-je à voix basse pour ne pas troubler ce moment magique.

— Je n'en ai aucune idée, s'esclaffa Faïz.

— Sérieux ? Nous n'allons quand même pas dormir là !

— Il n'y a pas trente-six solutions. Nous allons devoir sauter dans l'eau.

— Non ? m'écriai-je, affolée.

— Qu'est-ce que tu imagines, Zoé ? Je ne vais pas me téléporter ni me mettre à lancer des toiles d'araignée un peu partout pour m'accrocher aux falaises.

— Merde ! La fin de ce plan est vraiment…

Je grognai de colère en passant mes mains dans mes cheveux. Il m'était inconcevable de devoir me jeter dans la mer, juste en dessous de nous. L'idée, cependant, ne paraissait pas perturber un instant le jeune homme en face de moi, qui se délectait de la situation.

Pieds nus, je foulai un ponton en bois flottant qui donnait sur de petites maisons sur pilotis, au-dessus de l'eau. Ces dernières, si éloignées les unes des autres, nous donnaient l'impression d'être seuls dans ce décor unique. Je tenais dans ma main mes chaussures, tandis que mon pantalon trempé grinçait à chacun de mes mouvements. Faïz marchait devant moi, la chemise posée sur son épaule. J'en profitai pour contempler son dos à la musculature absolument parfaite.

— Il y a vraiment des gens qui vivent ici toute l'année ? demandai-je, curieuse.

— Non, répondit Faïz en ralentissant sa marche. Les kobolds viennent là pour les vacances ou juste pour y passer un court séjour. C'est un des endroits les plus prisés de l'île.

— Ça ne m'étonne pas, me murmurai-je à moi-même en me retournant pour observer Eros qui était désormais un peu plus loin, derrière nous.

Vue depuis ce lagon cristallin, cette terre aux multiples reliefs semblait être à la verticale. Ses couleurs et ses chutes d'eau qui sortaient de l'imaginaire allaient me manquer. Le vent marin faisait flotter mes cheveux dans l'air et, pour la première fois depuis des semaines, je me sentis presque chez moi.

Faïz me laissa rentrer la première dans le séjour, après avoir ouvert la porte de la maison. En franchissant l'entrée, mon regard se tourna instinctivement en direction du plafond et je fus stupéfaite de constater que celui-ci était entièrement en verre. Un magnifique panorama étoilé offrait un spectacle grandiose pour le plus grand bonheur des hôtes. Je baissai ensuite le regard pour reculer rapidement vers la porte, derrière moi. Le sol était lui aussi tout aussi transparent et donnait sur la partie inférieure de la maison que l'on rejoignait par ascenseur. Après un court moment de panique, je m'avançai, hésitante, en examinant la décoration moderne de ce lieu, mélangée à la culture de l'île que je commençais à connaître. Au milieu de la pièce, un copieux dîner nous attendait sur une table somptueusement dressée pour l'occasion. Je parcourus silencieusement le séjour pour arriver sur une jolie terrasse extérieure qui donnait la possibilité de se baigner directement dans l'océan.

— C'est… c'est magnifique, chuchotai-je à défaut de retrouver ma voix.

Je me retournai vers Faïz qui me suivait discrètement, de peur de troubler cet enchantement.

— Merci, ajoutai-je émue, en m'avançant vers lui.

Ses bras vinrent s'enrouler affectueusement autour de moi lorsque ma tête se posa contre son torse.

— Avant de dîner, je te propose d'aller nous changer. Tu te sentiras plus à l'aise dans des habits secs, déclara-t-il avec une douce tonalité.

Sans dire un mot, j'acquiesçai d'un signe de tête.

Nerveuse, j'essayai tant bien que mal de calmer cette soudaine angoisse grandissante en respirant profondément. *Allez, Zoé ! Ce moment, tu en rêves depuis des mois.* Dans le miroir de la salle de bain se reflétait le marbre italien qui sublimait la pièce. De l'extérieur, cette maison sur pilotis ne donnait pas l'impression d'être dotée d'un tel décor, équipée de plus, d'une technologie de pointe. Mes mains tenaient fermement le lavabo tandis que j'essayais de me concentrer sur ma respiration afin de ralentir les battements de mon cœur. J'hésitai à mettre mon débardeur avec le short que j'avais emporté dans mes affaires pour la nuit, mais je ne me voyais pas sortir d'ici en sous-vêtement non plus, pour aller dîner. Je tirai sur la racine de mes cheveux en me maudissant d'être aussi pudique. Des corps, Faïz en avait touché des dizaines avant moi. Cette nuit n'allait donc pas lui paraître exceptionnelle. Je l'imaginai à l'étage, en train de grignoter le dîner aux chandelles qu'on nous avait préparé, pressé de me voir arriver pour pouvoir réellement le commencer. Décidée, je pris une profonde inspiration et me retournai pour ouvrir la porte.

Je marchai, d'un pas incertain, sur la douce moquette de la chambre pour m'arrêter au milieu de celle-ci. Les lumières tamisées donnaient à cette pièce une atmosphère intimiste et romantique. En face du grand lit à baldaquin, aux draps en soie claire, se dressait une immense baie vitrée, directement en contact avec les fonds marins où se côtoyaient la faune et la flore ainsi que toutes les espèces marines vivant dans cet océan. La vue sous la mer était apaisante et réussit à calmer ce stress intense qui me paralysait. Petit à petit, la quiétude s'installa à l'intérieur de moi et je pris conscience de la chance que j'avais de me trouver là, dans cet endroit idyllique.

Je levai mes yeux en direction des plafonds de verre dont le premier était suspendu à plus d'une dizaine de mètres au-dessus de moi. À l'extérieur, le spectacle céleste qu'offrait ce firmament étoilé était à couper le souffle. Pourtant, je ne pouvais choisir lequel, du ciel ou de la mer, était le plus beau à contempler à ce moment précis. Je m'approchai de la grande vitre avec l'impression d'être immergée dans un immense aquarium puis posai le bout de mes doigts sur l'épaisse paroi froide, directement en contact avec l'océan. Soudain, sans l'entendre, ni même le voir, je savais qu'il était là, juste derrière moi. En effet, j'étais capable de reconnaître son odeur parmi mille autres. L'air devint immédiatement plus électrique quand sa main vint frôler mon épaule pour remonter jusqu'à mon cou, puis je sentis ses lèvres se poser dans le creux de celui-ci. Je fermai mes paupières, absorbée par la volupté qui saisissait tout mon corps.

— C'est de loin l'endroit le plus romantique qui puisse se trouver sur Terre, murmurai-je, le souffle court.

Les bras de Faïz me retournèrent doucement. Tout proche de lui, ce dernier n'était vêtu que d'un simple pantalon de survêtement. Son charme, si intimidant, me faisait perdre de nouveau tous mes moyens. Malgré ça, je m'obligeai cette fois-ci à soutenir son regard. Je voulais graver dans ma mémoire les détails, même les plus infimes de son visage, de ses gestes, chacune de ces secondes que le temps ne me rendrait jamais, afin que ce moment éphémère soit gravé éternellement au plus profond de moi.

— Tu es si magnifique, prononça Faïz en me contemplant. Comment arriver à te toucher sans sentir mes mains trembler ?

Ses paroles empreintes d'une si grande inquiétude me déstabilisèrent.

— Si ce n'est pas toi, alors ce ne sera personne d'autre ! lui confiai-je, sûre de moi.

Un éclat lumineux traversa à ce moment son regard puis il vint se coller le plus possible contre moi en me laissant à peine de quoi respirer. Ses lèvres se soudèrent aux miennes sans retenue, presque douloureusement. Nos souffles, de plus en plus bruyants, m'empêchèrent de penser. Mon ventre se contracta en sentant ses doigts remonter le haut de mes cuisses. Son corps, comparable à de la pierre, me plaquait toujours contre la vitre, derrière moi. Ses lèvres se détachèrent des miennes pour venir ensuite descendre le long de mon cou. Quand ses mains trouvèrent le bas de mon débardeur et commencèrent à se glisser en dessous, je réussis à retrouver une partie de mes esprits.

— Faïz… attends ! l'arrêtai-je, essoufflée.

Ce dernier me regarda anxieux et recula précipitamment, terrifié à l'idée de m'avoir blessée.

— Tout va bien ? s'empressa-t-il de me demander, inquiet.

Les joues en feu, j'essayai tant bien que mal de reprendre ma respiration.

— Oui, vas-y doucement. Je n'ai jamais… enfin…

Le soulagement se lut instantanément sur son visage et son sourire réapparut. Il s'autorisa à revenir tout contre moi.

— Je sais, murmura Faïz à mon oreille. Je ne te forcerai jamais à faire quelque chose dont tu n'as pas envie. Tu es libre de me demander d'arrêter quand tu veux.

— Je ne veux pas que tu arrêtes. Embrasse-moi.

Il s'exécuta en se pressant contre moi et je me liquéfiai aussitôt. Ses mains caressèrent la chute de mes reins avant de se refermer avec force sur mes hanches, puis Faïz retira délicatement mon haut en ne desserrant pas un instant son étreinte. Le contact de sa peau contre la mienne suffit à me faire perdre pied. Un petit cri s'échappa de moi. Tout semblait exploser à l'intérieur de mon corps. Au moment où ses mains frôlèrent mon bas ventre, juste à la délimitation de mon short, il sembla hésiter. Je reculai mon visage pour m'arracher à nos baisers passionnés et je plongeai mon regard dans le sien pour le supplier de continuer. Ses yeux se détournèrent des miens et il fit glisser mon short le long de mes cuisses, puis ce dernier se recula légèrement pour me contempler quelques secondes. Vêtue uniquement de mes sous-vêtements, je me sentais gênée face à lui qui était encore en grande partie habillé. Sans que je m'y attende, Faïz me souleva sans effort pour me coller contre la vitre en verre, derrière moi. Je croisai mes jambes autour de son torse avant qu'il ne pivote sur lui-même pour me porter en direction du lit.

FAÏZ

Assis dans un fauteuil, en face du lit, Faïz scrutait le visage de la jeune femme qui semblait dormir sereinement. Malgré la magie de ces dernières heures, aucune paix intérieure ne l'habitait, aucun sentiment de plénitude non plus, bien au contraire. Ce moment qui devait être paisible n'était en fait que belliqueux, gâché par cette présence qui le suivait déjà depuis plusieurs jours. Faïz savait qu'il n'avait plus le choix. Il devait en finir avec ce spectre des ténèbres.

— Je sais que vous êtes là, murmura le jeune homme sans détourner son regard du visage de Zoé. Vous me surveillez, tapis dans l'ombre, tel un charognard guettant sa proie. Allons discuter dehors avant que l'aube ne se lève, avant que les paupières de ma bien-aimée n'embrassent le jour.

Depuis la plage, Faïz surveillait la maison sur pilotis qui se trouvait au large du lagon. Vue d'ici, celle-ci paraissait bien plus petite. La brume commençait à se lever à certains endroits, sur cet océan calme et silencieux. Le brouillard n'allait pas tarder à recouvrir l'ensemble de l'île. Soudain, un bruit provenant du creux de la falaise derrière lui troubla la tranquillité du lieu et obligea Faïz à se retourner. À l'entrée de la grotte, creusée directement dans le roc, une femme à la peau ébène et à la longue chevelure aux reflets d'or l'attendait. Derrière ses yeux noirs, Faïz laissa entrevoir un éclair de panique. Jusqu'ici, l'horrible vérité n'avait été que des mots dans la bouche de ses interlocuteurs. Désormais, elle devenait réalité. La Banshee qui se tenait devant lui en était la preuve. Le jeune homme paraissait s'être vidé de tout son sang. D'une pâleur fantomatique, il faisait face à la mort.

— Il fait si froid, déclara la femme qui regardait à l'horizon, l'air absent et les yeux vidés de toute émotion.

Ses paupières claires, dissimulées sous le blanc de ses yeux opaques, semblaient se perdre dans l'immensité de l'océan, devant elle.

— Vous… vous devez partir, déclara Faïz en essayant de prendre un ton assuré.

— Partir ? J'aimerais, répondit doucement la Banshee qui s'avançait sur la plage sans faire attention au jeune homme. Mais avant, je dois vous…

— Non ! la coupa sèchement Faïz.

La femme, jusqu'ici imperturbable, tourna enfin sa tête dans sa direction. Impassible, elle fixait le jeune homme, attendant que celui-ci prenne de nouveau la parole. La brise ramenait ses longs cheveux vers l'arrière et faisait flotter sa longue robe blanche dans l'air. Sa silhouette filiforme se fondait parfaitement dans ce décor brumeux.

— Il y a toujours des alternatives, reprit Faïz, le regard fou de désespoir. Nous pouvons encore changer les choses. Nous pouvons modifier l'avenir. Rien n'est encore joué !

La femme s'avança vers lui et posa un regard presque compatissant à son égard avant de répondre :

— S'il y avait le moindre espoir, la moindre chance que les choses changent, je ne serais pas là, devant vous, à cet instant. Vous avez déjà fait votre choix, qui aura comme seule issue : la mort.

Les paroles de la Banshee achevèrent Faïz, qui se laissa tomber à genoux.

— Je vous en supplie, implora le jeune homme à voix basse, la tête baissée et les yeux brillants. Laissez-moi les sauver.

— Autrefois, nous étions si forts, déclara la Banshee, le regard ailleurs. Aujourd'hui, nous sommes piégés ici. Peu de gens se rappellent que nous existions avant la création des ténèbres, mais nous nous mourrons en l'absence de foi.

Elle leva brusquement sa tête vers le ciel et commença à convulser. Elle parut se débattre contre la douleur. Impuissant, Faïz observait la scène, plongé dans le désarroi le plus total. En entendant le cri strident qui s'échappa de la Banshee, il comprit à cet instant qu'il n'y avait plus aucun espoir. Agenouillé, il tourna sa tête en direction de la maison au loin. Le brouillard la recouvrait presque entièrement. Le jeune homme posa ses mains sur ses tempes pour se protéger du bruit de ce puissant hurlement. Le cœur rempli de rage et de souffrance, il se mit à hurler à son tour de toutes ses forces. Au même moment, Zoé se réveilla en sursaut en parcourant la pièce du regard, à la recherche de Faïz.

<u>15</u>

Le silence qui régnait à l'intérieur du véhicule ne me dérangeait pas. Une part de moi en avait besoin. Absorbée dans mes pensées, je regardai à travers la vitre le paysage en dessous de moi. Le jour que j'attendais et que je redoutais depuis des semaines était arrivé. Nous allions enfin mettre la main sur le rubis sans avoir vraiment une idée précise du degré de danger de cette dernière mission. La voix glaciale de Faïz me ramena brusquement à la réalité :

— Tu es bien calme. À quoi penses-tu ?

— Je me demandais si William était bien arrivé, répondis-je, prise de court, sans prendre la peine de me retourner vers lui.

Je sentis le poids du regard de Faïz dans mon dos.

— J'espère qu'il va bien, ajoutai-je d'une petite voix, mal à l'aise.

— Il n'y a pas de raison !

Je tournai aussitôt ma tête en sa direction, étonnée du ton cassant avec lequel il venait de me répondre. L'homme froid et sérieux à côté de moi n'avait plus rien à voir avec celui de la veille. Comment pouvait-il avoir autant changé en l'espace d'une nuit ? Attristée par ce brutal revirement

271

de situation, je détournai mon regard, préférant me concentrer sur la suite des événements. Je regrettai à cet instant l'absence de radio et de musique dans la voiture, cela m'aurait peut-être permis de trouver l'air plus respirable dans cet habitacle exigu.

Quand je descendis du véhicule, Faïz tenait ma portière. Ses prunelles sombres me fixaient avec l'ombre d'un regret. Il m'attrapa la main avant que je ne m'éloigne pour me ramener auprès de lui et poussa un long soupir :

— J'ai passé les plus belles heures de ma vie avec toi, cette nuit. Je t'interdis d'en douter un seul instant ! insista-t-il. Je suis juste pressé de rentrer à L.A et d'en terminer avec tout ça.

La sincérité que je lus à ce moment sur son visage me soulagea. Il ne regrettait donc pas ce moment avec moi. La boule dans ma gorge s'atténua et je laissai échapper un sourire. Ses iris parurent alors se ranimer et il m'embrassa avec une étrange frustration que je ne pouvais expliquer. Ses bras se resserrèrent autour de moi, ce qui suffit à lui pardonner son attitude de ces dernières heures.

— Donc tout va bien entre nous ? demandai-je avant qu'il ne desserre son étreinte.

Ma tête posée contre son torse m'empêchait de voir l'expression de son visage.

— Tout va bien. Promets-moi de faire attention à toi.

— C'est promis. Tout se passera bien, déclarai-je en m'imprégnant de l'arôme étourdissant qui émanait de sa peau.

Ce fut seule que je franchis l'entrée de la salle de conférence. Faïz était parti de son côté pour se concerter avec Min et Ray afin de recevoir les dernières instructions. Asarys et Lexy étaient debout, près d'une table où des dizaines d'arbalètes et d'autres matériels y étaient déposés.

— Bonjour les filles, lançai-je, en appréhendant un peu ces retrouvailles.

— Hey Zoé ! s'écria Asarys en me prenant dans ses bras, heureuse de me revoir.

Lexy en fit de même avec un éclat de malice dans les yeux. Cette dernière m'interrogea immédiatement :

— Alors ?

— Attends ! intervint Asarys, laisse-là se mettre à l'aise avant de lui sauter dessus.

Celle-ci balaya aussitôt sa propre remarque d'un signe de main et ajouta :

— Je déconne ! Nous voulons tout savoir MAIN-TE-NANT.

Je secouai ma tête, n'arrivant pas à me défaire de ce sourire aux lèvres.

— Vous ne voulez pas d'abord me raconter votre soirée ? essayai-je de négocier pour gagner du temps.

Asarys croisa ses bras et me reluqua de haut en bas.

— OK ! s'exclama Lexy. Douche, dodo et petit déjeuner. À toi.

— Et… de quoi avez-vous rêvé ? demandai-je hilare.

— Ah non ! s'écria Asarys en me tirant par le bras pour me guider dans un coin de la pièce, loin de Min et de Dewei qui nous écoutaient discrètement.

Mes deux amies s'assirent sur une table en face de moi, tandis que je restais debout, devant elles, prête pour un interrogatoire.

— Bon, nous allons commencer doucement. Comment était l'endroit où il t'a emmenée ? demanda Lexy.

Mes yeux fixèrent le sol, comme pour mieux me remémorer chaque instant passé avec Faïz.

— Magique, murmurai-je en me revoyant sur la balançoire, au-dessus du vide.

— Et ta nuit ? enchaîna Asarys.

Des flashs me revinrent en mémoire, comme la sensation de son souffle sur ma peau ou encore les images de son visage au relief parfait à quelques millimètres du mien.

—Magique, chuchotai-je, plongée dans mes souvenirs.

Asarys, désespérée, leva les mains au ciel.

— J'abandonne ! grogna-t-elle.

Je revins à moi et regardai mes deux acolytes qui semblaient déçues par cet échange sans profondeur.

— Le cadre était exceptionnel, décidai-je de me confier. Faïz a été parfait. Sa tendresse infinie. Pour vous dire la vérité, nous avons peu dormi. Je suis complètement folle de lui.

Les filles souriaient, satisfaites de mes paroles. Elles restèrent ainsi, silencieuses pendant un petit moment, ce qui ne leur ressemblait pas. La voix de Barthey finit par briser notre conversation muette. Ce dernier nous invita à venir le rejoindre, près de la table où étaient déposées les armes. Trois militaires commencèrent à nous équiper d'un gros gilet qui, d'après eux, pouvait encaisser les attaques à longue portée. Des poches à l'arrière de celui-ci permettaient de stocker nos munitions de flèches pour recharger nos arbalètes. Nous remplaçâmes nos chaussures actuelles par des bottes de rangers et l'équipe nous confia des oreillettes afin de rester en contact avec le central. Pour finir, deux couteaux furent placés au-dessus de nos chevilles par mesure de sécurité.

— Ce n'est pas un peu trop ? demandai-je à l'homme qui s'occupait de m'installer mon attirail.

Il me regarda comme si je ne réalisais pas le danger qui nous attendait. Il secoua la tête en continuant de vérifier les derniers ajustements de ma tenue. Les filles ne prononçaient pas un seul mot. Le visage fermé, elles se concentraient sur les dernières directives données par le groupe des forces armées. À cet instant, l'angoisse me saisit aux tripes, je m'en voulais tellement de les avoir embarquées dans cette aventure.

Dans le hall, Malika nous encouragea une dernière fois et nous rappela de suivre le plan à la lettre.

— Vous n'êtes pas seules, insista-t-elle en claquant trois fois des mains. Nous vous couvrons. Cette mission, nous la réussirons ensemble !

Sa voix se brisa sur la fin de sa phrase. Pour la première fois, sa carapace si abrupte se fissurait. Elle essayait tant bien que mal de cacher ses émotions en nous distribuant dans les mains nos arbalètes.

— Ce soir, nous fêterons notre victoire ici, tous ensemble, ajouta-t-elle avant de se diriger vers l'entrée de l'auberge, suivie de Barthey et de quelques membres du commando.

Dewei et le reste du groupe nous attendaient à l'extérieur, dans la cour où les voitures étaient prêtes à partir vers les lacs du Sun. Je cherchai Faïz, en vain. Était-il déjà sur place ? Barthey, de son regard bienveillant, nous remerciait, mes amies et moi. Au lieu de nous serrer la main comme à son habitude, celui-ci nous donna une chaleureuse accolade qui nous surprit sur l'instant.

Au moment de monter dans un des véhicules, j'entendis Faïz m'appeler.

— Attendez une minute, demandai-je aux filles avant de partir précipitamment à sa rencontre.

Faïz se figea, déstabilisé, le regard interdit devant l'uniforme et les accessoires que je portais pour les circonstances. Pourtant, ce dernier était tout aussi équipé que moi, voire plus. Sa surprise se mut instantanément en peur et je fus stupéfaite de constater, l'espace d'un instant, une si grande détresse contenue au fond de ses prunelles. Celui-ci plaça alors ses deux mains autour de mon visage et m'observa, silencieux, comme pour le graver dans sa mémoire.

— Je t'interdis de te mettre en danger ! déclara Faïz sur un ton menaçant, teinté d'une supplique dans la voix à peine voilée.

— Ce n'est pas mon but. Je suis effrayée, effrayée à l'idée de ne plus jamais te revoir, avouai-je, la voix tremblante en le fixant droit dans les yeux.

— Faïz ? intervint Barthey, gêné en se raclant la gorge. Je suis désolé, mais vous devez partir. L'équipe de Malika et toi monterez dans les deux premiers véhicules.

Zoé et les autres suivront. Je reste ici avec le reste du groupe des forces armées.

Faïz acquiesça d'un signe de tête avant de plonger son regard dans mes yeux. Soudain, ses lèvres s'écrasèrent violemment sur les miennes. Son souffle parfumé sur ma peau en était presque douloureux, la souffrance me transperçait au plus profond de ma chair et de mes entrailles.

— Je t'aime, Zoé. Quoi qu'il puisse arriver, ne renonce jamais de vivre. Promets-le-moi !

Asarys et moi aidions Lexy à fixer sa bouteille d'oxygène sur le dos. Nous nous alignâmes ensuite au bord du lac qui, de jour, ne ressemblait plus à celui que nous avions découvert deux jours plus tôt. Même si nous savions que les équipes commandos n'étaient pas loin, cachées à la lisière du cimetière, tapies derrière l'épais brouillard, nous nous sentions bien seules, au milieu de ce vaste espace. Asarys nous tenait la main. À cet instant, nous voulions nous dire mille choses, nous souhaiter bonne chance, nous excuser pour des paroles blessantes qui ne paraissaient être plus que des broutilles insignifiantes, mais nous laissâmes finalement le silence le faire à notre place, car au final, c'était toujours lui qui gagnait.

— Groupe un ?

La voix de Dewei dans l'oreillette nous rappela à la dure réalité.

— Il va falloir plonger. N'oubliez pas d'allumer vos lampes.

Les filles et moi plaçâmes nos masques de plongée sur nos visages et le conduit du tuyau d'oxygène dans nos bouches, puis nous nous avançâmes lentement dans les eaux noires dont la température glaciale nous arracha une grimace.

Le calme et l'absence de bruit régnaient en maîtres dans les profondeurs du lac. Mes amies et moi nous enfonçâmes toujours plus loin, guidées par l'éclairage de nos lampes.

— Mince ! C'est plus profond que nous le pensions, réagit Dewei, visiblement inquiet.

Ses paroles ne me rassuraient guère, mais je décidai malgré ça de continuer à nager vers le fond. Sur notre passage, nous croisâmes des raies d'eau douce perlées, des dorés jaunes et bien d'autres espèces qui cohabitaient dans cet univers sous-marin. Le secret, dissimulé dans ces abysses mystérieux, ne semblait pas les déranger. Après de longues minutes à nager, Asarys ralentit et attira notre attention avec de grands gestes pour nous indiquer que nous arrivions enfin au fond du lac. J'attrapai l'émetteur à ma ceinture pour envoyer le premier signal en morse à Dewei et Min qui dirigeaient les opérations avec Barthey et son équipe depuis l'auberge.

— Nous avons atteint avec succès la première étape ! déclara Min, soulagée. Pour la suite, il va falloir vous séparer et vous mettre à la recherche de la pierre. Cette opération se fera à l'aveugle. Allumez vos caméras et soyez vigilantes.

Nous activâmes nos boîtiers puis j'indiquai aux filles avec des gestes, la direction qu'elles devaient prendre afin de mener à bien nos recherches. Elles hochèrent la tête et partirent aussitôt chacune de leur côté.

Les algues et les rochers recouvraient le fond du lac. Ma vue se troublait à certains moments, mes yeux se fatiguaient à force d'être sollicités plus que d'ordinaire. Ma concentration était à son maximum et je priai pour qu'une de mes amies m'envoie le signal d'alerte qui indiquerait que le rubis était découvert. Mes mains frôlaient cette flore ondulante qui habitait les profondeurs obscures. Le courant, à certains endroits, était plus fort, ce qui m'obligeait à me battre contre lui pour pouvoir avancer et non couler au fond de l'eau comme une pierre. Mes forces me quittaient peu à peu et je devais désormais puiser dans mon mental pour ne pas abandonner. Il n'y avait rien dans ces eaux de misère et si je décidais de rester plus longtemps dans ce lac, tout mon corps finirait gelé. Soudain, la voix de Min interrompit mes sombres pensées :

— Zoé, regardez votre émetteur. Lexy et Asarys semblent vous attendre à neuf heures.

En effet, les deux points, l'un à côté de l'autre sur mon boîtier, les montraient à l'arrêt. Sans perdre un instant, je rassemblai toute l'énergie qui me restait et partis à leur rencontre.

Après plusieurs minutes de nage, je retrouvai les filles à l'entrée d'une grotte. J'étais soulagée de voir qu'elles allaient bien. Asarys commença à communiquer avec nous en langage des signes. Cette dernière nous demanda de la suivre. Lexy s'exécuta la première et m'emboîta le pas. Je fis de même après avoir envoyé un signal à l'équipe de Min. Nous nous engouffrâmes dans ce labyrinthe souterrain qui paraissait nous mener tout droit dans les entrailles de la Terre. Les filles et moi suivîmes scrupuleusement la galerie dont les murs étaient recouverts de dessins et d'objets sculptés dans la pierre. Ces derniers représentaient apparemment des rituels de sacrifices humains ou encore, le quotidien d'une ancienne civilisation disparue.

Au bout de ce chemin étroit, nous arrivâmes enfin au cœur de cette caverne peu éclairée, submergée par les eaux. À cet instant, je n'avais aucune idée de l'endroit exact où nous nous trouvions. J'avais perdu tout repère dans ce lac et lorsque je baissais mes yeux sur mon boîtier, je remarquai que le signal GPS ne passait plus à cet endroit, sûrement à cause des épaisses cloisons qui nous entouraient. J'envoyai un message désespéré à l'équipe qui suivait les opérations et je fus soulagée de constater que le contact radio, lui, fonctionnait toujours. Au milieu de cette grotte, à la taille déraisonnable, se trouvait une pyramide à la façade sombre, parfaitement taillée et dont la hauteur de l'architecture était impressionnante. Nous paraissions, toutes les trois, si petites en bas de cet amas de pierres.

Lexy se mit alors à agiter ses bras pour attirer notre attention, puis avec son doigt, elle pointa le sommet de la pyramide. En haut de celle-ci se trouvait un gros coquillage prisonnier dans les murs de cette structure. Cette coquille brillante semblait refermer un précieux trésor. Nous nous regardâmes, sans oser espérer que le rubis de Kushisake puisse se trouver à l'intérieur. Après des semaines passées à sa recherche, il paraissait nous être offert par l'univers lui-même. Au moment de m'élancer vers le sommet de la pyramide, les mains de Lexy et de Asarys se refermèrent autour de mes poignets. Lexy fit alors un geste à mon amie qui partit aussitôt vérifier ce que pouvait bien refermer le coquillage. Je demandai sans attendre des explications à Lexy et cette dernière me répondit, toujours en langage des signes, qu'il y avait une promesse. Je ne posai pas plus de questions, sachant très bien de qui elle parlait. Inquiète, je suivis la progression de Asarys en haut du monument. Mon amie se trouvait maintenant à la hauteur du coquillage. Les minutes qui passaient me paraissaient être des heures et je devinai que quelque chose n'allait pas. Asarys mettait trop de temps à revenir. Que pouvait-elle bien fabriquer ? Je ne tenais plus. À mon tour, je décidai de partir à la rencontre de celle-ci et Lexy me suivait de près.

Nous étions toutes les trois autour du Bénitier géant, ennuyées devant ce mollusque fermé qui de toute évidence souhaitait garder son secret bien à l'abri des humains. Après un long moment de réflexion, nous décidâmes d'extraire ce coquillage de la roche pour le ramener sur la terre ferme.

— Non, non, non ! paniqua Min dans l'oreillette.

Nous stoppâmes instinctivement notre opération sans comprendre ce qu'il se passait.

— Ils arrivent ! nous alerta cette dernière. Nous pouvons voir sur les écrans, un attroupement important qui se rapproche des lacs du Sun.

— Combien sont-ils ?

Je reconnus la voix lointaine de Barthey qui devait se trouver un peu plus loin, dans la pièce.

— Impossible à déterminer ! Une centaine ou plus, répondit-elle.

— Merde ! s'écria Karl. Prévenez Malika et les autres. L'affrontement semble inévitable.

— Groupe un, il ne vous reste plus beaucoup d'oxygène, nous avertit Min. Revenez le plus vite possible avec la pierre afin d'être évacuées. Le temps est compté !

Lexy commença à s'acharner sur le Bénitier, refusant de remonter sans lui. Asarys et moi nous jetâmes aussi dessus pour aider notre amie. Nous y mettions toutes nos forces pour le libérer de ces murs, conscientes que nous jouions l'avenir de ce monde. La roche commença à se craqueler tout autour et nous redoublâmes d'efforts pour enfin réussir à sortir le coquillage de son étau. Épuisées, nous nous empressâmes de sortir de cette grotte pour rejoindre la surface au plus vite avec dans nos bouteilles, un oxygène au plus bas.

FAÏZ

L'équipe au sol s'était figée. Silencieuse et prête à attaquer, elle attendait le moment où l'ennemi envahirait cet endroit.

— Ils arrivent de quel côté ? demanda Faïz à Min.

— Difficile à dire… ils… ils arrivent de partout. Est, ouest, nord…

— Nous ne sommes pas assez nombreux, murmura le jeune homme inquiet de la tournure que prenaient les événements.

Celui-ci jeta un regard désespéré vers l'immense lac situé un peu plus loin en espérant voir apparaître les filles, mais sans succès. Le brouillard, trop épais, était impossible à percer à l'œil nu. Rongé par l'anxiété, il reprit sa radio et s'adressa de nouveau à Min :

— Où en est le groupe un ? Avez-vous des nouvelles ?

— Pas depuis un petit moment, répondit la ministre d'une voix mal assurée. Je leur avais donné l'ordre de remonter…

Faïz ne prit pas la peine d'écouter la fin de sa phrase. Il coupa le contact radio avec Min et commença à partir en direction du lac, arbalète à la main.

— Où vas-tu ? s'écria Ray en lui barrant le chemin.

— Vérifier qu'elles vont bien !

— As-tu perdu la tête ? grogna-t-il, bien décidé à retenir son ami. Si tu te fais repérer, nous sommes tous perdus !

Faïz regarda le groupe de commandos qui ne bronchait pas et réalisa, après quelques secondes de réflexions, que Ray avait raison. Néanmoins, Zoé était sa priorité.

— Elles n'ont plus d'oxygène, articula doucement Faïz pour essayer de se maîtriser face à cette situation qui commençait à lui échapper complètement.

— Tu dois leur faire confiance ! insista Ray. Elles vont y arriver.

Le jeune homme recula d'un pas et soupira profondément avant d'ajouter, l'air rassuré :

— Tu as raison, tout ira bien.

Ray, soulagé, baissa alors sa garde. Soudain, sans qu'il s'y attende, il se retrouva allongé de tout son long sur le sol. Faïz se précipita vers le lac sans que ce dernier puisse l'arrêter.

<u>16</u>

Mes amies et moi regagnâmes le rivage à la force de nos bras puis nous retirâmes lentement nos masques et nos tuyaux d'oxygène pour remplir nos poumons d'air. Lexy était allongée sur le ventre, le corps à moitié dans l'eau, tandis qu'Asarys et moi tirions le Bénitier pour le sortir du lac. Soudain, nous entendîmes des pas pressés venir dans notre direction. Sans attendre, nous enlevâmes nos bouteilles d'oxygène de notre dos, tous nos sens en alerte. Lexy en fit de même et nous rejoignit aussitôt, prête à affronter le danger, toutes ensemble. Mon cœur battait à toute vitesse. L'adrénaline dans les veines nous faisait oublier l'état d'épuisement dans lequel nous nous trouvions.

— Faïz, m'écriai-je, soulagée en le voyant traverser le rideau brumeux.

Je m'élançai vers lui pour me jeter à corps perdu dans ses bras. Ce dernier me serra si fort, que l'air faillit de nouveau me manquer. Ses mains passèrent dans mes cheveux puis sur mon visage et descendirent le long de mon dos. Il vérifiait sans nul doute que je n'avais rien de cassé. Faïz écarta brusquement son visage du mien pour plonger ses prunelles, remplies de doute, dans les miennes.

— Dieu soit loué ! murmura-t-il, tu es vivante.

Je me retournai vers les filles qui nous fixaient, les yeux humides, sans oser bouger.

— Je suis heureux de voir que vous allez toutes bien, ajouta Faïz.

Celui-ci semblait les remercier du regard. Asarys se baissa alors pour porter le lourd coquillage dans ses bras.

— Vous… vous l'avez ? souffla Faïz, étonné. Vous avez réussi.

Lexy hocha la tête avec solennité, les mains sur les hanches :

— Hey, nous n'avons pas mangé la poussière ces dernières semaines avec Malika pour revenir les mains vides !

Un rictus triomphal se dessina sur le coin des lèvres de Faïz, le rendant à cet instant irrésistible. Des cris plus loin me rendirent ma raison.

— Restez-là ! ordonna ce dernier qui avait repris les traits d'un ange de malheur.

— Hors de question ! protestai-je. Je refuse de rester les bras croisés.

— Pour une fois Zoé, écoute-moi !

Bien que le ton de sa voix me blessât une fois de plus, je déniai baisser les armes et réussis à soutenir son regard si tranchant. Celui-ci n'eut pas le temps de me sermonner, des pas de course retentirent tout autour de nous.

— Ray ? gémit Asarys, étranglée par les sanglots en suppliant Faïz du regard.

— J'y vais ! répondit celui-ci, un air grave sur le visage.

Avant même qu'il eut le temps de faire un pas, des silhouettes apparurent, nous encerclant tous les quatre. Le lourd brouillard nous empêchait de les distinguer correctement. Prises de panique, mes amies et moi nous blottîmes les unes contre les autres quand soudain, Faïz se jeta sur nous pour nous faire basculer face contre terre. Le choc était si violent qu'il me fallut quelques secondes pour réaliser ce qu'il se passait. Des tirs de fléchettes tournoyaient tout autour de nous.

— Zoé ! hurla Faïz au-dessus de moi. Va chercher la radio pour demander de l'aide. Lexy, Asarys, partez d'ici pour mettre le coquillage à l'abri et ne revenez sous aucun prétexte.

Comme les filles, je m'exécutai sans attendre. Après seulement quelques mètres parcourus, plusieurs combattants étaient déjà à mes trousses, prêts à se jeter sur moi. J'allais atteindre les affaires, laissées au bord du lac, quand des attaques simultanées à mon encontre me firent perdre l'équilibre et tomber sur le sol.

— Zoé ! cria Lexy un peu plus loin, le Bénitier dans les mains.

— Allez-vous-en ! hurlai-je de toutes mes forces. Sauvez-vous.

Asarys retint difficilement son amie pour l'empêcher de venir à mon secours. Je me relevai en vitesse en balayant du regard les environs, à la recherche de mes ennemis qui manifestement s'étaient volatilisés dans la nature. Au loin, je discernai les cris et les coups d'un combat qui se jouait entre ces guerriers sanguinaires et notre équipe. Je parcourus les derniers mètres, qui me séparaient de mon sac à dos, en courant à perdre haleine. Au bout de ma course, je saisis ma radio :

— Ici Zoé… nous sommes… nous sommes encerclés et en très grande difficulté. Nous avons besoin d'aide, envoyez des renforts !

— Négatif, réagit Min en alerte. La demande nous a déjà été faite avant vous et nous restons sur nos positions. Votre groupe de commandos est le seul habilité à combattre sur nos terres. Notre armée n'interviendra en aucun cas pour les intérêts d'un autre pays !

— C'est pour notre intérêt à nous tous ! hurlai-je de colère en essayant de retenir mes larmes de rage. Ils sont trop nombreux, si vous ne nous aidez pas, nous allons tous y rester.

— Où est le rubis ? s'empressa de demander Min.

— Entre les mains de Asarys et de Lexy.

— Donnez-moi leur position ! Je suis désolée, mais je ne peux garantir que leur sécurité. Pour vous autres, je ne peux malheureusement rien faire.

Je tombai des nues. Les dirigeants de Eros ne comptaient pas nous venir en aide. Ils se tenaient juste prêts à intervenir pour protéger la pierre afin qu'elle soit en sécurité, et ce, au péril des autres vies ici.

— Elles sont en train de rejoindre l'entrée du cimetière, finis-je par lâcher d'une voix à peine audible.

La seule chose qui me réconfortait était que mes deux amies puissent avoir la vie sauve. Derrière les battements violents de mon sang qui cognait contre mes tympans, j'entendis dans la radio les cris de Barthey et d'autres membres de notre gouvernement qui essayaient de faire entendre raison aux dirigeants de ce pays. Un bruit de pas qui foulait l'eau attira soudain mon attention. Je me mis à prier de toutes mes forces pour que ce soit ceux de Faïz, mais la forme qui commençait à se dessiner dans cette brume nébuleuse n'avait rien de la carrure de ce dernier. Sous le choc, je reconnus le chef de ce clan barbare qui avait présidé, l'avant-veille, la funèbre cérémonie.

— Zoé ? s'inquiéta Min dans la radio.

Paralysée par l'effroyable spectacle qui s'offrait à moi, j'arrivai à peine à respirer. L'homme, aux traits déformés par l'abominable cruauté qui l'habitait, s'empara sans difficulté de la radio que je tenais dans mes mains pour la porter jusqu'à ses lèvres qui se fendaient en un sourire glaçant :

— Désolé, la jeune fille a dû s'absenter, prononça l'homme d'une voix basse et rauque avant d'écraser le combiné avec sa botte.

Dans un éclair de clarté, je me ressaisis afin d'éloigner ce sombre personnage cadavérique le plus loin possible de mes deux amies. Je fis alors volte-face en arrachant mon bracelet de gravité de mon poignet pour commencer à courir le plus vite possible, de l'autre côté du lac. Durant ma course, je risquai un coup d'œil derrière moi et constatai, désorientée, que l'homme n'était pas à mes trousses. *Où est-il donc passé ?* Je ralentis, les poumons en feu en essayant de reprendre difficilement mon souffle. À ce moment, je ne pouvais affirmer si le brouillard de cette île était un avantage ou un inconvénient. Les yeux fixés devant moi, sans arriver à le voir, je percevais tout de même sa présence. Ce monstre était là, tout près, tapi derrière la brume. Son odeur de sudation, mélangée à celle de l'humidité, flottait dans l'air.

Subitement, un choc violent vint frapper l'arrière de mon genou et me renversa brusquement au sol. Sonnée, je vis l'homme se jeter sur moi. Je décalai rapidement mon corps de quelques centimètres pour contrer son assaut. En me relevant, je lui assénai un coup violent et rapide dans le creux de son cou avec le côté de ma main. Cette attaque le déstabilisa un instant, mais le gourou reprit vite le contrôle de lui-même et m'attrapa le bras pour m'immobiliser au sol. Un cri de douleur s'échappa de moi. Le visage contre terre, j'aperçus alors une flèche, non loin de moi, dissimulée sous les fleurs de cerisier. En prenant une grande inspiration, je soulevai ma tête pour venir frapper le crâne de mon ennemi avec l'arrière de celle-ci. Ce dernier s'écarta avec un hurlement de rage, desserrant ainsi son emprise de mon bras.

Je me relevai pour me précipiter sur la flèche. Au moment où le gourou allait se jeter de nouveau sur moi, je vis l'ombre de Faïz sortir de nulle part et contrer notre adversaire. Ils roulèrent alors tous les deux sur le sol. Si Faïz était indemne, le visage de l'autre guerrier était lui, en sang. En effet, la force surhumaine de celui-ci ne laissait guère de chance à ce soldat de la mort. Pour la première fois, je voyais l'impact terrible que pouvait avoir un Léviathan sur un autre être humain. Cependant, à cet instant, j'étais heureuse que Faïz puisse bénéficier de cet avantage. Étourdi, l'homme vacilla, essuyant son visage ensanglanté qui était partiellement mélangé à de la terre. Faïz se précipita aussitôt vers moi :

— Ça va ? demanda-t-il, les traits tordus par l'inquiétude.

— Oui, oui. Je n'ai rien.

Un rire étouffé nous obligea à nous retourner. L'homme nous contemplait avec un sourire démoniaque qui lui fendait tout le faciès.

— Kushisake sera heureuse de cette offrande, prononça-t-il en plongeant son regard, dont les yeux étaient enfoncés dans ses orbites saillantes, dans les miens.

Un frisson glacial me parcourut l'échine. Ce guerrier n'avait pas une once de peur en lui, malgré l'attaque violente dont il venait de faire l'objet.

— C'est fini ! grogna Faïz. Pour toi, tout se termine ici.

— Tu te trompes, exulta le guerrier en faisant craquer son cou. Avant de te tuer, je veux t'entendre me supplier de l'épargner.

Il pointa alors son doigt en ma direction et demanda :

— Déesse, as-tu déjà dansé en Enfer ?

Mon souffle se coupa. Je reconnus la phrase de Kushisake, lors de notre rencontre au-dessus de ce gouffre, pareil aux portes des Enfers.

— Le seul endroit où tu nous verras danser, ce sera sur ta tombe, répliqua Faïz qui se précipita sur lui.

Il empoigna le cou de son adversaire et le souleva sans difficulté pour le propulser vers le sol. C'est alors que le gourou referma sur les poignets de celui-ci, un anneau brillant et argenté avant de s'écraser à terre. Aussitôt, Faïz se figea et parut se raidir, atténuant ainsi l'impact du choc du corps du Kobold au sol. Je me précipitai vers lui, consciente du pouvoir maléfique que dégageaient ces liens. Il s'écroula dans mes bras.

— Ces… ces bracelets, c'est le même ensorcellement que l'anneau dans la grotte, articula-t-il difficilement.

J'essayai de les lui retirer en y mettant toutes mes forces, mais en vain. Le guerrier, un peu plus loin, était de nouveau debout et s'avançait désormais vers nous d'un pas lent, comme s'il savourait l'agonie du jeune homme, affaibli devant lui. Ce sourire triomphant sur le visage le rendait encore plus terrifiant et me paralysa d'effroi.

— Va-t'en, Zoé ! hoqueta Faïz qui paraissait souffrir mille morts.

— Non ! Je ne peux pas t'abandonner, hurlai-je au bord des larmes.

— Ne dis pas de bêtises. Je ne pourrai pas combattre en te sachant juste à mes côtés, en danger.

Je me redressai en fixant Faïz d'un regard désolé et me plaçai entre lui et le colosse qui jubilait devant ce spectacle.

— Nous allons enfin pouvoir nous battre à armes égales, déclara-t-il en serrant les poings, les crocs en avant et le regard rempli de haine. Es-tu sûre de vouloir mourir la première ?

— Zoé, ne fais pas ça, me supplia Faïz, derrière moi en essayant de se relever. Pars d'ici !

Sans l'écouter, je m'avançai avec des foulées rapides vers mon adversaire qui tenta de m'asséner un coup de poing au visage, mais que je réussis à esquiver en baissant la tête. J'en profitai pour lui donner à mon tour un coup de genoux dans le ventre ce qui le fit plier en deux puis, avec mes deux coudes, je le frappai violemment entre les omoplates. S'ensuivit un violent combat où je pris de nombreuses volées et fus, à plusieurs reprises, projetée contre le sol. Mes balayages et mes crochets ne firent que le ralentir, car il était indéniablement bien plus fort que moi.

Je rampai face contre terre, le corps complètement meurtri, à la recherche de la flèche que j'avais aperçue quelque temps auparavant. Soudain, un premier coup de botte dans les côtes me coupa littéralement le souffle, le second me souleva. Je criai de douleur puis me retournai sur le dos. Le gourou, au-dessus de moi, tenait dans ses mains l'objet que je cherchais.

— Ce soir, notre ange de la mort goûtera ton sang et se nourrira de ton âme, déclara-t-il, le regard fou.

Il brandit la flèche, prêt à me la planter en plein cœur. C'est alors que je vis Faïz bondir sur le guerrier. Tous les deux roulèrent sur quelques mètres et ce premier finit par vaincre son adversaire en lui bloquant la tête avec sa jambe et en exerçant sur son coude, une pression qui obligea le chef sanguinaire à abandonner. Cette clé de bras le paralysa complètement.

— Je m'en occupe, me hurla Faïz, va rejoin…

Celui-ci n'eut pas le temps de finir sa phrase. Le kobold, avec son autre main, lui enfonça la flèche dans le bas ventre. Le guerrier se libéra ainsi de l'emprise de son opposant et se redressa sans trop de peine. Tandis qu'il contemplait sa victime se vider de son sang, je me jetai dans un élan de désespoir sur son dos en le cognant avec vigueurs de mes poings. Il me bascula avec brutalité à terre, à côté de mon bien-aimé. Nous étions perdus. Les os brisés, je me traînai lentement vers Faïz qui essayait d'articuler quelque chose. Je m'étalai de tout mon long sur son corps, tel un bouclier, pour le protéger une dernière fois. Les cris au loin me faisaient comprendre que notre groupe était en grande difficulté. Nos soldats ne tiendraient plus très longtemps. Seules les filles avaient une chance de s'en sortir.

Et mon père ? Oh mon Dieu. À cette douloureuse pensée, je fermai les yeux, attendant la mort. Soudain, un bruit dans les airs venu briser la quiétude du ciel me fit rouvrir les paupières. Le lourd brouillard ainsi que la couverture nuageuse participaient à la propagation et l'amplification de ce phénomène sonore. C'est alors que des tirs ciblés transpercèrent la masse brumeuse, un peu partout autour de nous. Il me fallut quelques secondes pour comprendre que des avions de chasse venaient à notre secours.

— Barthey a réussi à les convaincre. Ils sont venus, balbutiai-je à voix basse en laissant couler mes larmes.

Le guerrier, affolé, regardait au-dessus de lui :

— C'est impossible ! Eros a signé un traité. L'armée ne doit jamais intervenir sur… non… comment est-ce possible ?

Des militaires apparurent, visages cachés. Ils nous encerclèrent puis un homme s'adressa directement au gourou en aïnou en le menaçant avec son arme. Ce dernier n'eut pas d'autre choix que de se rendre. Le chef de la Confrérie tomba à genoux, tête baissée, sans riposter, acceptant son sort.

— Zoé ? cria Ray qui se précipitait vers moi, le visage bien amoché.

J'éclatai en sanglots :

— Vite ! Ray il… il faut le soigner. Il va mourir.

Il me prit par le bras et m'aida à me relever. À ce moment, ma tête commença à tourner et ma vue se brouilla. Le son de sa voix, mais aussi celle des autres protagonistes, me parvint de très loin. Beaucoup de monde s'affairait autour de moi. Il m'était de plus en plus difficile

de respirer à mesure que les secondes s'écoulaient. C'est
alors que mes forces m'abandonnèrent et qu'un rideau noir
tomba sur mes paupières.

FAÏZ

— Tu devrais être assis dans ce foutu fauteuil roulant, déclara Ray, exaspéré.

Le jeune homme ne fit pas attention à la remarque de son ami qui continuait à le sermonner pendant qu'il installait le coffre contenant le Bénitier en soute du jet qui attendait pour partir.

— As-tu tout dit à Zoé ? insista Ray.

Faïz soupira avant de répondre :

— Je n'ai pas pu et je le peux encore moins maintenant aux vues de son état de santé.

— Tu n'es pas sérieux, grogna Ray, la mâchoire serrée. Il ne s'agit pas que de toi ! Tu es mon frère, un repère sans failles pour moi, mais là j'abandonne.

— Que veux-tu dire par là ? le coupa Faïz sur un ton glacial.

Ray se rapprocha du jeune homme, le regard menaçant :

— Ça veut dire que tu as fait ton choix et que moi, j'ai fait le mien !

— Mon choix, c'est le monde, c'est l'humanité et tout le reste passera après !

— Si tu aimes vraiment Zoé, épargne-la et sors de sa vie pour de bon. Elle mérite de passer en premier et tu le sais. Pour ma part, tu n'existes plus.

Choqué par les paroles de son ami, Faïz ne répliqua pas. Il regarda Ray s'éloigner pour monter à bord du jet sans essayer de le retenir, sachant au fond de lui qu'il avait raison.

L'inspecteur resta planté là, sur le tarmac, observant une dernière fois le paysage verdoyant de cette île. Les pas de Faïz, qui s'approchait de lui, ne le déconcentraient pas.

— Je suis heureux de quitter cette île de nuit, avoua Karl à mi-voix. Je pars avec cette dernière image d'Eros. C'est sûrement mieux ainsi.

Les mains dans les poches, Faïz approuva les paroles de l'inspecteur par un long silence puis demanda :

— J'imagine que vous serez convoqué dès lundi au Bureau des affaires internes de Los Angeles ? Menace avec arme sur un dirigeant politique, vous risquez gros.

Karl souleva les épaules comme seule réponse.

— Merci, ajouta son interlocuteur. Vous nous avez sauvés.

— Que t'ont dit les médecins au sujet de Zoé ? demanda alors l'inspecteur sur un ton plus grave.

— Elle aura sûrement des mots de tête pendant encore une dizaine de jours et doit absolument se reposer. Mes parents ont été mis au courant, ils vont bien prendre soin d'elle.

Barthey, intrigué, tourna rapidement son visage pour observer celui de son interlocuteur.

— Et toi ? osa demander celui-ci en craignant la réponse.

— Moi ?

Faïz baissa la tête et la secoua vigoureusement en repensant aux paroles de son ami puis il ajouta :

— Je suis celui qu'elle va devoir apprendre à haïr.

Karl ouvrit la bouche puis la referma aussitôt. Il passa nerveusement une main dans ses cheveux et fixa de nouveau les volcans, au loin, qui surplombaient l'île.

— Détrompez-vous, continua le jeune homme avec une douleur aiguë dans la poitrine. Ce rôle je n'en veux pas, mais nous savons tous les deux ce que je suis destiné à faire. Asarys, Alexia… que ce soit aujourd'hui ou demain, Zoé finira par me détester… comme Ray. Une Banshee ne se trompe jamais.

— Ne tire pas de conclusion trop hâtive. La menace du Maestro est partie au moment même où nous avons sorti le rubis du lac. Il faudra peut-être attendre des années, des décennies, voire plusieurs descendances avant qu'il ne se manifeste de nouveau. C'est une bonne nouvelle. Finalement, tu n'auras peut-être jamais l'occasion de te confronter à lui dans cette vie.

— Ça ne change rien ! Le danger sera toujours là. Il sommeille et reviendra un jour plus fort. Nous devons nous préparer et préparer les futures générations afin d'être prêts quand cette heure arrivera.

L'inspecteur acquiesça d'un signe de tête, désolé de la décision que prenait Faïz, mais il saisissait le sens de ce sacrifice nécessaire pour la survie de l'humanité. En effet, peut-être que les sentiments n'avaient pas leur place dans ce combat contre le mal. Cependant, il espérait secrètement au fond de lui, n'être plus de ce monde quand ce jour arriverait et que les moyens humains auraient évolué pour exterminer définitivement les attaques de ce chef d'orchestre diabolique.

<u>17</u>

En cette matinée, le soleil éclairait le cimetière avec une telle intensité que mes yeux avaient du mal à s'habituer de nouveau à cette lumière. Une atmosphère de calme et de paix régnait dans ce lieu, vidé de toute population à ce moment de la journée. Je fermai un instant les paupières comme pour mieux apprécier la chaleur qui se répandait sur ma peau. Cela faisait bientôt douze jours que nous étions rentrés à Los Angeles et il nous était encore difficile de retrouver nos repères. J'observai mes deux amies, de l'autre côté de la tombe de Victoria. Ces dernières se recueillaient sans bruit. Asarys portait un bandana rouge autour de la tête et mâchait frénétiquement un chewing-gum. Je fronçai les sourcils quand mes yeux se baissèrent sur son jean déchiré et sur ses bottes mi-hautes à la semelle en métal et son cordon de laçage qui passait à travers celle-ci.

— Vous êtes sûres que tout ceci était nécessaire ? demandai-je, hésitante, à mes deux acolytes.

— Quoi ? rétorqua Lexy agacée en me fixant de derrière ses petites lunettes de soleil rondes à verres orange. Victoria voulait un enterrement plus rock'n'roll, non ?

Je croisai mes bras en la regardant de haut en bas :

— Ta veste en cuir sous cette chaleur écrasante ainsi que ce faux anneau dans les narines, c'est… ce n'est pas un peu trop ?

— Non, c'est rock ! répondit-elle en faisant claquer sa langue.

Je tournai ma tête vers Asarys qui reprit de plus belle la mastication de son chewing-gum en me fusillant du regard. Exaspérée devant leur look de bicker déluré, je levai les yeux au ciel puis sortis pour la centième fois mon téléphone de la poche de mon pantalon.

— Toujours aucun appel ni message ? me demanda Lexy qui paraissait désolée pour moi.

Déçue, je secouai la tête et me pinçai les lèvres.

— Il a peut-être besoin de temps, essaya de me rassurer Asarys. Vous avez failli mourir tous les deux, là-bas, ce n'est pas rien et puis il doit avoir une montagne de choses à régler avec les autorités de la ville ainsi que le FBI.

— Oui, enfin bon, un message, ça ne coûte rien ! répliqua Lexy, abrupte, en plaçant ses mains sur ses hanches.

— Tu as raison, rétorquai-je, son silence est insupportable. J'ai vraiment besoin de lui en ce moment. L.A est redevenue paisible, nous avons enfin une trêve. Pourquoi m'ignore-t-il comme ça ? Ray et lui ne s'accordent plus la moindre parole. Je ne sais pas si son changement de comportement envers moi est dû à ça.

— Va le voir ce soir au loft et exige des explications, me suggéra Asarys.

— C'est ce que je comptais faire. Bon, continuons la cérémonie !

— Allez mec, fais péter le son ! s'exclama Lexy à l'encontre du jeune homme, debout, au pied de la tombe.

Le guitariste, au visage percé par de nombreux piercings et habillé tout en cuir, tira une profonde bouffée sur sa cigarette avant d'allumer un poste qui servait d'amplificateur où il y brancha le fil de son instrument. Le rockeur fit alors résonner sa guitare électrique dans tout le cimetière avec le célèbre son de Joan Jett : I love rock'n'roll, accompagné de Lexy et de Asarys qui se mirent à chanter à tue-tête les paroles de cette célèbre chanson. Au moment du refrain, je me laissai emporter à mon tour, oubliant l'espace d'un instant, la peine qui hurlait au fond de mon cœur.

FAÏZ

Au manoir de la Septième Terre, William savourait la fraîcheur de ce grand séjour, un verre de Martini à la main, jusqu'à ce que Julio fasse irruption dans la pièce. L'air grave sur son visage n'indiquait rien de bon.

— Je te sers un Américano ? lui proposa William qui se dirigeait vers une petite commode.

— Non, merci, répondit Julio mal à l'aise. Faïz est passé ici, ce matin.

William s'arrêta net pour se retourner vers son frère et l'interrogea aussitôt du regard.

— Il a laissé une lettre pour toi, sur l'étagère de la bibliothèque.

Julio passa une main derrière sa nuque et reprit :

— Il quitte L.A et ne compte pas revenir, à moins que…

— À moins que le Maestro l'y oblige. Quel enfoiré ! rugit William, hors de lui.

Il balança violemment son verre de Martini contre le mur, qui explosa en un millier de morceaux, puis se mit à arpenter le séjour, grommelant, fou de rage :

— Et Zoé ? Il pense qu'il peut la jeter comme ça ! Il se prend pour qui, hein ? Elle ne s'en remettra jamais. Je savais, je savais qu'il la briserait.

Le jeune homme alla chercher l'enveloppe, à l'autre bout de la pièce et, sans prendre la peine de l'ouvrir, la déchira, laissant tomber les confettis au sol.

Pendant ce temps, non loin de Santa Monica, Rachelle remplissait un verre de citronnade pour le servir à son invité qui se tenait sur le perron.

— Veux-tu t'asseoir ? proposa-t-elle poliment en lui indiquant le banc en rotin.

Faïz refusa d'un signe de tête.

— Écoute, tu ne peux pas réapparaître et me demander ça, lâcha calmement la jeune femme. Je n'ai eu aucune nouvelle de toi durant des semaines, t'en rends-tu compte ? Ton groupe et toi avez soi-disant dû vous rendre dans ce pays, la Chine, pour rendre un projet que l'université vous a confié, et tu reviens presque avec un pied dans la tombe. Je suis fatiguée de tous ces secrets. Tu me prends pour la dernière des imbéciles. Et Zoé ?

Un silence pesant s'installa alors entre les deux protagonistes et Rachelle finit par s'asseoir sur le banc, attendant nerveusement la réponse du jeune homme, debout devant elle.

— C'est fini, lâcha-t-il à voix basse.

La jeune femme souleva un sourcil, peu convaincue par les dires de celui-ci, puis leva les mains en l'air :

— Je ne peux pas te suivre à New York ! Je sais que tu pars ce soir, mais je veux être heureuse dans cette vie.

— Tu ne seras pas malheureuse. Rachelle, regarde-moi. Nous avons besoin l'un de l'autre et tu le sais. Tu n'imagines pas faire ta vie avec quelqu'un d'autre et moi…

Faïz marqua une pause pour chercher les bons mots puis ajouta :

— Dans la vie, il nous faut faire des choix. Tu es la seule qui peut m'aider à tourner la page. La vérité : c'est que je ne suis pas fait pour elle et vice-versa.

Devant le désarroi du jeune homme qui semblait essayer de se convaincre lui-même de ses paroles, Rachelle préféra détourner son regard.

— Je ne sais pas. Tout ceci est si rapide. Tu comprends, je n'ai aucune garantie que tu ne vas pas m'abandonner une fois de plus, à la première occasion qui se présentera.

À cet instant, Faïz se rapprocha de Rachelle et, du bout des doigts, lui souleva légèrement le menton pour la forcer à soutenir son regard. À son contact, la jeune femme tressaillit et perdit aussitôt pied face à sa beauté si irréelle. Ce dernier posa alors un genou à terre. Désormais à sa hauteur, il plongea ses yeux au fond des siens et demanda sur un ton calme et déterminé :

— Rachelle Connor, voulez-vous m'épouser ?

Épilogue

Cinq ans après…

Assise au fond de mon fauteuil, les genoux repliés sur ma poitrine, je contemplai le superbe coucher de soleil de Malibu. Ces reflets, qui embrasaient l'océan, offraient des variations lumineuses à couper le souffle. Soudain, des claquements de talons aiguilles sur le pont en bois troublèrent le fabuleux spectacle auquel j'étais en train d'assister.

— Je savais que je te trouverais chez toi ! déclara Lexy sur un ton désapprobateur. Tu ne réponds à aucun des appels.

Je remontai ma petite couverture jusqu'à mon cou, le regard perdu dans l'abîme sans fin de cet horizon. En dessous de la maison sur pilotis, le bruit répété de cailloux qui tapaient contre les piliers de la villa commençait à m'agacer. Lexy prit place à côté de moi en se servant un verre de vin blanc et soupira :

— Je sais qu'aujourd'hui est une bien triste date. Cela fait exactement deux ans que William est mort et, comme l'année précédente, tu te renfermes chez toi pour éviter qui que ce soit.

Je lui jetai, comme seule réponse, un regard noir. Cette dernière leva les mains devant elles comme pour se défendre :

— Et nous respectons cet exil de vingt-quatre heures, mais là, la situation est urgente.

Son ton bizarre m'obligea à l'interroger du regard.

— Le coquillage, ramené de Eros, s'est ouvert ce matin.

Ma surprise dépassa l'entendement.

— Le Bénitier nous a donné le rubis ? demandai-je sans y croire.

— Oui, tu sais ce que ça veut dire ?

— Que Athanase est revenu, soufflai-je avec une boule grandissante au fond la gorge.

Lexy hocha la tête, l'air tout aussi désemparé.

— Ils viennent de le mettre au courant, lâcha-t-elle en baissant les yeux. Je suis désolée, Zoé. Faïz arrive de New York dans la soirée.

Furieuse, je bondis de mon siège.

— Hors de question ! protestai-je en m'avançant au bord de la terrasse. Nous avons fait sans lui pendant cinq ans. Nous pouvons y arriver.

— Zoé, souffla Lexy, je le déteste peut-être même encore plus que toi après ce qu'il t'a fait et je t'assure que mes envies de meurtre envers cet homme sont immenses, mais nous ne pourrons pas vaincre le Maestro sans lui.

Je levai ma tête vers le ciel pour essayer de retrouver mon calme, mais le bruit de ces cailloux qui continuaient à claquer juste en bas ne m'aidait pas. Mon amie s'approcha de moi et posa une main sur mon épaule :

— Tu vas devoir lui dire pour…

— Non ! tranchai-je.

Lexy tordait sa bouche pour se forcer à rester silencieuse. La patience à ce moment me quitta et je me penchai par-dessus la rambarde, exaspérée par le vacarme en dessous de nous :

— Georgia, par pitié, arrête ça ! Ce bruit va finir par me rendre dingue.

— Oui maman. Dès que j'aurais fini de combattre le monstre de la mer.

Je me retournai de nouveau vers mon amie qui attrapa son sac posé sur le fauteuil et déclara :

— Un jour ou l'autre, Faïz saura qu'il a une fille. Il arrive ce soir et ça va être compliqué de lui cacher ce secret plus longtemps. Après tout, c'est son père.

— Elle a déjà un père ! rétorquai-je acide.

— William est mort ! répondit Lexy en essayant de ne pas lever le ton. Il a tenu sa promesse en prenant soin de vous deux et aimé Georgia comme sa propre fille, mais maintenant, l'heure est venue d'affronter son géniteur. J'espère que ce jour-là, vous trouverez la force de vous pardonner tous les deux. Maintenant, si tu veux bien m'excuser, je pars au restaurant. Je prends mon service dans trente minutes et je finis tard cette nuit.

Cette dernière tourna les talons puis ajouta avant de partir :

— Demain, j'emmènerai Georgia voir l'exposition sur les dinosaures à LACMA et Lily et Charles viendront la récupérer pour le goûter.

<u>Remerciements</u>

À ma famille, Leclerc, Catta et Simoes. Merci d'être à mes côtés. Vos encouragements, votre soutien sont si touchants et précieux.

Pour mes lecteurs, ce roman n'existerait pas sans vous. Vous êtes ma lumière lorsque je me décourage dans l'écriture. Merci de me suivre dans cette aventure.

Merci à ma mère et Marine pour votre aide et votre lecture en amont. Vous avez consacré beaucoup de temps dans la correction de ce roman afin d'offrir à mes lecteurs, une prose de qualité. Je vous en suis tellement reconnaissante.

Pour mes enfants et mon mari, merci de me supporter durant l'écriture de ces romans. Je me renferme souvent dans ma bulle, mais vous êtes toujours là, à me montrer que le monde continue de tourner. Vous êtes ma plus grande force.

www.ingramcontent.com/pod-product-compliance
Lightning Source LLC
LaVergne TN
LVHW091658190726
843493LV00001B/55